一日三秋

一日三秋

ICHI JITSU SAN SHU

劉震雲

Liu Zhenyun

水野衛子 訳

早川書房

一日三秋

一日三秋
Laughter and Tears
by
刘震云(Liu Zhenyun)

Translated by
Eiko Mizuno
First published 2022 in Japan by
Hayakawa Publishing, Inc.
This book is published in Japan by
direct arrangement with
Changjiang New Century Culture and Media Ltd. Beijing, China.

装画／南伸坊
装幀／佐藤亜沙美

目次

はじめに　六叔父の絵

小説を書き終えて、この小説を書いた初心を記しておこうと思う。

それは六叔父のため、六叔父の絵のためだ。

六叔父は延津《えんしん》県の豫《よ》劇（中国伝統演劇の一つ。京劇、評劇、越劇、黄梅劇と並んで中国五大演劇とされる）団で胡弓を弾いていた。兄弟の六番目なので、若い時は小六、もしくは六兄と呼ばれた。年を取ると下の世代に六叔父と呼ばれた。私が八歳の年、延津県豫劇団が団員を募集したので私も応募した。舞台に立って一声唸ると団長に追い払われた。

「天才だな、鶏も絞め殺せる。こんなひどい声は出そうと思ってもなかなか出せん」と団長は言った。

当時、私の母は県城（県は市の下の行政区で、そこの行政機関のある町）東街の副食品売り場の醤油や漬け物売りの係で、六叔父が醤油を買いにきて言った。「劉《リュウ》さん、あんたのとこの子が舞台に立った時、俺も精一杯力を尽くしたんだよ。弦の調子もできるだけ低くしてやった」母は言った。

「どろどろの泥では土塀は作れないからね」

六叔父は劇団で胡弓を弾く以外に、舞台の背景画も描いた。

その後、テレビが普及するようになると芝居を観る者はいなくなり、劇団は解散して六叔父は県の国営機械工場の砂利運搬工になった。そして機械工場も倒産し、県の木綿紡績工場で機械修理工になった。仕事がなくなると六叔父は胡弓は弾かなくなったが、かつての背景描きの腕はそのままに家でも絵を描いた。春節（旧正月）前になると春聯《しゅんれん》（春節に赤い紙に縁起の良い詩句の対句を書いて貼る）を書いて市《いち》で売り、家計の足しにした。

ある年の中秋節に私は延津に帰り、通りで六叔父とばったり出くわした。話がかつて劇団を受けたことになると六叔父は言った。「受からなくて良かったよ。でないと今頃は失業していたからな」二人で笑った。六叔父が聞いた。「小説を書いているんだって？」私は言った。「どういうわけですかね」そして聞いた。「絵を描いているのですって？」六叔父は言った。「毎日、女房に怒鳴りつけられているよ、いい加減にしろって」それから言った。「なに、構うものか。時間をやりすごすためさ。むしゃくしゃするからな」私は言った。「そうですよ、小説を書くのも同じです。憂さ晴らしのためで、ごたいそうなものじゃありません」二人で笑った。あとから私が書いた本を数冊送ると、六叔父は絵を見にくるように誘った。やがてそれが習慣となり、毎年の清明節（旧暦の三月に家族で先祖の墓参りに出かける祝日）、あるいは端午節、あるいは中秋節、あるいは春節に実家に帰るたびに六叔父の家に絵を見に行った。六叔父は途切れ途切れに描き続け、私もそれを見続けた。六叔父は主に延津を描いたが、目の前にある延津とは違っていた。延津は黄河の畔にはないのに、六叔父が描く絵の中の延津県城は黄河に面していて黄河の水が滔々《とうとう》と流れていた。岸辺には渡しがあった。延津は平原で山がないが、六叔父が描く延津県城はそびえたつ山を背にし、山の後ろにまた山があり、山頂には万年雪が積もっていた。ある年の端午節に見た絵は、月光の下で一人の美しい娘が腹を抱えて笑っていて、その横には柿の木がありランタンのように赤い柿がなっていた。「この人は誰です?」私は六叔父に聞いた。六叔父は言った。「延津に迷い込んだ仙女さ」私は聞いた。「何を笑っているんです?」六叔父は言った。「人の夢の中で笑い話を聞いて楽しんでいるのさ」それから、言った。「俺たち延津人は笑い話が好きだからな」もう一枚の絵では、男女が集まって大口を開けて笑っていた。別の絵はその反対で、人々は厳粛な顔をして目を閉じていた。大笑いしているのは分かる。延津人は笑い話が好きだから。だが目を閉じて厳粛な顔をしているのはどういうわけか? 六叔父に聞くと「笑い話に圧《お》し潰《つぶ》されて死んだのさ」と答えた。また言った。「笑い話が好きな者もいるが、厳粛なのが好きな者もいて、そいつは厳粛さに圧死したんだ」また見た別の絵は飯屋で、テーブルの下に人が寝そべり周りを人々が取り囲んでいた。テーブルの上には料理がまだ残っていて、そのうち一枚の皿には魚の頭が載っていて、魚の頭は笑っていた。「この人はどうしたんです?」と私は聞いた。六叔父は言った。「魚を食べていたら隣りのテーブルの人が笑い話を言い、男は笑って魚の骨が喉に刺さって死んだんだ。あるいは、笑い話に喉を詰まらせて死んだのさ」絵のタイトルは「公共の場では笑い話をするなかれ」とあった。私は言った。「六叔父さん、かなりのポストモダンですねえ」六叔父は手を振ると、「そんな単語は知らん。好きなように描いているだけさ」と言った。私は言った。「好きなように描くということがある意味、一つの境地ですよ」六叔父は首を振った。「言葉では言い表せん、言い表せんよ」その日は六叔父の女房もいた。女房も若い時は劇団で役者をしていて、女方の立ち回り役だった。劇団解散後は県の飴工場で包装係をしていた。女房が口をはさんで言った。「どうせ描くなら、どうしてもっと役に立つ絵を描かないのよ？」六叔父が聞いた。「役に立つ絵って何だ？」「大輪の牡丹や枝に止まったおしどりや朝日に照らされる鳳凰を描けばいいのに。門神（仏教寺院や道教道観の入り口に立ち、門番の役目をする神）だっていいわ。春節に市に持って行けば売れるでしょ」また言った。「筆に墨に紙に硯《すずり》、絵具もタダじゃないのよ」六叔父は女房を相手にせず、私も仲立ちをしようとはしなかった。こういうことは説明できるものではない。ある年の端午節に見た絵は、女が天に舞う仙女のように、月に向かって飛ぶ嫦娥《じょうが》（月の世界に住むと言われる仙女）のように、黄河上空で踊っていた。私は聞いた。「この女は誰です？」その日は女房がいなかった。六叔父は小さな声で言った。「幽霊さ」「誰の？」「昔、劇団にいた役者で、俺とはいわば多少縁のあった女なんだが、その後、嫁に行き、後にニラが原因で首を吊ったんだ。何日か前、俺の夢に出てきて、こうやって川の上で踊っていたのさ」さらに言った。「ひらひらと踊っていたよ」それから、小声で言った。「うちのには言うなよ」ある年の中秋節に見た絵は、男が腹に女を入れて汽車に乗っていた。私は腹の中の女を指して聞いた。「誰です？」「やっぱり幽霊さ」「なぜ、他人の腹の中に？」「他人にとりついて、遠い家族を訪ねるのさ」ある年の清明節に見た絵では六叔父は地獄を描いていて、たくさんの餓鬼《がき》が鼻を削られたり、目をくりぬかれたり、身体を真二つに折られたり、火あぶりにされたり、刀の山に放り投げられたりしていて、絵からは餓鬼の阿鼻叫喚の叫び声さえしたが、絵の中の閻魔《えんま》は笑っていた。「こんな血生臭い場面で、閻魔はなぜ笑っているんです？」と聞くと、六叔父は言った。「一人の餓鬼が死ぬ前に笑い話をしたので、閻魔がお前は延津人だろう？　と聞いたのさ」六叔父が言うのを聞いて、私も頭を振って笑った。六叔父が言った。「総じて延津はやはり笑いが主だからな」また、ある絵では道教の尼の格好をした女が口の中でブツブツと呪文を念じながら、紙を折って作った人型を鉄の針で板に打ちつけていた。絵のタイトルは、「恨みも仇もなく」とあった。「恨みも仇もないなら、なぜ人を磔にしているんです？」と聞くと、六叔父は言った。「職業だからさ」私は理解すると背中に冷や汗をかいた。六叔父は日常世界の人も描いた。例えば、北街で羊臓物スープを売る口の大きな呉《ウー》や、西街で豚足の煮物を売る朱《ジュウ》や、東街の盲人の占い師の董《トン》や、十字街で通りの掃除夫をしている郭《グオ》などだ。その描き方は非常に写実的で、しかもスケッチ画だった。六叔父は大口の呉を指差して言った。「延津でこいつの羊臓物スープが一番旨かったが、惜しいかな、四十少し過ぎで死んでしまった」また言った。「太りすぎだった」さらに言った。「一日中、笑いも話もせず、鬱屈を腹にためこんでいた。鬱屈に圧死したんだ」六叔父は占い師の董を指して言った。「この董はデタラメばかり言っている」そして言った。「目の見える人間が解決できない難題は目の見えない者にすがるしかない」また言った。「まともに解決できない問題はデタラメを言う奴に頼るしかない」郭を指すと、「郭は生涯、掃除夫だったが、董が言うには郭の前世は総理大臣で人を殺しすぎたので、現世では自分で掃除をしているんだそうだ」と言った。さらに言った。「郭はぼんくらだが、息子はイギリスに留学した。マイナスかけるマイナスはプラスというやつだな」六叔父は二メートル四方の大きな絵も描いた。それもスケッチ画だった。絵はすべてかつての劇団の同僚たちで、それぞれがさまざまな様子をしていた。六叔父は絵の中の人を指して、言った。「これは陳長傑《チェン・チャンジエ》といって、劇団が解散すると女房が農薬を飲んで死に、本人は武漢に行って、武漢の鉄道機関区でボイラー係をしている。これは孫小宝《スン・シャオパオ》で、道化役者だった。のちに大慶《たいけい》に行き、大慶油田で井戸掘りをしている」さらに絵の中の四、五歳の子供を指して、「これは陳長傑の息子で明亮という。子供の頃は毎日舞台裏で遊んでいたが、大きくなるとどういうわけか延津から西安に行った」そして、一人の女を指差すと声を潜めて私に言った。「黄河の上空で踊っていた女だ」私はこれが六叔父の女かと納得すると、近づいてじっくり見て言った。「なるほど、美人ですね」六叔父は言った。「過去をふり返っても何にもならん」さらに言った。「この絵の中の七、八人は死んでいるな」また言った。「この絵を描く時、多くの人のことは忘れてしまい、描き入れられなかった」ある年の春節に見た絵では子供が線路沿いを走っていて、空には凧が上がり、牛が一頭、後をついてきていた。私は聞いた。「この子は何だって線路を走っているんです？」六叔父は言った。「反対方向の汽車に乗ってしまったんだ」絵のタイトルは「乗り違え」だった。私が「この子もうっかりだな」と言うと、六叔父は「普段の生活でも反対に乗ってしまうことはよくあるだろ」と言い、私も納得してうなずいた。六叔父は長さ十メートルの『清明上河図《せいめいじょうがず》』（北宋の都の開封の華やぎを描いた絵巻図）のような絵巻物も描き、これも細密デッサン画で、描いているのは延津の渡しで開かれる市だったが、絵の中の人が着ているのは宋代の服装だった。黄河は波が高くうねり、岸辺の柳の下には横笛を吹く者や胡弓を弾く者がいた。川では漁師が船べりに立って漁をしており、網にかかっているのは黄河のコイでもソウギョでもフナでもコクレンでもなく、一人の人魚だった。荷車を押す者、荷を担ぐ者、家畜を追い立てる者など、人が大勢、渡しの橋の上を歩いていた。橋のたもとの店の入り口に門額が掛かり、〝一日三秋〟と書いてあった。私は門額を指して言った。「六叔父さん、店の門額にはこんな文字ではなく、商売繁盛とか幸運吉祥とか書くんじゃないの？」六叔父は笑うと、「あの日は酔っ払ってて門額を描く所が小さくなってしまい、商売繁盛や幸運吉祥など画数の多い字は入らなくなって、一日三秋になったのさ。一日三秋は画数が少ないからな」と言った。六叔父は他にも、犬だの、猫だの、狐だの、イタチだの、さまざまな表情の動物を描いていた。そのうち、一匹のサルが渡しの柳の木にもたれて両手で腹を抱えて寝ていた。首には鉄の首輪をされ、首輪には鎖がついていて柳の木につながれ、余った鎖はサルの身体に巻かれていた。頭と身体は傷痕だらけで、かさぶたはまだできてなかった。私は聞いた。「この猿の尻と足の裏のタコが銅銭のように厚いのは、年取っているからですか」六叔父は言った。「これは俺の自画像さ」サルの頭と身体の傷痕を指して「なぜ打たれたんです？」と聞くと、六叔父は言った。「芸ができなくなり動けなくなったが、猿回し芸人は承知しないで打つのさ」

去年の春節に帰ると、六叔父が心筋梗塞で亡くなったと聞かされた。亡くなってひと月以上が経っていて、六叔父の家に行くと六叔父は壁に掛けられた写真になっていた。六叔父の女房と六叔父の話をした。女房が言った。その日の朝、六叔父は胡辣湯《フーラータン》（河南省の名物のスープ、唐辛子と黒胡椒を牛肉のだしのスープに入れた物）を飲んでいて急に頭をカクッと曲げると息絶えたのだ、と。続いて詳しく語り始めた。どうにか六叔父を病院の救急に運んだが、それでも助からず、死に際に何の言葉も残さず、それから親戚や友人に知らせ葬式を執り行なった、などなど。女房がそれらを話すスピードと話し慣れた口ぶりは芝居の台詞のようで、これらの話を女房が人に何度も繰り返し話したことが分かった。私はふと思い出して、女房の話をさえぎった。

「六叔父の絵は？」

「もちろん、死んだ日に紙銭《しせん》（幣の形に切った紙を死者の弔いに焼き、霊魂を祭る）にして燃やしたわ」

私は唖然とした。

「あんないい絵を燃やしたんですか?」

「あんな物、本人以外、誰も気に入ってないもの」

「叔母さん、俺は好きですよ」

女房はポンと手を打った。

「あんたを忘れていたわ。思い出していれば取っておいたのにね」

それから言った。

「人は死んだら生き返らない。紙銭も燃やしたら灰になって戻らない。諦めるのね」

本当に仕方なかった。六叔父の絵は灰塵と化し、どこを漂っているのかも知れなかった。その日の夜、夢で六叔父を見た。延津の渡しで空から大雪が降り、岸辺で六叔父が白い長い中国服を着て身体をねじって芝居を唸っているようだった。雪は次第に空いっぱいに降り落ちてくる六叔父の絵に変わり、六叔父は私に向かって手を広げて唱《うた》っていた。「如何せん、如何せん」「どうしたらいい? どうしたらいい?」目が醒めると、もう眠れなかった。ひと月後、私はある決心をした。六叔父の燃えた絵を元に戻そうと決心したのだ。私には絵は描けないが、六叔父のそれぞれの絵をつなげて小説にすることはできる。あるいは、六叔父の絵はもう見ることはできないが、この小説を書けば、私と六叔父の過去を記念し、六叔父の絵の中の延津を残すことができる。

だが、いざ書くとなると絵を小説にすることは容易ではなかった。一枚一枚の絵は人生の一コマ一コマで、その間に何のつながりもないが、小説には絶対につながりのある人物と物語が必要だ。そして、六叔父の絵の何枚かはポストモダンに属し、人と環境は変形し、誇張され、生死を超越し、謎めいているのに、何枚かはものすごく写実的で人の日常生活を描いた日々の暮らしの延長で、両者の間にはスタイルの統一がない。絵は一枚一枚違っていていいが、小説は描写の手法と文章のスタイルが統一していなければならない。私は第二章まで書いて諦めようとした。だが、こうも思った。自分は一介の書生で非力だが、書いたもので人の気を紛らわせることはできる。そこで、心の中で六叔父に誓った。自分の多少の技能で友人の、人に忘れられた思いと悩みを拾い上げ、安請け合いをして途中で放り出すことはできないが、何とか最後までやり遂げてみよう、と。

書いている間、私はできるだけ絵に現れたポストモダン、デフォルメ、誇張、生死を超越する不思議な感覚と日常性とを調和させるべく心がけ、それらを味付けと火鍋の薬味にした。章節のほとんどは日常の暮らしが主で、いくつかの章節に不思議な感覚とポストモダンが出現して人の笑いを誘えば、読者もあまり生真面目にならないですむだろうと思った。主な登場人物は二メートル四方の劇団の人物群像のデッサン画から数人を選び、小説のはじめから終わりまで一貫できるようにした。もちろん、ヒロインには六叔父と関係があったという女が欠かせない。そうすれば、これらの登場人物が六叔父により近くなる。また、それらの人物の延津を離れてからの人生が主なのは、延津を離れた人こそ延津をよく知ることができるからだ。ただ、六叔父は常に延津を描いた。ここが小説と絵の違うところだ。その点で絵を逸脱してしまったことは六叔父に許してもらうしかない。同時に小説のシーンを広げることで小説に空間的な広がりをもたせることができた。それから、六叔父の絵は灰となって消えてしまったので、六叔父の絵も過去の記憶になり、記憶の中にある六叔父が描いた絵をたよりに絵の中の情景を再現したに過ぎず、細かい違いが大きな差となって六叔父の絵の境地には戻りにくくなっている。虎を描くつもりが犬になっていたら、それも六叔父に許してもらうしかない。とにかく、小説には六叔父の絵に忠実なところも裏切っているところもあり、それは書き始めた時は思いもよらない点だった。でも、純粋な気持ちだけは天地に賭けて誓う。六叔父は延津は笑いが主だと言っていたから、この小説も冗談と思ってもらいたい。

この本を読んでくれる人たちに心から感謝したい。私から六叔父に代わってお礼を申し上げる。

第一部　花二娘《かじじょう》

花二娘《かじじょう》は笑い話を聞くのが好きな人だ。「花二娘はどこから来たんだね」と人が聞くと、花二娘は言う。「望郎山《ぼうろうざん》よ」「何しに来た？」と聞くと、花二娘は言う。「笑い話を探しに」「眉の上に霜がついているよ」と言うと、「望郎山には積雪があるから」と答える。花二娘は腕に籠を下げていて、籠の中にはランタンのような真っ赤な柿が入っている。

花二娘が笑い話を探すのは昼ではなく、夜だ。

花二娘は延津の人ではない。はるばる遠くから延津にやってきて、延津の渡しで人を待っている。その人は花二郎《かじろう》という。だが、三千年以上も待っているのに花二郎はやって来ない。花二娘は会う人ごとに言う。「約束したのよ」花二郎は心変わりしたのか、三千年来、戦乱や天災が絶えないので道中で死んだのか。花二娘は渡しで立ちくたびれ、川べりに座って脚を洗いながら言った。「水よ、あんたはやっぱり約束を守るわ。来ると言ったら、毎日時間通りに来るもの」水が言う。「二娘、あんたが昨日会ったのは俺たちじゃない。俺たちは今日ここに来たばかりだ」花二娘はため息をついて言う。「川は変わらなくてよかったわ。でないと行くところがなくなるもの」水が言う。「二娘、水が違うなら川も違うんだよ」雁の群れが空を飛んできたので、花二娘は言う。「雁よ、やっぱりあなたたちは時間を守るわ。去年いなくなり、今年また時間通りに帰ってきたのね」雁が言う。「二娘、わしらは去年の群れじゃない。去年の群れはとっくに南方で死んだよ」宋代の徽《き》宗の時代まで待つと、数羽の鶴が飛んできて、さらには数羽のキンケイが飛んできたので、花二娘は人を待つことが笑い話になったと知り、その日の夜、突然山になった。その山が望郎山と呼ばれるようになった。

後に人々は知った。花二娘はもともと人ではなく石だったから山に変わったのだと。石は石のような心を持つのに、花二娘の心は水のように柔らかかった。柔らかな心が花二娘のあだとなった。宋代から今まで、また千年が過ぎた。だが、三千年以上も思いつめ、義憤にかられ、花二娘は不老不死となり、永遠の若さを手に入れた。三千年以上の時が過ぎたのに今も十七、八歳のみずみずしい美しさを保っていた。

こう言う人もいる。花二娘は待っても待っても愛しい人が来ないので泣き死んで、生き返ると涙を流さなくなり、人の夢に現れて笑い話を聞きたがるようになったのだ、と。

世の中の人すべてが笑い話ができるわけではない。花二娘が夢に現れて笑い話を求められ、話が面白くなくて花二娘を笑わせられないと、花二娘は怒らずに言う。「私をおぶって胡辣湯を飲みに連れてって」だが、誰が山をおぶえるだろう。花二娘をおぶった途端、花二娘に圧し潰されて死んでしまう。あるいは笑い話に圧し潰されて死んでしまう。笑い話で花二娘を楽しませると、花二娘は籠から柿を一つ取り出して食べさせてくれる。

なかには遊び人で笑い話も上手く、花二娘を大笑いさせる者もいる。笑って柿を食べ、二人がそれで別れれば良いのだが、花二娘は笑うと顔に紅を差したようになり、たちまち普段よりさらに魅力的になる。夢の中なので男も普段より大胆になり、花二娘にちょっかいを出して彼女といいことをしたくなる。石とそんなことをすること自体がそもそも笑い話なので、花二娘はまた笑い、楽しくなって男に承知する。二人が着ている物を脱ぎ、身体が触れ合った途端、その気持ち良さはこの世のなにものとも比べものにならず、男はたちまち固くなってしまう。翌朝、家の者は男が真っ裸で床に突っ伏し、息絶えて死んでいるのを発見する。身体をどけるとシーツに精子の痕がある。病院で検査をすると死因はシーツの精子の痕とは関係なく、心筋梗塞だと言われる。もちろん、延津で心筋梗塞で死んだ者のすべてが花二娘と関係があったわけではない。本当にただの心筋梗塞で死んだ者もいる。

大胆な者のなかには笑い話で花二娘を笑わせてから、こう言う者もいる。「花二娘、人に笑い話をさせてばかりでなく、あんたも笑い話をしてくれよ」花二娘は今笑ったばかりで気分がいいので言う。「いいわよ」そして話す。「私は最近、里の名前を変えたの。宋代からずっと望郎山だから、そろそろ名を変えようと思って」「なんと変えたんだい？」と聞くと、花二娘は言う。「一字変えただけよ。望を忘に変えたの。石のように三千年以上も望み続ければ、男のことなんか忘れてしまうから」聞いた者が言う。「花二娘、それは違うな。人を忘れたと言う者に限って、心の中では思い続けているものだ」花二娘が言う。「そんなの、おかしいわよ」相手は笑う。それからは花二娘の方から聞くようになった。「笑い話をしてくれたから、今度は私がしてあげましょうか？」みんなは花二娘が望と忘の話をすると知っているので言う。「二娘、遠慮しておくよ」

長々と話をしなくても、たったひと言で花二娘を笑わせられる者もいて、花二娘は大喜びで「才能ね」と言う。そして柿を二つくれ、その家族全員が三年間は笑い話をするのを免れる。もちろん、三千年間でそんな才能のある者は多くはなかった。

こう言う者もいた。「花二娘、世界は広いんだ。延津にばかりいないで、よそに行ったらいい」花二娘は言った。「今さら遅いわ。もちろん世界は広いし、私も出かけたい。山に変わる前なら延津を離れられたけど、山になってしまったから、望郎山だろうと忘郎山だろうと、山を揺るがすのも山を移すのも難しくて、こうしてここにいるしかないのよ。私が延津に居座って動かないんじゃないの。延津に縛りつけられているのよ。今となっては、延津に留まり、延津の外の世界を望むか、延津に留まり、延津の外の世界を忘れるしかないんだわ」

命の危険があるので、延津の人はみんな笑い話をいくつか用意し、寝る前に何度か黙って復唱して不測に備える。これが延津人のユーモアの由来である。夜でさえユーモラスなのだから、まして昼間はというものだ。なかにはずぼらな者もいて笑い話を用意せず、延津には五十万人もいるのだから、そうそう自分に番が回ってくるはずがないと考える者もいる。人が多いと油断する。まさにそれゆえに花二娘が夢に突然来臨すると、そういう者はあっという間に命を失う羽目になる。粗忽《そこつ》な自分が悪い。

ほっと息をつける時もあり、祝日は花二娘もすべての延津人に休みをくれる。端午節、中秋節、春節は延津人は笑い話をしなくていい。延津人は祝日は厳粛な顔をして通りを歩いている。出会ってもジロリと相手をねめつけるのは悪意があるからではなく、逆に親しみの表現なのである。冷徹さが親しみで、厳粛さがリラックスなのは、ここに由来がある。

まさに去年の冬、作者は延津に里帰りして夢で花二娘と遭遇し、花二娘は作者にも笑い話を迫った。作者は何の準備もしていなかったので慌てた。そこで焦って言った。「延津を離れると、人がよく笑い話を真に受ける。これも笑い話になるかな？」「例えば？」「誰かが水の中に月があると言うと、人が必死で月をさらおうと…」花二娘がさえぎった。「よくある話だわ。猿が月をさらう、でしょ」そうして怖い顔をして「私をごまかそうとするのは自分をごまかすことよ」と言った。作者は急いで弁解した。「笑い話はありふれているが、続けて相手が言ったんだ。いまだにさらう者がいるのか？とね。おかしいだろ」花二娘は今度は笑って、作者は難を逃れた。延津以外では笑い話を真に受けるおかげで命拾いしたと感謝した。続いて花二娘は作者に、「笑い話をしてあげましょうか」と言った。花二娘の笑い話というのは望と忘の言い古された話と聞いていたので、「遠慮しておくよ。それには及ばない」と断った。不可解なのは、他人の笑い話が上手いと花二娘は柿を一つくれるのに、私が笑い話を終えても花二娘は柿をくれなかった。もしかすると私の笑い話はぎりぎり合格で山を背負わされずに済んだのかも知れないと思うと冷や汗が出た。そこで作った詩がこれである。

夢にぼんやりと花二娘に会う
朝になり渇して胡辣湯を飲む
一日三秋、日の短きを苦しむ
涙が襟を濡らし、両《ふた》つながら相忘れる

第二部　桜桃《インタオ》

一

陳長傑《チェン・チャンジエ》が武漢から手紙を寄こし、再婚するので李延生《リー・イエンション》に武漢に結婚式に来てくれと言ってきた。〝七月八日前、必着のこと〟〝詳しいことは会ってから話そう〟とあった。

十年前、李延生と陳長傑は延津県鳳雷《ほうらい》豫劇団の役者で、劇団の十八番は『白蛇伝《はくじゃでん》』、李延生は許仙《きょせん》の役、陳長傑は法海《ほうかい》を演じ、女優の桜桃《インタオ》は白蛇つまり白娘子《はくじょうし》役だった。今、思えばこの芝居が当たりを取ったのは陳長傑のひと言のおかげだ。彼は言った。『白蛇伝』はつまり下半身が招いた禍さ」陳長傑はこんな話もした。「いいか。蛇が千年修行して仙人になる。この世の人は皆、死んだら仙界に行きたいと願い、葬式の祭壇に早く仙界に昇るようにと書くが、この蛇は仙人になってこの世に戻ってきて女になり、男といちゃいちゃする。仙人になっただけでなく、あっちの方面でも仙界に行こうとするんだぜ。まさに欲望にはきりがないということだ。この世で誰といい仲になるかも考えてあった。まず貧乏人は駄目だ。波止場の荷担人夫は風流を解さないからな。次に金持ちも駄目だ。金持ちは妻や妾《めかけ》が大勢いて、道で出会った女なんか相手にしない。そこで、二枚目の書生の許仙を見染めた。許仙は学があり、見た目もいい。昼は漢方薬店の徒弟をして金を稼ぎ、夜は独りで過ごしている。女が降ってきたら燃え上がるに決まっている。学問をしたから、風流も解す。蛇の狙いは正しかった。そして、法海だ。法海は坊さんだ。世間の女という女と近づいてはならない。つまり、男であって男でない。蛇が人間界に来てそんなことをしていると知ったら法海は嫉妬するに決まっている。そこで女を元の姿に戻し、塔の下に閉じ込め、お前にいい思いなどさせてたまるかと思う。そうだろう？　そうに決まっている」李延生は陳長傑の言うことはもっともだと思い、桜桃もなるほどと思った。三人のこんな話があったから、舞台ではどのシーンも真に迫り、台詞にも思いがこもっていた。それだけでなく、言外の意味も備わっていた。そもそもが良くできた芝居で、悲劇的で波乱万丈なのだ。人と蛇が深く愛し合う。そういう思いが芝居の中以外に、この世にどれだけあるというのだ。芝居で法海は許仙に唱《うた》って言う。

　女を愛したのは花のようなその美貌ゆえ
　骨の髄は毒蛇だと誰が知ろう

許仙が唱う。

　愛した時は毒蛇とは知らず
　今になって愛せぬと知り、心は刀に割かれたよう白娘子が法海に唱う。

私と貴方は遠くは仇なし、近くは恨みもなし
何故私たち夫婦の仲を裂くのでしょう

法海が唱う。

お前を懲らしめるのは個人の私怨のためではない
人と妖怪は結ばれてはならぬからだ

三人で手を広げて唱う。

如何せん　如何せん
どうしたらいい？　どうしたらいい？

『白蛇伝』は鳳雷豫劇団の当たり芝居になった。この演目で三人も延津の有名役者になった。だが、芝居が実生活にも影響を及ぼして、三人は難題にぶつかると、「如何せん、如何せん」、「どうした

らいい？　どうしたらいい？」と言うようになった。

芝居では、桜桃は李延生、つまり許仙の妻だった。現実では、桜桃はのちに法海、つまり陳長傑と結婚した。桜桃は水蛇のような腰に、瓜実顔、杏の種の芯のような目をしていて、話をする前にちらりと相手を見る。現実生活でも毎日一緒にいて、舞台では恋人同士を演じるのだから、李延生も桜桃に心を動かしたが、舞台裏では陳長傑がいつも桜桃に芝居の話をしていた。芝居の話ついでに桜桃に笑い話もした。一つ話すと桜桃は「ククク」としばらく笑っていた。桜桃は陳長傑と結婚することになった。芝居の話で心を動かせるのだから、女の心を得られないはずがない。一方の李延生はのちに県の飴工場の包装係の胡小鳳《フー・シャオフォン》と結婚した。胡小鳳は胸が大きく、目が大きい。包装する合間に芝居を見るのが好きで、李延生が演じるハンサムな書生役、許仙のファンになった。ある晩、芝居がはね、李延生が化粧を落として劇場の裏口から出ると、胡小鳳が立っていた。李延生を見ると、ポケットから飴を取り出した。

「食べて」

そして言った。

「ただの飴じゃないのよ」

「どう違うんだい？」

「よく見て」

李延生がよく見ると、飴の包み紙にハートのマークが書いてあった。

「飴工場で働くいい点よ」

「気持ちはありがたいけど、虫歯で飴は食べられないんだ」

「これから、どこ行くの？」

「一晩中唱って疲れたから眠いんだ。すぐ帰って寝るよ」

「一晩中唱って、お腹空かないの？　お腹が空っぽのまま寝るのは胃に良くないわ」

胡小鳳は言った。

「十字街の胡《フー》なら、まだ胡辣湯を売ってるわ。食べに行かない？」

「喉がまだ熱を持っているから、辛《から》いものは食べられない」

「北関の大口の呉の羊臓物スープ屋もまだ開いているわ。羊臓物スープを食べに行きましょ。スープなら歯に障らないわ」

そうして、ひと月も羊臓物スープ屋通いが続いた。毎日、胡小鳳は服を違えて来た。その日の晩、二人でスープを飲んでいると、胡小鳳が言った。

「延生、私は話がストレートだけど悪く思わないでね」

李延生は芝居の台詞を使って言った。「許してつかわす」

「人と恋愛したい？　蛇としたい？」

李延生はスープの湯気の中で顔を上げた。

「あれは芝居さ。現実生活で誰が西関の城壁で蛇と恋愛する？　頭がおかしいよ。恋愛はもちろん人とするさ」

胡小鳳はレンゲを置いた。

「人とするなら、私としなさいよ」

「どうして？」

「白娘子より、いいわよ」

「どこがいい？」

「白娘子は胸がないけど、私はあるわ」

李延生は考えた。桜桃は色っぽいがペチャパイだ。胡小鳳はがさつだがデカパイである。前を見ると、二つのボールがブラウスの合わせからこぼれそうだった。李延生は「へへへ」と笑った。

結婚したはじめの二年は、夜、胡小鳳は李延生に隈取りをして許仙にするのが好きだった。李延生は言った。

「俺が好きなのか、それとも芝居の中の許仙が好きなのか？」

胡小鳳は上で身体をくねって言った。

「こうすると、私も白娘子になれるわ」

胡小鳳は身体をくねらせる蛇になりたかったのだ。

その後、人々がテレビを買い、芝居を見る者がいなくなり、鳳雷豫劇団は解散した。劇団員百人は大樹が倒れサルが四方に逃げ散るように、それぞれの道に散っていき、さまざまな生業を探してバラバラになっていった。李延生、陳長傑と桜桃は一緒に延津県の国営機械工場に入った。機械工場の工場長は胡《フー》・占奎《ジャングィ》といい、芝居好きで『白蛇伝』が好きだったので、『白蛇伝』の三人の主演を雇ったのだった。李延生は砂利運搬工になり、陳長傑は板金工になり、桜桃は食堂でマントウを蒸かした。

祭日や工場に客がある時、胡占奎は三人に『白蛇伝』を唱わせた。弦楽器や打楽器がないので、三人は清唱（伴奏なしで唱うこと）するしかなかった。他の役者もいないので三人は芝居を通しではやれず、一節を唱うしかなかった。三人がよく唱ったのが、「如何せん、如何せん」と「どうしたらいい？　どうしたらいい？」のくだりだった。三人が台上で「如何せん、如何せん」「どうしたらいい？　どうしたらいい？」とやると、胡占奎は下で自分のツルツル頭をさすり、ハハハハと大笑いした。やがて機械工場も倒産して、三人は完全に許仙、法海、白蛇と縁を切り、それぞれのたつきを求めた。陳長傑と桜桃は県の紡績工場に行き、陳長傑は機械修理工に、桜桃は紡績工になった。李延生は県副食品会社に行き、東街の販売所で醤油や酢、漬物を売った。醤油と酢と漬物売り場の左は山椒や醤豆腐（豆腐を発酵させて塩漬けにしたもの。乳腐）売り場だった。山椒や醤豆腐を売る白《バイ》は、その後、軍人の夫に従って甘粛《かんしゅく》に行き、山椒や醤豆腐を売るのも李延生の仕事になった。

働く場所が一緒でなくなったので、李延生と陳長傑も以前のように毎日顔を合わさなくなった。たまに通りで出くわせば、二人は立ち止まって話をした。あるいは誘い合わせて西街の天蓬元帥《てんほうげんすい》という飯屋で豚足を食べた。県の劇団と機械工場にいた頃も二人はよく天蓬元帥に行き、豚足で酒を飲んだ。以前は毎日一緒だったから、行こうと思えばすぐ一緒に行けた。今は職場が違うので、豚足を食うのも誘い合わないとならない。はじめは週に一度行っていたが、それが月に一度になり、さらには家のあれやこれやで忙しくなり、誘い合うことも稀になった。豚足が食べたくなると独りで天蓬元帥に行き、豚足を買って帰って家で食べた。陳長傑の息子の満百日の祝いの時、両家は全員で一緒に食事をした。陳長傑と桜桃は息子に翰林《ハンリン》と名をつけた。李延生は分かった。『白蛇伝』で白娘子が産んだ子が翰林と言い、のちに科挙（隋代に始まり、清末まで続いた中国の官吏登用試験）に首席で合格する。今、子供にその名をつけたのは、子供が将来、芝居の中の翰林のように立派になるようにという願いをこめたのだ。陳長傑は桜桃を指さして、「この名前はこいつがつけたんだ」と言った。李延生と胡小鳳は「いい名だ」と言い、翰林のおでこが広いのを見て「きっと間違いない」と言った。その会食後は会うことも少なくなった。長いこと会わないでいると、相手の近況も人づてに聞くことになる。人から、陳長傑と桜桃の息子は一歳になったと聞いた。また別の人から、翰林が口が利けるようになり、目の前が暗いとよく言うので、祖母が明亮《ミンリアン》と改名させたと聞いた。あっという間に二年が過ぎ、また別の人から陳長傑と桜桃の仲が悪くなり、毎日喧嘩していると聞いた。たまに李延生も陳長傑と通りで顔を合わせたが、長いこと一緒にいないと本音での深い話もできず、相手の家のことも聞きにくかった。ある日、突然、李延生は桜桃が首を吊って死んだと聞いた。なんだって首を吊ったのかというと、ニラのせいだと言う。ニラ一束のせいで桜桃と陳長傑は口喧嘩になり、陳長傑が「やれるものなら、死んでみろ」と言い捨てて出て行った。まさか桜桃が本当に家で首を吊るとは思わなかった。桜桃の葬式に李延生は線香を上げに行った。延津の葬式には頭を深々と下げる習俗があり、陳長傑は李延生を見るとひざまずいて叩頭《こうとう》した。李延生は慌てて相手の身体を助け起こした。陳長傑は李延生の手を取って泣いた。

「言葉にはできん」

李延生は慰めるしかなかった。

「人は死んだら生き返らない。もう何を言っても仕方ないさ」

「桜桃と一緒になるべきじゃなかった。俺たちは合わなかった。俺と一緒になってはいけなかったんだ」

「そんなことないさ」

「そんなことあるさ。芝居でも仇同士だった。あれは白蛇を演じ、俺は法海だった」

「芝居とは違うさ」

その時、李延生は桜桃の祭壇に「早く仙界に昇れますよう」と書いてあるのを見た。桜桃の遺影の前に三歳になる息子の明亮が立っていた。明亮は喪服を着て鼻水を垂らし、目を見張って李延生を見つめていた。李延生は陳長傑に言った。

「過去のことは忘れて、しっかり息子を育てることだ」

「延津中の者が、俺が桜桃を殺したと知っている。もう延津にはいられない」

「そう思っているのはお前だけだ。誰もそんな風には思っていないよ」

「俺たちは劇団から機械工場まで毎日一緒だった。俺がどんな人間かはよく知っているだろう?」

「そりゃ、知っているさ」

李延生はまた言った。

「思いつめたら、話に来い。また、天蓬元帥に豚足を食いに行こうぜ」

陳長傑はうなずくと言った。

「延津で腹を割って話せるのは、お前だけだ」

しかし、李延生が思いもかけなかったことに、桜桃の葬式からひと月後、陳長傑はきっぱり延津を去って行ってしまった。叔父の一人が武漢の鉄道機関区で働いているのを頼り、三歳の息子を連れて行ってしまったのだ。出て行く時に李延生にひと言もなかった。

あっという間に三年が過ぎ、陳長傑が手紙を寄こし、再婚するので李延生に武漢の式に参列して欲しいと言う。手紙は延津県副食品会社東街販売所宛てに届いた。李延生は販売所で陳長傑からの手紙を読むと、陳長傑と劇団にいた頃や機械工場にいた頃、二人で豚足を食ったことを思い出した。多くのことが、手紙がなければ忘れていたが、手紙を読んだらすべて思い出されてきて、武漢に行かないわけにはいかないと思った。夜、退勤して家に帰ると、女房の胡小鳳に武漢に行くことを相談した。この頃の胡小鳳は胸が大きいだけでなく、身体の厚みも一回り厚くなっていた。夜はもう李延生に許仙の隈取りも描かず、自分の身体をくねらせなくなっていた。彼女は李延生が武漢に陳長傑の結婚式に行くと言うと、吐き捨てるように言った。

「駄目よ」

「友だちだぜ。行かないわけにいかん。延津で女房を亡くした時、俺に言ったんだ。延津で腹を割って話せるのは俺しかいないって」

「女房が死のうと、女房をもらおうと知ったことじゃないわ。聞くけど、武漢に行く旅費は誰が出すの？」

「当然、俺だよ」

「結婚式に出るのに結婚祝いは？」

「そりゃあ、祝儀を出す」

「武漢と延津は遠いわ。あんたの給料はひと月たったの六十元余り。汽車代に祝い金で給料ふた月分になる。このふた月、私はずっと身体に力が出なくて、立てば汗が出るし、座ればまた汗が出るのに、医者にかかる金が惜しくて行ってないのよ。自分の女房は放っておいて、他人が女房をもらうことを気にかけるわけ？」

別の話になってきた。結婚して数年が経ち、あることが別の話になることがますます多くなってきた。李延生はそれ以上、胡小鳳にしゃべらせたくなくて、急いで話を終わりにした。

「だから、相談してるんじゃないか」

また言った。

「招待は招待、行くか行かないかはまた別の話さ」

翌日出勤すると、李延生は右隣りの売り場でタバコと酒を売る孟《モン》に、自分に代わって醤油と酢と漬物と山椒と醤豆腐の売り場を見ててくれるように頼むと、昔、劇団で一緒だった仲間の何人かを訪ね、機械工場の同僚たちを訪ね、陳長傑が武漢で結婚することを知る者はいないか、武漢に結婚式に行く者はいないか聞いて回った。陳長傑を忘れている者もいた。「陳長傑って？」思い出させてやると「ああ、あいつか。女房を死に追いやった奴だな」と言う。どうやら陳長傑は武漢で再婚することを延津中で自分だけに知らせて寄こしたと見える。大勢のなかの一人なら、行かなくても別に構うまい。だが、たった一人なのに行かないと目立ってしまう。目立つ目立たないはどうでもいい。自分にだけ知らせたということは、自分を延津でただ一人の友人と見なしているということだ。行かなければ不義理ではないか。まして、手紙には〝詳しくは会って話す〟とあった。会って何を話したいと言うのだろう。だが、行くとしても胡小鳳が承知するとは思えない。調べてみると、武漢往復の汽車の切符は百元以上する。陳長傑の結婚式に出ると祝儀を少なくとも五十元は出さなければなるまい。武漢に行くのに給料ふた月分でも足りない。胡小鳳の言ったとおりだった。「如何せん、如何せん。どうしたらいい？　どうしたらいい？」李延生は思わず、ため息をついた。

万が一のために、李延生は陳長傑に返事を書いた。まず、陳長傑に結婚を祝う言葉を書き、それからこう書いた。〝祝いに駆けつけるべきところだが、残念なことに先週足をねじってしまい、地面に足がつけない〟そして、文末に書いた。〝話はまた改めて聞くよ〟そうやって、適当に流してしまった。

二

延津県城北関に大口の呉《ウー》の羊臓物スープ店がある。李延生と胡小鳳は恋愛中、大口の呉の羊臓物スープ店でひと月以上、羊臓物スープを食べ続けた。延津県城に羊料理店は五、六十店はあるが、呉の店が一番繫盛している。呉の店は羊臓物スープ以外に、シシカバブや羊肉炒めや羊のしゃぶしゃぶ、羊肉麵も出す。他の店は昼間開けて夜中は閉めるが、呉の店は昼は閉じていて、夜、店を開き翌朝までやっている。明け方の四、五時になっても客が絶えない。客は羊臓物スープが旨いのと羊肉が柔らかいのが目当てでやってくる。ここの羊肉は生きた羊をほふるからだ。

呉が羊をほふるのは昼間で、毎日午後の三、四時頃だった。呉は背が低く太っていて、頭が真ん丸で腹が出て、ひげはなく、柵から羊を一頭引き出してくると羊はメエメエと鳴くが、他の羊たちも柵の中でメエメエと鳴く。呉は羊をまな板に押さえつけると「鳴くな。鳴いてもムダだ。俺が殺さなくとも、他の者の手に渡ればやっぱり殺されるんだ」と言う。

こうも言う。

「店をやっているのは金を稼ぐため。金を出してお前を買ったのは、うちで老後を過ごさせるためじゃない」

「お前が悪いんでも、俺が悪いんでもない。羊に生まれたのが悪かったんだ」

「夜には料理してやる。早く諦めて極楽に行くんだな」

「俺の手にかかるのも何かの縁というものだ」

刀をふり落とすと羊は叫ばなくなる。柵の中の羊たちも叫ばなくなる。羊の首からはザアザアと血が流れ出て、ボタボタとまな板の下の盥《たらい》に落ちる。羊の血も客たちがよく注文する料理になる。

毎日殺生をする者は呉のように、羊を殺す時に羊に滔々と話しかける以外は普段は口が重く、おしゃべりの嫌いな者が多い。陳長傑と桜桃も恋愛中はよく呉の店に羊臓物スープを飲みに行った。羊臓物スープを飲む間、陳長傑は絶えずしゃべり続け、桜桃に笑い話をしていた。笑い話を一つすると、桜桃は「ククク」としばらく笑った。呉はじろりと二人を眺め、また裏庭に引っ込む。その後、李延生と胡小鳳も恋愛中にここにやってきて羊臓物スープを食べた。呉はあまり李延生を相手にしなかった。役者はみんなおしゃべりばかりだと思ったからだ。実は口で飯を食う人間もいろいろで、おしゃべりなのは陳長傑で李延生ではなかった。

十字街で通りを掃いているのは郭宝臣《グオ・パオチェン》だ。彼は道路掃除夫だが大口の呉とはいい友人だった。二人がいい友人になったのは、二人とも口が重くおしゃべりが嫌いだからだ。何かを知ったら、それでいいじゃないか、なぜわざわざ言う必要がある？　何かをやったら、それでいい。何をぐだぐだ言うことがある？　世の中に面白いことがどれだけある？　他の人が店で食事をしても呉は相手にせず代金を受け取るだけだが、郭宝臣が来ると付き合って一緒に酒を飲んだ。酒のあてはたいてい四皿、水煮落花生、辛味冷菜、槐《えんじゅ》の花の卵炒め（延津には槐の木が多い）、羊の茹で肉だった。羊は郭宝臣に食わせるためで、呉はもう羊肉は食わなかった。隣りで食事をし酒を飲む人の声が喧しいので、呉と郭は酒を飲んでもほとんど話はしない。盃《さかずき》を上げ、相手に会釈して飲む。他人が見れば何か面白くないことがあって酒を飲んでいるのかと思うが、二人は気分良く酒を飲んでいる。「酒卓の声なきは声あるに勝る」李延生は呉の店で酒を飲んだ時に、こう言ったことがある。

その日の夜、郭宝臣がまた来て呉と酒を飲んでいた。二人は黙って酒瓶を二本空けた。翌朝起きると、呉の家の者は呉が寝床で死んでいるのを発見した。病院に運ぶと心筋梗塞だった。

呉の二番目の姉は延津飴工場で飴を切っていた。切るのが速かった。胡小鳳は飴を包んでいるので二人は同じ所で仕事はしていないが同僚なので、呉の姉は呉の葬式のことを胡小鳳に告げた。呉家の葬式の日、胡小鳳は李延生と葬宴に出かけた。李延生が聞いた。

「香典は出すのか？」

「もちろん、出すわよ」

李延生は数日前、陳長傑の結婚式に胡小鳳が自分を行かせなかったことを思い出して文句を言った。

「自分の友だちに何かあれば出かけるのに、俺には行かせないんだな」

胡小鳳は李延生が言っているのが陳長傑の武漢での結婚式のことだと分かり、いきり立った。

「同じじゃないでしょ？　あんたの友だちの結婚式は武漢で、呉が死んだのは延津なんだから」

こうも言った。

「それに結婚式の祝儀と葬式の香典とでは額が違うでしょ」

当時の延津の風習では、婚礼の祝儀はやや高くて五十元、葬儀の香典は少し安くて二十元が相場だった。李延生はそれ以上言わせないため、胡小鳳の言葉をさえぎった。

「ちょっと言ってみただけだよ。マジになるなよ」

それから言った。

「二十元払っても、その分食って帰るんだろ？」

胡小鳳は吹き出した。

呉家の葬宴は呉の店で行われた。呉家が招待した人は少なくなく、全部で十七、八卓あり、ひとテーブルに十人座った。李延生、胡小鳳と一緒の席に座った中には知っている者も知らない者もいた。だが、三杯目が腹に入る頃には全員と知り合いになっていた。みんなで食べながら呉の突然死についてあれこれ話した。一人が指さして言った。

「あの晩、呉は郭宝臣と酒を飲んでいた。あそこの席だ」

「分からんもんだ。身体も丈夫だったのに、心筋梗塞でぽっくりだものなあ」

「かなり飲んでいたな。掃除夫と二斤空けていた」

「太りすぎだよ。一メートル六十で、百キロはあったろ」

一人が声を潜めて言った。

「殺生のしすぎさ。その報いだよ」

その時、呉の弟が喪主を代表して盃を持ってきて、みんなに言った。

「いろいろ言っているね。話は聞こえたよ」

そして言った。

「兄貴は心筋梗塞で死んだのでもないし、報いで死んだのでもないよ」

「何で死んだんだ?」

「笑い話で死んだのさ」

兄貴が口が重いのに反して、弟は口から先に生まれたようだった。人はみな、兄貴の話は全部弟にかっさらわれたと言っていた。兄の呉は生前よく弟を怒って言った。「このボンクラ!」弟は店で雑用していて遠くから兄貴が来るのを認めると、慌てて口を閉じて仕事を始めたものだった。今、その兄貴が死んで、弟は悲しくもあり、少し興奮してもいるようだった。

みんなが驚いて言った。

「笑い話で死んだ? それはつまり……」

弟はさえぎって言った。

「決まっているだろ。兄貴は花二娘に遭ったのさ」

それから言った。

「あの夜、兄貴は郭宝臣と酒を二斤飲んで、いつものように寝た。以前は二人で二斤飲んでも何ともなかったのに、なんでその夜は駄目だったのか? 夢に花二娘が出るとは思わず、突然笑い話をしろと言われ、あのクソ堅物の兄貴が笑い話なんかできるか? 花二娘はむくれて、兄貴に自分をおぶって胡辣湯を飲みに連れて行けと言った。あっという間に兄貴は山に圧し潰されて死んだのさ」

花二娘は延津に居座り続けて三千年以上になる。人の夢の中で花二娘が笑い話で人を圧し潰して死なせることは延津で毎年何件か発生していて、人は不思議に思わなくなっている。ただ、延津で毎年突然死する人は百人近くいるが、それが自死なのか、花二娘と笑い話に圧死されたのかは判然としない。そこで、みんなが聞いた。

「どうして分かる？」

「花二娘がやったとなぜ断言できるんだ？」

呉の弟は手を振って言った。

「兄貴は頭が真ん丸だったろう？　棺桶に入れる時に見たら、扁平《へんぺい》だったんだ。兄貴は腹が出ていただろう？　今は紙のようになっている。山に圧し潰されたからだ」

さらに言った。

「このことを司馬牛《スーマー・ニュウ》に言うと検証にきて、兄貴の遺体を見て花二娘がやったと認めたのさ」

司馬牛は県城南街に住む延津一高の化学教師で、化学を教えるかたわら魏晋《ぎしん》南北朝の志怪小説（魏晋南北朝時代に主に書かれた奇怪な話で、幽霊奇譚が多い）を研究している。花二娘がはるばる延津にやってきて三千年余りになるが、司馬牛は教師の仕事の合間に『花二娘伝』を書くことを決意した。司馬の話では、その本は花二娘の延津での行状《ぎょうじょう》を書くだけでなく、その笑い話を研究する意図があり、花二娘と延津で起こった化学反応、花二娘が延津でしたことのあれこれを書くつもりで、すでに三十年も資料を収集しているという。いわば花二娘の専門家であるとも言える。その司馬牛が呉は花二娘に圧死されたのだと言うのなら、疑いの余地はなかった。

呉の弟は補足して言った。

「あの晩、中庭で一陣の風が巻き上がったんだ」

さらに言った。

「普段は俺をボンクラと言うくせに、なんで自分は防げなかったのか？」

もちろん、呉のことである。

「いつも仏頂面して、笑い話の重要さを知らなかったからさ」

そう話し終えるとみんなに酒を勧め、次のテーブルに移っていった。

みんなは次々にうなずいた。

「司馬牛が言うのなら、そうなんだろうな。ただの突然死でないのは確かだ」

そして、花二娘の笑い話探しの話になった。

「花二娘も何だな。呉が堅物人間と知っていて、笑い話をさせるなんてな」

「公平なのさ。誰にでも起こりうる。天が崩れたらみんな圧し潰される。そうでなきゃ不公平だろ」

「花二娘は延津に三千年もいる。犬の皮の膏薬と同じで剝がそうにも剝がせなくなった」

「延津人の宿命だ。先祖代々、花二娘と共に生きていくしかない」

「だけど、花二娘がいて良いこともあるぜ。花二娘に迫られるから、延津人はユーモアがあるんだからな」

「でないと胡辣湯を飲まされるからな」

「呉は死ぬ時に花二娘に言うべきだった。二娘、胡辣湯を飲むより俺の店で羊臓物スープを飲もう、

って な」

みんな笑った。胡小鳳も笑い、李延生も笑った。

また誰かが言った。

「弟の言うとおりだな。呉はうかつだった。延津人として寝る前に笑い話を用意しないなんて」

「普段から笑い話を嫌っていたからな」

みんな笑った。胡小鳳も笑い、李延生も笑った。

「俺たちも気をつけようぜ」

そう話している間、李延生は便所に立った。便所の横は呉の羊の柵だ。羊たちが何事もなかったように草を食んでいた。羊たちを見て李延生は感慨深かった。呉は普段たくさん殺生したが、自分が花二娘の手にかかるとは思わなかっただろう。呉は普段、謹厳《きんげん》だったのに、笑い話のために死ぬことになろうとは思わなかっただろう。李延生が寝ている時に花二娘が現れたことは一度もない。李延生も呉と同じでおしゃべりでないから、花二娘が夢に現れたら、その最期は呉と似たようなものだろう。それを防ぐには、急いで笑い話をいくつか仕込んで覚えておく必要がある。こうも思った。花二娘に圧死されなくても普段からケタケタ笑ったりしないのに、いきなり笑い話を詰め込んだりしたら、その居心地の悪さに死んでしまい、そのことが笑い話になるだろう。また思った。延津に五十万人余りも人がいて花二娘はたったの一人、彼女が笑い話を探し歩いても、そうそうすぐには自分のところに来ないだろう。うっかりはいけないが、あまりびくびくすることもない。毎日びくびく暮らしていたら、花二娘に圧死されるよりも先に自分で自分をショック死させて笑い話になるだろう。柵の中の羊のように、一頭が呉に殺されると他の羊は少しの間はメエメエ鳴くが、また静かに草を食み始める。あるいは、捕まる前は静かに草を食うしかなく、びくびくしていても仕方がないのだ。これも延津だ。また思った。呉は死んだが、呉の弟は羊臓物スープ店を続けていくだろうか。続けるにしても、無口な男とおしゃべりな男とでは作る羊臓物スープの味は違うに決まっている。店が続けられなかったら、飯は天蓬元帥に食いに行くしかない。

三

李延生はもう一週間も心がもやもやしていた。当時、延津では『食べるだけ食べ、飲むだけ飲もう』という歌が流行していた。「食べるだけ食べ、飲むだけ飲もう、悩みを胸にためるな、人の運命は天が決める、思い悩んでも仕方ない、天も地も怖れるな、天が堕ちたらみんなに当たるだけ、食べるだけ食べ、飲むだけ飲もう、あとは野となれ、山となれ」みんなが歌い、李延生も歌った。一曲歌えば悩みも忘れ、楽しい気分になった。ところが今度ばかりは一週間歌っても楽しい気分にはならず、心はますますもやもやした。何が原因かと考えても特に思い当たらず、毎日副食品会社の販売所に勤務に行き、三度三度の食事を摂り、生活は何も変わらなかった。最近は胡小鳳とも口喧嘩をせず、職場の人間との小競り合いはない。隣りの売り場で酒とタバコを売っている孟に言わせると、自分から悩みを探しているんだということだが、その悩みの現れ方というのが相当に具体的で、李延生は以前も口数少なかったが今はさらに少なくなり、日に数言しか話さなくなって一人でぽつねんとしていた。勤務中に客が来ても醤油を酢と間違えたり、山椒を他の調味料と間違えたりした。家で飯を食い箸を置くと、ぼうっと窓の外を眺めている。胡小鳳が聞いた。

「何を考えているのよ？」

李延生はぶるっと身震いすると、はっと我に返って、慌てて言った。

「何も考えてないよ」

夜中に胡小鳳が目を覚ますと、李延生がベッドの端に腰かけて足を組んで窓の外の暗闇を見つめている。ある時など、胡小鳳が声に驚いて目を覚ますと、李延生が窓の外の暗闇を見つめながら小声で『白蛇伝』の一節を唱っていた。「如何せん、如何せん」「どうしたらいい？　どうしたらいい？」……。そして、唱いながら泣き出した。胡小鳳は言った。

「李延生、脅かさないでよ」

胡小鳳は李延生を連れて県病院に検査に行った。血圧を測り、血液検査をし、心電図を撮り、五臓六腑のCTも撮ったが、どこも悪くなかった。県精神病院にも検査に行ったが、正常だった。胡小鳳は言った。

「明らかに具合が悪いのにどこも悪くないなんて、一体どうすればいいのよ」

「俺だって嫌だが、自分でもどうしようもない」

そして、言った。

「小鳳、今後は俺が死のうが生きようが、俺のことは構わないでくれ」

胡小鳳は泣いた。

「そんなこと言わないでよ。死ぬ前に私を脅す気？」

　はっと思い当たって聞いた。

「夢で花二娘に遭ったの？」

　李延生は首をふった。

「遭っていたら、俺だって呉のように口下手だ。とっくに花二娘と笑い話に圧し潰されて死んでいるさ。こうやってお前と話ができると思うか？」

　胡小鳳はまた思いついて聞いた。

「だったら、今夜、花二娘が夢に現れるのよ。早く笑い話を用意しないと。笑い話を用意していれば鬱々としなくなるかも」

　李延生はまた首をふった。

「笑い話どころか、食べるだけ食べ、飲むだけ飲もうとまで歌ったのに何の役にも立たない」

「じゃあ、一体何が原因なのよ？」

「それが分かっていたら、病気にはならないさ」

　李延生に脅されて胡小鳳の発汗の病気は逆に治ってしまった。

　それからは李延生の飯の量が明らかに減った。ひと月が過ぎるとひと回り痩せ、眼は落ち窪み、顔の骨まで出っ張ってきた。販売所で酒とタバコを売る孟が言った。

「延生、そのままではまずいぞ」

「ますます気が塞ぐんだ。生きていたくないとまで思うほどだ」

「そうなったら、もう董《トン》を訪ねるしかないな」

そして言った。

「行くか？　行くなら、一緒について行くぞ」

四

菫は延津の占い師の一人だ。菫に言わせると生まれつきの盲目で、この世界がどんなかも知らないし、人がどんな姿をしているかも知らない。人の顔形は、占う時に骨を手で触って判断する。だが人に言わせると、菫は盲目は盲目だが全盲ではなく、ぼんやりと目の前を歩いているのが男か女かぐらいは判別できると言う。ある人は菫が竹竿をついて歩いていて、突然雨が降ると竹竿を小脇にはさんで小走りに家に急ぐのを見たと言う。ある年、李延生がまだ機械工場で砂利運搬をしていた頃、陳長傑と天蓬元帥に豚足を食べに行った。食べていると、菫が杖をついて入ってきて二人の隣りに座り、やはり豚足を注文して食べ始めた。李延生と陳長傑が食べ終わっても、菫の豚足はまだ半分残っていた。陳が冗談で、菫が顔を上げて指を嘗《な》めている隙に菫の食べかけの豚足を取り上げ、自分がしゃぶり終わった豚足の骨を菫の皿に置いた。菫は陳の豚足の骨を取り上げてしゃぶり始めると、しゃぶりながらぶつぶつと「今日は食うのがやけに早いな。まだ食い終わっていないはずなんだが」と言った。百聞は一見に如かずで、李延生は菫は全盲だと信じた。

董が全盲だろうと半盲だろうと、目の見える者がこの世で解けないこと、取り除けないことにぶつかると、みんな董に助けを求める。飼っているブタや犬がいなくなる、トラクターがなくなる、あるいは人が行方不明になると董の所に行って居所を聞き、捜し当てられるか聞く。家族が癌になると、治るかどうか、子供が受験になると、受かるかどうか聞く。商売人や役人が泥沼にはまると、商売は起死回生が可能か、監獄に入らなくて済むか……。とにかく、およそ董を訪ねる者は何か事情がある者で、事情がなければ董を訪ねる者はいない。ちょうど、病院で医者に診てもらう人はみんな病気があり、病気がなければ医者にかからないのと同じだ。董に会いに来た人が聞きたいことを話すと、董はその人の生辰八字《せいしんはちじ》（出生年月日と時刻を表す干支を組み合わせた八文字）を聞き、占う。答えが出ないと、骨を触る。骨を触るのは、人の身体の二百六本の骨を触るとその人の一生の運命が分かるというのである。董が言うには、数十年で数千人を触ってきた。骨を触るうちに悲しくなった。なぜなら、数千人のうち人骨なのは何人もいなくて、ほとんどの者はブタや羊の骨で天に背を向け通りを這いつくばっているからと言う。そんなに大勢が通りを這いつくばって行ったり来たりして、一人として前世が人間だった者はいないのかと聞くと董は言った。「いる。十字街で道を掃いている郭宝臣の前世は民国の都督《ととく》（民国の省の軍政長官）で、のちに総理大臣になった。前世で人を殺しすぎて、現世は延津に道を掃きに来た。ついでに自分の身も掃き清めているんだ」と。

占いと骨を触る以外に、董はイタコもできた。つまり、現世の人が死んだ人に話を言寄《ことよ》せできる。あるいは、死んだ人が生きている人に話を言寄せる。依頼にきた人は死者と生きている人の生辰八字と死者が死んだ時刻を董に告げ、董がイタコとなり、二者の間の言葉のやりとりをする。その時、人に伝えるのは幽霊の言葉で、幽霊に伝えるのが人の言葉である。言寄せ以外に憑依《ひょうい》もでき、生きている人に死者を会わせることもできる。その時、菫は趙天師《ちょうてんし》を拝む。趙天師の霊験があらたかになると、死者が菫に憑依し、生きている人は死者と会うことができる。両親を亡くしたばかりの人が両親にもう一度会い、生前言い残したことを聞く。預金通帳はどこにあるとか。そういう時に菫がイタコになる。依頼人は「また会えるとは思わなかった」と言って菫の手を、つまり両親の手を取って嗚咽する。あるいは顔を赤くして怒鳴る。「オヤジ、通帳をどこにやったんだ？」

来世を占いたいと言ってくる者には菫は首を振って断り、一度も占ったことがない。菫は言った。

「天意は明かせない」明かさないのはそれが占いの決まりだからだけでなく、占いにきた人のためでもあった。現世のことも来世のことも知ってしまったら、生きている意味があるか？　生きている意味を知りたいんだと言うと、菫は言った。すべて分かってしまったら、生きていたくなくなるかも知れんぞ、と。

菫が言っているのはデタラメだとみんなも分かっていた。この世界も見えないのに、みんなが見えないものがなぜ見えるんだ？　菫は言った。

「この世界が見えないからこそ、あんたらが見えないものが見えるんだ」

これもデタラメだった。だが、人は解決できないことがあるとデタラメにでも頼るほかはなくなる。菫のデタラメ話がないと、延津では多くの人が気が塞ぎ、延津の鬱病患者は三割は増えただろう。

菫は占っても信じろとは強制しなかった。信じるも信じないも勝手だ。占い終えると、菫は必ずひと言「虚妄の言だ、聞き捨ててくれ」と付け加えた。菫が占う部屋は太虚幻境と言う。菫は言った。

「虚、太虚はつまり幻境。真剣になることはない」

家の門の対聯《ついれん》（門や柱などに掛けたり貼ったりする詩などの対の句）にはこうあった。

人の世で解ける事はこの門を入るなかれ
盲目の虚妄の言を真に受けるなかれ

横額にはこうある。

鬱屈を失くす

菫は延津にいて、花二娘も延津にいる。人は聞く。

「菫、何も見えないなら、目を開けても夜、つぶっても夜、花二娘が現れて笑い話をせがんだことはないかい？」

「笑い話をせがむなんてデタラメだ。わしの占いもデタラメだ。デタラメはデタラメを訪ねたりしない」

また、言った。

「これがマイナスかけるマイナスはプラスということだ」

さらに、言った。

「これが縄張りを荒らさないということだ」

この話もデタラメかも知れない。デタラメでないなら、デタラメのおかげで菫は延津でただ一人、花二娘の笑い話の禍から逃れられた者だと言えるだろう。

五

李延生が董を訪ねて自分の運命を占ってもらおうと決めたのは、もう生きていたくないとまで思いつめることがあったからだ。他の者たち同様、解けないことがありデタラメにすがるしかなくなったのだ。董を訪ねた時、販売所で酒タバコを売る孟と一緒には行かず、女房の胡小鳳にもついてこさせなかった。占ってもらうのに人がついてきて差し障りがあるというわけではない。病院と精神病院には胡小鳳がついていったのだ。だが、董を訪ねようと思った時から、李延生は一人で訪ねようと思っていた。董が自分の悩みを占い当てたら、そばに人がいて欲しくなかった。

董の家は延津県城東街蚱蜢胡同《さくもうフートン》にある。盲人だから嫁の来手はなさそうなものだが、占い、骨探り、言寄せ、憑依で毎月の稼ぎは李延生のような醤油や酢や漬物を売る店員なんかの何倍もあるので、嫁の来手に悩む必要はなかった。もちろん、つつがない者なら董に嫁ぐことを潔しとはしない。董に嫁いだのは蒯《カイ》といって、片目が見えなかった。片目が全盲に嫁いだのだから、降嫁だとも言える。その後、蒯は董との間に一男一女を産み、娘も息子も盲人ではない。李延生がはじめて董に占いを頼んだ時がはじめて菫の家に行った時だった。菫の家に入ると、まず娘がいた。娘は七、八歳で棍棒を持って庭で鶏を追いかけて遊んでいた。李延生を見ると足を止めて、ぽかんとして聞いた。

「なに？」

「お父さんに聞きたいことがあるんだ」

「予約はした？」

菫に占いをしてもらうには、病院のように予約がいるのか。

「予約がいるとは知らなかったから、予約はしてない」

「じゃあ、だめ。今日予約して出直して」

「急ぎなんだがな」

「だったら、緊急費を払って」

李延生は思わず笑った。そして気がついた。このひと月余り、笑ったのははじめてだった。そう言えば菫の家の門をくぐると、なんだか親しみが湧いてきていて、菫を訪ねたのは正解だったと気がついた。そこで子供に言った。

「緊急費と言うのなら、緊急費を払うよ」

そして見ると、菫の家の堂屋の屋根の下にはもう十数人が並んでいて、しゃがんだり、立ったり、なかには木の根っこに腰かけて空を仰いでぼんやりしている者もいた。そこで子供の言ったことはデタラメではなく、菫のデタラメを聞きにくる者は少なくないらしいと知った。そして思った。世の中に解けないことはかなり多く、自分一人だけが悩んでいるのではないのだ。李延生は歩いていき、自分からその人たちの後ろに並んだ。

太陽が東から南に移り、李延生の前にいる人たちが一人ずつ中に入って行き、一人ずつ中から出て来て帰っていき、李延生の後ろにも四、五人が並んでいたが、ようやく李延生の番になり中に入った。中に入ると、部屋の真ん中の壁に天師の絵が掛けてある。李延生は、董が祀っている天師が趙というと聞いていたので、これがその趙天師だろうと思った。趙天師は赤い法衣を身に纏《まと》い、手に鉄の鞭を持ち、麒麟にまたがっていた。絵の上に〝太虚幻境〟の四文字が書いてあった。絵の前の八仙卓（一辺に二人座る正方形のテーブル）には香炉が置いてあり、お香が三本供えてあった。董は八仙卓の横に座り、男が一人董の前に立ち、手を震わせながら言った。

「それもこれも俺のせいなのか？」

董の女房の蒯が、李延生が防寒カーテンを開けて入ってきたのを見ると慌てて止めて、その人を指さすと小声で言った。

「少し待って。この人が追加質問しているから」

李延生は承知すると、急いで部屋から出て廂《ひさし》の下で待った。建物の中に耳を澄ますと、中の人の話し声と董の話す声が聞こえた。突然、その人が泣き出し、董が「泣くな、泣くな。泣いても仕方がない」と言い、しばらくすると目を赤くしたその人が出てきた。蒯が中から「次の人」と言ったので、李延生は自分のことだと思い、再び防寒カーテンを開けて入って行った。李延生は董の前に座った。

董が言った。

「客人の名前は？」

「董さん、延生です。東街副食品販売所で醬油と漬物を売っている延生です」

「延生、ああ、思い出した。以前は役者をしていたな。『白蛇伝』で許仙を演じていた。聴いたことがあるよ」

董は自分の芝居を見たことがあったのか、と李延生は思いつつ、董は目が見えないから芝居を見ようがなく「聴いた」と言ったのだなと思った。

「もう七、八年も前のことです」

「何か用かね」

「心の中が鬱々として、今にも気が狂いそうなんです。それがなぜなのかが分からないので、占ってもらおうと思いまして。病気の原因が分かれば、取り除くことができますから」

すると蒯が李延生を制止して、趙天師像の前の線香を抜くと、また新しい線香に火を点けて香炉に挿した。抜いた線香は前の人を占ったものだと李延生は思った。人が替わったから、新たにやり直すのだ。蒯が線香を点けると、董が立ち上がって香炉の前に歩いてきて、ぶつぶつ唱えながら壁の趙天師を三度拝んだ。しゃがんで、また三度拝んだ。立って、また三度拝んだ。それから座ると、李延生に言った。

「生辰八字を言いなさい」

李延生が生辰八字を告げると、董は指を折って数え始めた。数えてから、目をつぶって何やら考えこみ、また指折り数えた。それを二度繰り返すと、いきなりテーブルを叩いて言った。

「よし」

李延生は驚いて言った。

「どういう意味です？」

「あんたの心にあるのは悩みじゃない。人だよ」

李延生はびっくりして椅子から飛びあがった。

「心に人がいる？　誰です？」

「もちろん死人さ」

李延生はまた飛びあがった。身体の中に死人がいるとは。口ごもりながら聞いた。

「なんだってまた？」

「なんだっても何もないさ。死人にとりつかれたのさ。心が鬱々とするのは自分の悩みのせいではなく、身体の中にいる人の悩みだ」

李延生はしばらく茫然としてから聞いた。

「その人は何者です？」

董は李延生に前に出るよう合図すると、李延生の骨を触り始めた。肩を触り、太腿を触り、胸の前と後ろを触り、首と頭を触った。

「誰か、分かりましたか？」

「奥深く隠れていて、触れんな」

「男か女かは分かりますか？」

董はまた李延生を上から下へひと通り触った。

「女だ」

　李延生はまたまた驚いた。

「女って、誰ですか？　まさか、花二娘じゃないですよね」

「あんたの中にいて、笑い話をせがんだかね？」

　李延生はかぶりをふった。

「それはないけど」

「笑い話と関係がないなら、花二娘ではない。別の人だ」

「誰です？」

「探れない」

「誰だか知る方法はありますか？」

「ある」

「どんな方法です？」

「言寄せだ」

「頼みます」

　すると蒯が口をはさんだ。

「最初に言っておくけど、占いは占い、言寄せは言寄せでお勘定は別よ」

「もちろんです。それぐらいの道理は分かります」

　董は立ち上がるとまた香炉の前に来て、口の中でぶつぶつ唱えると壁の趙天師を三拝した。しゃがんでまた三拝し、立って三拝した。それから座ると瞑想した。しばらく瞑想すると目を開けて、李延生に言った。

「言寄せに失敗した」

「なぜ？」

「この女は俯《うつむ》いて泣いてばかりで、自分が誰か言わんのだ」

「じゃ、どうすればいいんですか？　他に方法はないんですか？」

「ある。憑依だな。憑依なら逃れようがない。女が誰だか、はっきりする」

「じゃあ、憑依でお願いします」

薊がまた口をはさんだ。

「先に言っておくけど、言寄せは言寄せ、憑依は憑依で会計は別よ」

「安心してください。金は充分持っています」

続けて李延生は発見した。菫が言寄せと憑依をするには身につける物も違っていた。言寄せは普段の服装で行い、その時着ている服のまま言寄せする。憑依になると、菫は壁に掛かった趙天師のような法衣に着替え、趙天師のような帽子を被らなければならない。薊が奥の部屋から、赤い法衣と黒い道士の帽子をかかげてきて、菫は身をはたくと法衣を着て帽子を被った。さらに薊がお盆に清らかな水を入れてくると、菫は手を洗い、顔を洗うと趙天師の像の前に来て、改めてひざまずいて三拝した。それから、咳を二つして喉を清め、李延生には何のことか分からない呪文を念じ始めた。呪文を念じるとその場でぐるりと三回廻り、次に三回逆廻りし、少し離れた所まで歩いていき、歩くうちに菫は董でなくなり、女になった。その女がぐるりと廻る様子と身のこなしを見た李延生は、董がまだ口を開く前に口走った。

「誰だか、知っている」

董のほうが聞いた。

「私は誰？」

「桜桃だ」

桜桃は李延生が風雷豫劇団にいた時の同僚で、かつて彼が『白蛇伝』で許仙を、桜桃が白蛇を演じ、二人は芝居の中で夫婦を演じていた。芝居の中で桜桃が歩くのがこの姿態であり、唱いながら身体をくねらせた。なぜなら、桜桃が扮するのは蛇で、腰をくねくねさせて蛇らしく振る舞うからだ。八年間共演していたので、その歩き方と身のくねらせ方はよく知っていた。その後、桜桃は法海を演じた陳長傑に嫁いだ。その後、一束のニラのせいで桜桃は陳長傑と喧嘩をし、腹立ち紛れに首を吊って死んだ。数えてみると、桜桃が死んで三年になる。李延生が理解できないのは、桜桃が首吊りしたことは自分と何の関係もなく、三年も経って陰陽世界に離れて、二人の間にはまったく関係はないのに、なんでひと月前に突然、自分の身体の中に飛びこんできたのかということだった。そこで聞いた。

「桜桃、俺に何か用があるのか？」

董が桜桃である。

「ある人に言づけて欲しいの」

そう言い終えると事がはっきりしたも同然なので、董は憑依を終えてその場に立ち止まり、蒯が法衣を脱ぐのを手伝い、道士の帽子を取った。李延生は董がびっしょりと汗をかき、全身が蒸籠《せいろ》のようになっているのに気がついた。董はタオルで顔を拭き拭き言った。

「憑依は疲れるんだ」

また言った。

「だから、普段はあまり憑依はしたくないのさ」

李延生は慌てて本題に切りこんだ。

「桜桃が人に言づけてくれと言うのは、誰に言づけるんです？」

この時の董はもう董に戻っているので、汗を拭いて濡れたタオルを蒯に渡し中国椅子に戻って座ると、指を折って数え始め、しばらく数えてから言った。

「分かった。南方、南方の人だ」

「南方、南方のどこです？」

董はまた指を折り、しばらくして言った。

「近くはない。千里の外だ」

李延生は茫然とした。

「千里の外？　千里の外に知り合いなんかいないがなあ」

「それは知らん。占いにはそう出てる」

その時、李延生ははっと思い出した。千里の外の南方には武漢があり、武漢に一人、桜桃と関係があり、李延生とも関係がある者がいる。それはつまり桜桃の生前の夫の陳長傑だった。ひと月前、陳長傑は李延生に武漢に来て彼の再婚の婚礼に出るよう招待してきた。李延生はそのことを董に言った。董はうなずいて言った。

「それだ」

「でも、当面武漢に行く予定はないから、桜桃の言づけはできない」

「だが、あんたは武漢に行くと言ったはずだ。それを彼女が聞いて、あんたに纏わりついたのさ」

李延生は思い出した。ひと月前、武漢に行くと言ったのは武漢で陳長傑の結婚式に出たかったからだが、旅費と祝儀のせいで胡小鳳に止められたのだった。

「確かにひと月前に武漢に行くとは言ったが、その話をどうして桜桃が聞いたんです？」

「火のない所に煙は立たん。きっと何かあるはずだ」

李延生はまたはっと思い出した。彼が毎日、醤油と酢と漬物を売っている販売所の壁にはかつての風雷豫劇団の『白蛇伝』の公演ポスターが貼ってある。ポスターのスチール写真は、「如何せん、如何せん」「どうしたらいい？　どうしたらいい？」のくだりを撮った物だ。そのポスターは李延生、桜桃、陳長傑が風雷豫劇団で役者をしていた当時、山椒などの香辛料と醤豆腐を売っていた白《バイ》が買ってきて貼った物だった。白は芝居好きだった。李延生は副食品会社の販売所で醤油と酢と漬物を売ることになった初日にこのポスターを見て、かぶりを振るとこう独りごちたものだ。「役者をしていたのに、醤油と酢と漬物を売ることになろうとは」

その後、白は軍人の夫に随《したが》って甘粛に行き、ポスターは副食品販売所の壁に貼られたまま、だんだん色褪せ、埃が積もり、隅の角がめくれても誰も気にも留めなかった。続いて思い出したのは、ひと月前、陳長傑が李延生に武漢の結婚式に来てくれと書いてきた手紙は販売所宛てに送ってきたのだった。李延生はその時、販売所で封を切り、手紙を読み始めた。読み終わると、何という気なしに酒タバコを売る盃にそのことを口にした。李延生が読んだ手紙とその話を壁の桜桃に見られ、聞かれたのだろう。白が残していったスチール写真が、桜桃が身を隠し、霊験あらたかとなる場所となろうとは。

「董さん、武漢に行くかどうかはともかくとして、桜桃を自分の身体から追い出すことはできるかな？」

「来てごらん、探ってみよう」

李延生が近づくと、董はまたひと通り李延生の身体を探った。探り終えると、かぶりを振った。

「駄目だ」

「なぜ？」

「追い払うのは簡単だが、少しするとまたあんたの身体にはりつく。そのぐらい執念が強いんだ。言づけなければ、何度も何度も纏わりつくだろうよ」

さらに言った。

「他の者に祈禱してもらえば追い払ってはくれるだろう。追い払って、また桜桃が入りこんだら、また追い払う。その度にあんたは金を払うことになる。俺はそんなことはできない。あんたを騙すことになる」

そして言った。

「あんたを騙さないのは、あんたのためだけじゃない。俺は自分の来世を占ってみた。来世は盲人じゃなかった。来世のためにも徳を積まんとな」

李延生は分かったというようにうなずいた。蒯が横から口をはさんだ。

「どうやら、何としても武漢に行かないとならないみたいね」

「武漢に行くと言ったのは、ひと月も前のことだ。あの時、行かなかったのに、ひと月も経ってから武漢に行く理由が立たないですよ」

「それは俺にはどうしようもない」

「だけど、俺と桜桃は恋仲でも仇でもないのに、何だって俺に纏わりついて話を言づけるんです？」

「恋仲でも仇でもないって？　あんたは『白蛇伝』の許仙で、彼女は白蛇だ。あんたたちは夫婦じゃないか」

「それは芝居でです。芝居の中の俺は俺じゃない。芝居はすべて嘘ですよ」

「本当だろうと嘘だろうと、縁があったから隠れたのさ」

李延生は突然、何事か思い出して董に聞いた。

「桜桃が言づけたいというのは、一体どんな話なんです？」

「それは分からんな。あとはあんたと桜桃のことだからな」

蒯が李延生と董の話をさえぎった。

「そこまでね」

李延生に立ち上がるよう促した。李延生は立ち上がるしかなく、蒯に金を払った。蒯は金を受け取ると、庭に向かって叫んだ。「次の人」

戸口まで行ったところで、李延生はまた思い出して足を止めると、入ってきた人に言った。

「ちょっと待ってくれ。まだ聞きたいことがあるんだ」

その人が出て行くと振り向いて董に言った。

「董さん、もう一つだけ、聞きたい」

董が答える前に、蒯が眉をひそめた。

「追加料金はもうかなり払ったわよ」

董が蒯を止めた。

「延津のかつての名優だぞ。ただの人とは違う」

「桜桃が俺から陳長傑に伝えて欲しいというのは、彼女の死と関係があるのかな？　陳長傑が彼女を死に追いやったんだ」

董はまた李延生を近くに来させて、骨を探った。しばらく探ったが、かぶりを振った。

「それも分からん。彼女が深く隠れているから」

探れないという以上、李延生は出て行くしかなかった。いろいろ聞いて、緊急費と憑依を加え、全部で二十五元八角になり、李延生が販売所で醤油と酢と漬物を十数日売る給料分になった。高いといえば高いが、なぜ自分が気が塞ぐのかは分かった。董の家を出ると、また突然分かったことがあった。董を訪ねさせたのは自分の身に隠れた桜桃の意志だったのだ。董を訪ねたから、桜桃を探り当てられた。もう一つ分かったことがあった。董の家に来るのに孟と胡小鳳と来たくなかったのも、桜桃の意志だったのだ。李延生はまた独り言を言った。

「桜桃、それじゃ一体俺に何を言づけさせたいんだ？」

「出発すれば分かるわ」

驚いたことに董の憑依を経て、李延生の体内の桜桃が憑依して蘇っていた。董の家では蘇っていなかったが、董の家を離れたら蘇った。

「ひと言なんだろ？　出発するまでもない。俺が手紙で陳長傑に伝えるよ」

「駄目よ。面と向かって言わないと」

「面と向かって言うのと、手紙で言うのとどんな違いがあるんだ？」

「違いは大きいわ。面と向かって言えば相手もごまかせないけど、手紙で伝えたら返事を待たなくてはならなくて、手紙が届くのに時間もかかるわ」

桜桃はさらに言った。

「いろんな事は面と向かって言えば断れないけど、手紙なら何かと理由をつけて断れるわ。ひと月前、陳長傑があなたを武漢の結婚式に招待した時だって、面と向かってなら足を挫いたとは言えなかった。手紙だから適当なことを言って断れたのよ」

考えてみれば、桜桃の言うことにも道理がある。李延生は言った。

「武漢に行くと約束したら、いつ俺の身体から出て行ってくれるんだい？」

「出発したら、すぐに出て行くわ」

李延生はため息をついた。どうやら、武漢には何が何でも行かなくてはならなそうだった。

六

武漢には行かなくてはならず、出発すれば桜桃が身体から離れると言うなら、李延生はそれ以上何も考えることはない。ただ、どうやって武漢に行くかについては頭を悩ませた。武漢に行くには、まず胡小鳳という難関をくぐらなければならない。ひと月前に李延生は、陳長傑が武漢で結婚式を挙げるので武漢に行きたいと言ったことがあった。それからひと月以上が経った今、なぜまた武漢に行くのか。武漢に何をしに行くのか。本当のことを、身体の中に女がいるからと言うわけにはいかない。しかも、その女とは誰あろう、桜桃である。芝居の中で女房だった女だ。胡小鳳が聞いたら、すぐさま発狂し、李延生を精神病院に送るのでなく、自分が入るだろう。武漢で陳長傑が結婚したから、この地名さえ口にはできない。つい数日前も呉の葬式の宴会のことで李延生は胡小鳳と口喧嘩し、陳長傑の結婚式の話になったのだ。言い合いにならなければ何ともなかった。言い合いになったので話が蒸し返された。遠くに行くには武漢は避けて、武漢でない別の場所に行くことにしなければならない。そして、そこには足を下ろすのに相応しい理由がなくてはならない。その時、李延生は思い出した。

副食品販売所は毎月洛陽《らくよう》の漬物工場に漬物を仕入れに行っている。季節と販売所の前の月の状況に応じて、仕入れる品は唐辛子大根か、白菜の唐辛子漬けか、生姜の塩漬けか、雪菜の塩漬け、ニンニクの砂糖漬け、あるいは落花生の塩漬け、キュウリの醬油漬けなどだったりする。注文すると、洛陽漬物工場は専門の貨物列車で購入した漬物を延津に送り届けてくる。そして、その購入に洛陽漬物工場に行くのが副食品会社の販売所で酒タバコを売っている孟だった。孟は販売所で酒とタバコを売っていて漬物は売ってないのだから、漬物の購入は孟の仕事ではない。だが、孟には洛陽漬物工場の作業場主任をしている従兄がいて、孟が行けば規格外の漬物、つまり作業場で漬物を作る際にうっかり素材を切り落とし間違えたとか、細かくしすぎてしまったとか、甕《かめ》に入れて漬けたら見た目が悪くなったとか、味は何ら劣らない品を半額で購入することができる。規格外の品は洛陽では規格外品として売るしかない。だが延津でなら副食品販売所は正規の品として売れるのだ。李延生は孟に頼み、孟に代わって洛陽に行かせてもらえばいい。孟の家に用事があり身体が空かないから、李延生が代わりに行くことになったと言うのだ。李延生は漬物売り担当なのだから、孟の代わりに洛陽に漬物を買いに行くのに何ら不思議なことはない。出発したら、李延生は洛陽には行かず直接延津から武漢に向かう。来月の漬物は孟が洛陽漬物工場の従兄に手紙を書き、例年の季節と今月の漬物の売れ具合を見て手紙で来月分の注文をすればそれでいい。桜桃は手紙に書いて陳長傑に言づけるのは駄目だと言ったが、孟は漬物の注文を洛陽の従兄に手紙ですればいい。同じ販売所で働いて四年余り、李延生は孟ともめたことは一度もないから頼めば嫌とは言うまい。そしてそのわけを胡小鳳に言えば、胡小鳳も疑わないはずだ。洛陽なら正々堂々とした理由がつけられるが、他の場所に行くのには適当な理由を考えだすことができない。ただ洛陽に行くのはいいとして、武漢に行くのを洛陽に行くことにするには二つの場所への路程に差がありすぎる。延津は洛陽から三百キロ余りで、バスで往復しても二日あればいい。だが延津と武漢は二千キロ以上も離れていて、汽車で行かなくてはならず、その当時の汽車は時速五、六十キロほどで途中の停車駅も多く、停車している時間も長かったので、往復汽車で行くのに四日は必要だった。武漢に着けば着いたで、よく知らない土地なので汽車の駅から陳長傑の家まで行き、彼と話をして話が終わったらすぐ汽車の駅に急ぐとしても、武漢に留まり歩き回る時間だけで一日はかかる。帰りの汽車の時刻もちょうどいい時間にあるとは限らず、汽車を待つだけで半日はかかるだろうから、武漢に行って帰ってくるのに五日はかかるだろう。二日の洛陽が五日半の武漢に変わる、その差の三日半をどう言い繕《つくろ》うのか？　李延生は考えた。二日経ったら武漢から胡小鳳の飴工場に長距離電話をかけて、洛陽で熱が出て動けない、洛陽で治るのを待って延津に帰ると言えばいい。何事にも不測の事態はあり、誰だっていつ頭が痛くなり熱が出るか分からないので、胡小鳳も何も言わないだろう。ただ、発熱であって先日かかった心が塞ぐ病ではないと電話口ではっきり言わないと、胡小鳳が洛陽に駆けつけて嘘がばれる恐れがある。出発する理由は立った。李延生は今度は金策に頭を悩ませた。調べると、延津から洛陽までの往復バス代は二十元、延津から武漢までの往復の汽車の切符が百二十元かかる。この百元のやり繰りをどうしたものか？　それに遠出するのには交通費だけでは済まない。道中の飲み食いにも金がかかる。他にも金が必要となることがないとは言えない。昔の人は良く言ったものだ。何がなくても家にいるのが一番だ。百元だけではとても間に合うまい。洛陽に行くのは出張と言うなら、旅費は副食品会社から出るはずだが、こっそり武漢に行くのだから、その金はすべて自前になる。しかも、李延生が胡小鳳に隠れて副食品会社販売所で貯めたへそくりは、董の占いに二十五元八角使ってしまい、残るは十元と二角しかない。十元二角と百元余りとの差をどうやり繰りするのか？　どうやら借金をするしかない。では誰に借りるのか。李延生は副食品会社販売所で醤油と酢と漬物を売り、山椒や調味料を売りながら、延津で誰に借金できるか考えた。貸せる者には条件が二つある。一、小金が余っている者。小金とは何か。家族が食べるだけの今月の食費を除いて、それでも手に余る金のことだ。二、その者は李延生の友人で、貸す気になる者でなくてはならない。李延生は自分の家の親戚から思い起こした。叔父、伯父、叔母、伯母、従兄弟などで李延生と行き来のある者は延津に十数人いる。だが、指を折って数えてみたが小金があるような者はいなかった。言葉を換えれば貧乏人ばかりだ。考えても無駄なので、それ以上考えないことにした。次に友人を思い起こしてみた。友人といえば、李延生は県城にも十人はいる。だが、醤油売りが午前中いっぱい考えても、一人として思い当たらなかった。これらの人について考える時、李延生が絶対に考えなければならないことがあった。武漢に行くことは胡小鳳に内緒なので、金を貸す者は口が固くなければならない。どうしようもなくなり、李延生は販売所で酒タバコを売る孟に頼もうかと考えたが、孟の毎月の給料は李延生とほぼ同じで、家には年寄りも子供もいるから、小金があろうはずがない。さらに、武漢に行くために孟には洛陽の漬物工場に行くと口裏合わせてもらわなくてはならないことを思うと、その上、金まで借りるのは申し訳ないので、孟のことは除外することにした。親戚と友人と孟を除くと、李延生には他に思いつかなかった。鬱々と午前中いっぱいを過ごし、昼に家に昼飯を食べに帰り、東街から北街に歩いていて北街の銭湯を通りかかった。銭湯を見て李延生はハッと閃《ひらめ》いて銭湯の垢こすりの布《プー》を思い出し、布なら金を貸してくれるかも知れないと思いついた。

布は五十過ぎのヤモメだ。若い時は家庭があったが、子供ができなかった。三十の年に女房が従兄と駆け落ちしたきり、今も行方不明だ。女房が逃げてから後妻を紹介してくる人もいたが、従兄のせいで結婚する気がなくなっていた。ガキの頃から一緒に育ったのに、なぜそんなことができるのか？　女房が従兄と駆け落ちしたばかりの二年間は、布は手を震わせてよく人にそう言っていた。加えて紹介される相手に高望みはしないものの、満足もできない相手ばかりで、決心がつかないうちに年を重ねていた。五十を過ぎて、布に言わせれば、そういう気がだんだん薄れてきてしまった。布は言った。「独りには独りの良さがある。自分一人が食う心配をすればいい」独り身なら金もある程度自由になり、それなりに自分に金をかけそうなものだが、布はしまり屋で金が手に入っても、とにかく使わないで貯めこむだけ貯めこむ。布は言った。「人は金を貯めなくてもいいが、俺は貯めないと。俺の金は爪に火をともして貯めた金だ。簡単に得た金じゃない」布が垢こすりをして稼いだ金のことを指す。こうも言った。「息子や娘がいるなら貯めなくてもいいが、年寄りのヤモメは貯めないとならん。人が子を育てるのは老後のため、俺が金を貯めるのも老後のためさ。そうだろ？」

みんなも布の言うとおりだと思い、李延生も布の言うことには道理があると思った。同時に布には金があると知ったのだ。李延生が布と友人になったのは李延生が北街の銭湯に身体を洗いに行く時、毎回布に垢こすりしてもらっているからだ。垢こすり職人は五人いて、李延生が布にこすってもらうのを好んだのは、布の垢こすりが上手いからだけでなく、布と話すのが好きだったからだ。布の話には話の中に筋骨があり、事の話をすると同時に事の背後にある道理も話すことができた。例えば布はこすりながら言う。「この世で一番怖いのは二人が付き合っていて、片方は相手を友だちと思い、もう片方は友だち扱いしていないことだ。こういう時は浅い付き合いが相手を傷つける。何も起こらないうちはいいが、何か起きるととんでもないことになる」李延生はなるほど、そのとおりだと思った。布は垢こすりしながら、こう言った。「この世で一番怖いのは、腹を空かして町を歩いていると買いすぎてしまうことだ」李延生はそのとおりだと思った。販売所で醤油と酢と漬物と山椒などの調味料を売っているが、昼飯と夕飯の前は醤油や酢、漬物を買いに来て調味料も買っていく者が多い。買うべき物を買う以外に、他の物も買ってしまう。食後は売り場はずっと静かになる。たまさか一人やってきても、塩を買いに来たら塩を買い、酢を買いに来た者は酢だけを買う。唯一、李延生が分からないのは、布はこんなに言うことに道理があるのに、女房はなぜ人と逃げたのかということだ。それも従兄と。垢こすりの回数が頻繁になると二人は友人になり、今では李延生は困ったことにぶつかると布を思い浮かべるようになった。

昼飯を食べた李延生は販売所の孟に声をかけ、醤油と酢と漬物、山椒や調味料の売り場を任せると、北街の銭湯に身体を洗いに行った。借金する前に身体を洗い、垢こすりしてもらう間に布に話そうと思ったのだ。そのほうが直截的に金を貸してくれと言うよりも自然に見える。銭湯の入り口に着くと、李延生は思い出して身体の中の桜桃に言った。

「桜桃、これから先はついてくるな。男湯だからな」

「だったら、外で待っているわ」

そう言うと李延生の身体から跳び出した。桜桃が出て行くと、李延生は身体が軽くなったような気がした。だが、銭湯を出ればまた桜桃が身体に飛びこんでくると思うと、逃げようにも逃げられないと思い悩ましくなるのだった。

　銭湯に入ると、いつものように李延生は服を脱ぎ、紐で縛って梁に吊るすと、湯船に浸かった。身体が温まり大汗をかき全身が赤くなると、湯船から出て布の垢こすり台に行ってこすってもらう。垢こすりする間に二人は四方山話をした。李延生が聞いた。

「最近、商売のほうはどうだい？」

「まあまあだな。銭湯は冬の商売だから。立夏を過ぎるとみんな家で洗って銭湯には来ないからな」

　そして、聞いた。

「延生、ひと月ほど顔を見せなかったな。見ろよ、まるで泥の中から出て来たみたいだぜ」

　李延生は思った。このひと月、悩みにばかりかまけて銭湯に来るのを忘れていたと。そこで言った。

「そうなんだ。このひと月いろいろあってな。今日はもう身体が痒くてたまらなくなり、こうして来たというわけさ」

　そんなことを話してから、李延生は本題に入った。

「布、県城全体で言うと俺とお前の関係はどうだ？」

　布はこすりながら言った。

「いいさ。お前は来るたびに俺を指名してくれる」

「話したいことがあるんだ」

「なんだ？」

「金を貸してくれないか？」

布は垢こすりの手を止めた。

「いくら？」

「百元と少し」

「何に使うんだ？」

李延生は武漢に桜桃の話を言づけに行くとは言えないので、作り話をした。

「叔母が家を取り壊すので、少し援助してくれと言うんだ。叔母は俺が小さい頃から良くしてくれて、結婚する時も百元貸してくれたから、断れないんだよ」

布はまたこすり始めた。

「昨日だったら良かったんだが」

「どういう意味だい？」

「昨日、伯父が入院したので伯母に貸したのさ」

さらに言った。

「お前は家だろ。こっちは人命がかかっているからな。言うだろ。救急は貧乏を救えないってね。そうやって比べると、俺も伯父に貸すほうが大事ということになる」

李延生は話の綻びに気がついた。伯父の病気というのは嘘だろう。たとえ病気が本当だとしても、それは昨日のことで、今日李延生が借りに来たのとは比べようがない。同時に起こったことなら比べようもあり、どっちに貸すと決めることができる。布はそもそも理にかなった話ができる人間だったのに、今は話がデタラメになっているから、布の話がデタラメであることが分かり、李延生に金を貸したくないのだと思った。あるいは、金を貸したくないというのは単なる金の話ではなく、二人の付き合いがそこまで行っていないということになり、布が言う「この世で一番怖いこと」の一つに当たり、こっちは相手を友だち扱いしているのに、相手は自分を友だちとは思っておらず、付き合いが言うほどは深くなくて、事に当たって恥をかいたということになる。

布も先ほどの話の綻びに気づいたらしく、言い足した。

「十元、二十元ならいいが、百元以上となると少なくない金額だからなあ」

それから言った。

「俺も伯母に言ったのさ。俺の金は爪に火をともすように垢にまみれて少しずつ貯めたものだから、貸すことは貸すけれど早く返してくれよって」

李延生は言った。

「無理ならいいんだ。聞いてみただけだから」

「せっかく頼られたのに貸せなかったから、今日の垢こすり代はただにするよ」

そんなことするなよと李延生は心中思った。垢こすりが終わると、布の竹札を手に番台で二角払った。

銭湯を出ると桜桃がすぐ身体に飛びこんできた。李延生は身体が一瞬沈んだようになり、心は藁で塞がれた気分だった。しかし、そんなことには構っていられず、金を貸してくれそうな人を捜すのに頭を絞った。金が借りられれば武漢に行ける。早く武漢に行って、早く桜桃を追い払いたい。だが、金を貸してくれそうな者はどうしたら捜し出せるのか。その時、食肉工場の白《パイ》が手押し車を押してやってきた。手押し車には籠が結いつけられていて、籠には豚足を山のように積んで歩いている。その豚足は天蓬元帥に運ぶのだと李延生は思った。延津には食肉工場が三か所あり、豚足のほとんどは天蓬元帥に送られる。豚足を見た瞬間、李延生は天蓬元帥の朱《ジュウ》を思い出し、朱なら金を貸してくれるかも知れないと思った。このところ心のもやもやと憂鬱にかまけて長いこと銭湯に行っていなかったように天蓬元帥にも豚足を食べに行ってなかったので、その関係を忘れていた。朱は店の豚足が良く売れるだけでなく、延津の金持ちの一人なのだ。金があるだけでなく、芝居好きだった。芝居好きであるがゆえに、占い師の董と同じで李延生が役者を辞めても役者として扱った。延津国営機械工場のかつての工場長の胡占奎が芝居好きなので李延生、桜桃、陳長傑を雇ったのと同じように。朱は芝居好きなだけでなく、自分も唸るのが好きだった。天蓬元帥の店の裏に川があり、毎朝朱は川べりで独り、畑に向かってひとくさり唱ってから一日が始まる。ただ、朱は豚足は旨いが唱うのは駄目で、どの一節も調子はずれだった。自分でもそれに気づいて、李延生が豚足を食べに来た時に李延生にコツを習うことがあった。李延生も朱がそういう器でないと知りながら、豚足をかじりつつ我慢強く一小節ずつ教えてやった。朱はしきりとうなずき、時にはお代を取らないこともあった。そういう付き合いだったので、今、李延生が困って朱に頼みに行くのは自然な成り行きであった。

　天蓬元帥に行くのに、李延生は飯時を避けた。飯時は店は満員だから、借金を頼むのはきまりが悪い。朱も商売が忙しく友だちの相手をしていられない。そこで午後遅く、天蓬元帥に歩いて行った。ひと月ぶりに来てみると店の横に新たに小屋が建てられ、小屋の外には大きな鉄鍋がいくつかあり、豚足が積まれて五、六人の従業員が手に手にナイフを持ち、豚足の毛を剃っていた。毛を剃っては鉄鍋に放り込んでいる。小屋の中には直径一丈ほどの大きな鍋があり、鍋の下は薪が燃えていてパチパチと火が鍋の縁にまで達していた。鍋の中はいっぱいの豚足が煮えたぎる湯の中で上下に躍っていた。

李延生が暖簾をくぐり店の中に入ると、勘定台で迎えたのは朱の女房で、台に突っ伏しそろばんを弾《はじ》いて帳簿をつけていた。李延生は聞いた。

「豚足を煮る大鍋をなぜ外に出したんだい？」

朱の女房は顔を上げて李延生をちらりと見た。

「厨房を建て直すから、とりあえずの急ごしらえよ」

「厨房を建て直すとは商売繁盛で何よりだ」

朱の女房はそろばんを弾きながら言った。

「まあまあね」

「朱さんは？」

「何の用？」

「無駄話がしたくてさ」

「当分、無駄話はできないわね」

李延生は驚いて聞いた。

「どうして？」

「大慶に行ったのよ」

「大慶に何しに？」

「昔、朱の伯母が旦那について大慶油田に行って腰を落ち着けたのよ。数日前、その伯母が死んでその葬式に行ったの」

李延生は一瞬ポカンとしてから、続けて聞いた。

「いつ頃、戻るんだい？」

「何とも言えないわね。短ければ七、八日、長ければ半月かしら。人が一人死んだのだから、初七日過ぎたら埋葬しなければならないし、延津から大慶までは四千キロ以上あって途中で二回も汽車を乗り換えて、それだけでも時間がかかるから」

李延生はついていない、借金はできないなと思った。当時は携帯電話もなく、朱と連絡もつけようがなかった。李延生は朱とは親しかったが、女房とは挨拶を交わすぐらいでよく知らなかった。芝居の真似事もやらないから李延生に教えを乞うこともなかったので、朱の女房には借金の申し出はしにくい。布の時のように浅い付き合いを誤解する間違いを犯すことになる。頭を振りながら天蓬元帥を出ると、朱の伯母さんは悪い時に死んだものだと恨んだ。

一日経っても金を貸してくれる人は見つからなかった。もう延津では金を貸してくれそうな人は思い浮かばず、李延生は夜もよく眠れなかった。夜中に目を覚ますともう眠れなくなり、起きてベッドの端に座り、窓の外の暗闇を見つめて頭を悩ませていた。

「桜桃、お前のために武漢に行くのは簡単なことじゃないな」

「人情がこんなに薄いものだなんて、私も思いもよらなかったわ」

胡小鳳が目を覚まして、李延生が窓の外を見つめて話しているのを見て、驚いて言った。

「また再発したの？」

李延生はごまかした。

「いや」

「誰と話しているのよ」

李延生はまたごまかして言った。

「誰でもない。販売所のことを思い出して、つい口から出たんだ」

翌日、李延生は販売所で一日考え続けて頭が痛くなったが、それでも金を貸してくれるあては思いつかなかった。副食品販売所が店じまいしてから、李延生は独り、家に帰った。歩くうちに十字街に通りかかると、県城の道路掃除夫の郭宝臣《グオ・バオチエン》が街灯の下で竹竿にゴミくずを突き刺していた。その時、突然、桜桃が言った。

「延生、あの人よ。あの人なら貸してくれるわ」

李延生はそれを聞くと、何を言っている、郭宝臣は道路掃除夫じゃないか、毎月の賃金は李延生の半分しかない、家には子供が五人いて、月々入るものが出るものに追いつかないと思った。掃除の他に町でくず紙を拾って廃品回収に売って賃金の足しにしているのに、金があるはずがない。だが、桜桃がそう言う以上、他にどうしようもないから試しにやってみるしかない。やってみて成功すれば幸い、駄目でも失うものは何もないし、あとで桜桃に文句を言う口実にもなるというものだ。それに考えてみれば郭宝臣に金を借りるのは少なくとも安心というものだ。郭は普段から口数が少なく、口が固いからだ。

郭宝臣は掃除夫だが、占い師の董に言わせると前世は都督で総理大臣だったと言う。現世でも胸板が厚く、赤ら顔で、話す声は良く響き渡り、兵隊を前に演説する都督や総理大臣のようだ。だが、彼も北街の羊臓物スープ屋の大口の呉と同じで、声は良く通るものの一日に十言も話さない。貴人は口が重い、と占い師の董は言う。延津県城の者は郭宝臣をよくからかった。通りを歩いていて、郭が道を掃いていると聞く。

「総理大臣、お忙しいですか?」

あるいは、こう言う。

「総理府が十字街に移転してきたので?」

郭宝臣はみんなが自分をからかって面白がっていると知っているので、はじめは相手にしなかった。だが無視すればするほど、からかう者が多くなる。やがて、郭はやむなく掃く手を止めて、箒にもたれかかり、厳粛な顔でこう答えるようになった。

「総理府と知っているなら、ここは役所だ、ふざけてないでさっさと退散するがいい」

人々は笑って立ち去る。

郭宝臣に総理大臣だった時にどんな人に会い、どんなことがあったかと聞く者もいた。郭もはじめは相手にしなかったが、相手にしなければしないほど聞いてくる者が多くなった。そこで郭は言った。

「思い出した。総理大臣の時、一番頭を悩ませたことがある」

「どんなことだね」

「あんたの妹を妾にしたが、夜のお伽《とぎ》がまずくてのう。帰ったら妹に今夜は来るなと言ってくれ」

相手は「けっ」と吐き捨てて言う。

「まずいのはお前の妹のほうだろうが」

郭宝臣は独りきりになるとよく独りごちた。

「俺が総理大臣だったら、とっくにお前らのような馬鹿者どもは殺しているわ。俺に与太口を利く暇などなくしてやる」

時には、小学校の教科書にも載っている詩を口にして嘆息した。

「国破れて山河ありというものさ」

先月、北街で羊臓物スープ屋を営む呉が死に、死ぬ前の晩に郭宝臣と酒を飲んだ。呉が死ぬと、こう言う者がいた。

「郭よ、呉の死はお前のせいだぜ」

郭はその言葉を聞くと、箒を下ろして十字路にしゃがみ、頭を抱えて大泣きに泣いた。

「友だちを殺したんだ。泣いても無駄というものさ」

「俺が泣いているのは友のためでもあり、自分のためでもある。今後は延津に友がいなくなる」

わんわん泣いて顔を上げると、郭をからかった者はとっくにいなくなっていた。郭は目をこすり、鼻をすすり、箒を拾い上げるとまた掃き続けた。

桜桃が李延生に郭を頼れと言い、李延生は進み出て言った。

「宝臣、話がある」

郭宝臣は紙くずを拾い上げる竹の棒を止めた。

「何だ？」

「金を貸してくれないか？」

「いくらだ？」

「百元ほど」

「いいよ」

李延生は驚き、喜んだ。

「金があるのか？」

「ただし、条件がある」

「どんな条件だ？」

「俺に金を借りたかったら、先に俺に金を貸せ」

李延生はびっくりした。

「どういう意味だ？」

「金を持ってないから、賭けるんだ」

郭宝臣は貧乏ですっからかんのくせに賭博に夢中だった。総理大臣だった先祖からの遺伝だろう。通りを掃いた賃金、ゴミ拾いの金は最初は家計の足しにするつもりでも、数日後にはほとんど闇賭博場で使ってしまい、家では女房子供がいつも腹を空かせていた。延津県城の知り合いという知り合いから金を借りまくっていた。不思議なことに呉にだけは借りなかった。酒を飲む退路を断ちたくなかったのだろう。郭宝臣は金を借りる時、よくこう言った。「安心しろ。貸してくれれば二時間で返す」

人々は彼の手を知るようになり、言った。「二時間で金ができるなら、二時間待てばいいだろ」

李延生は呆れて言った。

「貸してくれと言ったら、そっちが貸せと言って賭けをしに行く気だろ。反対じゃないか」

「反対じゃないさ。暦を調べた。俺はブタ年（いのしし年は中国ではブタ年とされる。漢字の「猪」が中国語ではブタの意になることから）だ。今月は三十年に一度の金運に恵まれている。だが元手がなくて困っていたところにあんたが来た。これも縁だ。金を貸してくれて、俺が賭けに勝ったら元手の金の他に百元やろう。貸すんじゃないぞ」

「負けたら？」

「負けたら俺の借金、勝ったらあんたのもの。その気迫がないなら、金はないと言うしかない。金がなければ、あんたも借りられない」

李延生は何と言っていいのか分からなかった。だが、董が郭宝臣を占って前世は総理大臣だったと言ったことを思い出した。総理大臣には総理大臣の福というものがあるはずだ。金運がついてきたら、今日の賭けに勝つかも知れない。郭に金を貸さなければ、他に金を借りるあてもない。ここは一つ郭に賭けてみようという気になった。そこで、十字街から副食品販売所に引き返し、戸を開けて棚の後ろの壁の隙間から残りの十元二角のへそくりを取り出し、二角は残して十元を持つと十字街に取って返し、金を郭宝臣に渡した。郭は金を受け取ると、真剣な顔で言った。「明日の朝八時にここで会おう」そう言うと紙ばさみの竹棒を放り出して、一目散に駆けていった。

翌朝八時、李延生が十字街に行くと郭宝臣が道を掃いていた。掃きながら欠伸をしている。

「宝臣、勝ったのか、負けたのか？」

「負けた」

李延生が怒りそうになると、郭は慌てて言った。

「負けたけど、あんたに金を貸せる人を見つけた」

「誰だ？」

「賭けに勝った尚《シャン》さ。昨日は一人で八人から金を巻き上げた」

郭はさらに言った。

「自分は負けても、金を貸してくれる者を見つけるのは忘れない。俺は友だち甲斐があるだろ？」

こうなったら李延生も聞くしかなかった。

「尚は俺にいくら貸してくれるんだ？」

「百元貸せるそうだ」

さらに言った。

「だが先に言っておくが、利子が三分だ」

こうなった以上、どうしようもない。李延生は言った。

「だったら、尚に言ってくれ。いっそのこと、二百元貸してくれと」

郭宝臣と別れると、李延生は身体の中の桜桃に言った。

「桜桃、お前のせいで俺は本当にさんざんだ」

七

夜、夕食を食べながら李延生は胡小鳳に、明日洛陽の漬物工場に漬物の注文に行くと言った。

「明日洛陽に行くことを、なぜ今日になってから言うの？」

「今日の午前まで俺も知らなかったからさ。本来なら明日、孟が洛陽に行くはずだった。うちの販売所で酒タバコを売っている孟だ。毎月、奴が行っている。洛陽の漬物工場に親戚がいるからな。それが今日の午後から腹下しになって、代わりに俺が行くと洛陽の漬物工場に言ってしまったのさ」

さらに言った。

「もう四、五年も一緒に働いているから、断るわけにもいかない」

さらに、続けた。

「俺は漬物を売っているから、何を注文するかは俺がよく知っているし」

「洛陽に行くのなら、私も一緒に行くわ」

李延生は仰天した。本来は武漢に行くのを洛陽に行くとみせかけているのに、もし胡小鳳が洛陽についてきたら、嘘が真になってしまうではないか。だが、李延生は胡小鳳が強情で、頭にあることが浮かぶと動かせず、変えさせようとしてもテコでも動かないことを知っている。なんとかして彼女が自分で自分の考えを否定する理由を見つけないと、考えを変えさせることはできない。そこで李延生は嬉しそうに言った。

「よし、それなら俺も連れができるというものだ」

夜、寝る時に二人で床に入ると、李延生は言った。

「寝る前に洛陽行きのことを話そうぜ。明日の朝早く出て、午後洛陽に着いたら、俺はその足で漬物工場に行く。漬物の注文を確認しないとならないから。この季節にはどんな漬物をつけているのか、うちの販売所では何の漬物が売れ残り、何の漬物が売り切れてるか、どの漬物が売れ筋で、どの漬物が売れないのか、一つ一つ確認して、それから価格が適当かどうか計算する。どの価格が不適正か、どの品物は値引きできるか、どの品物が値引きできないか、それから注文をして夜は洛陽に一泊し、明後日の朝一番で帰ってくる。洛陽に着いたら俺と漬物工場に行くか、それとも洛陽を見物するか？」

「私が洛陽に行くのは漬物工場に行くためじゃないわ。洛陽を見るためよ。延津に比べれば何といっても洛陽は大都会だもの」

「そうか。だったら現地では別行動だ」

それから聞いた。

「洛陽では観光見物をするのか、それとも何か目的があるのか？」

「あるわ。買い物するのよ」

「何を買いたいんだ?」

胡小鳳は指を折りながら言った。

「美白クリーム、整髪油、キンモクセイの香りの石鹼、子供用の雨の日でも履けるビニールのサンダル、私用の質のいいズボン、それからラクダの毛糸一キロ、帰ったらあんたにとっくりセーター編んであげる」

「先に言っとくが、そういう物はこっちのデパートにもある。同じ物が洛陽では延津より三割ほど高い。お前が言うように洛陽は大都会だからな。大都会の物は県城より高いから」

胡小鳳は啞然としてから、聞いた。

「どういう意味? 私を行かせたくないわけ?」

「そうじゃない。ただ言っとくだけさ。洛陽に行って損をしたとあとで恨まれたくないからな。前に新郷で陶器の盆を買った時もそうだったろ。自分が騙されたのに、俺が注意しなかったからだ、販売所で物を売っててその方面に詳しいのに黙ってたと言われたからな」

胡小鳳は黙り込んだ。

「指折り数えて計算してみたが、お前が買いたい物は延津で買えば二十元を超えないが、洛陽で買えば少なくとも三十元はかかる」

胡小鳳は考えてから言った。

「やっぱり買うのはやめるわ。洛陽では見物だけにする」

「言っておくが、お前が洛陽に遊びに行くのもタダじゃない。俺が洛陽に漬物の注文に行くのは出張だから、旅費は副食品販売所から出る。お前の旅費は自分で出さないとならない。洛陽へは長距離バスで行くから、往復で二十元する。旅費だけでお前が買いたい物が買える値段になるな」

胡小鳳はまた黙りこむと、ようやく言った。

「私は飴工場で飴を包んで給料はひと月たったの五十元と少しよ。洛陽に行くのに二十元だなんて。やめた。洛陽へは、あんた一人で行って」

そして言った。

「買い物は延津でするわ」

また言った。

「延津で買うんなら、何も急いで買うこともないわ」

そう言うと、服を脱いで寝てしまった。李延生がほっとしていると、胡小鳳がいきなり起き上がって言った。

「私がついて行かないで、また心の病気になったらどうするの？」

李延生が急いで言った。

「心の病は治った」

そして聞いた。

「この三日ほど、何も異常ないだろう？」

菫の家で桜桃に会ってから三日が経っていた。

胡小鳳は考えて言った。

「たしかにないけど」

「そうだろ」

そして言った。

「出張のついでに気晴らしすれば、病気にもいいかも知れない」

胡小鳳が言い含んだ。

「だったら、道中はくれぐれも気をつけてよ」

「安心してくれ。十分気をつけるさ」

胡小鳳はまた眠りについた。

八

翌朝早く、李延生は延津を発ち武漢に行った。友だちを訪ねるのに手ぶらでは行けない。李延生は陳長傑が延津にいた頃、二人でよく豚足を食べたことを思い出し、まず天蓬元帥に行き、五元払って豚足を十本買った。

延津を出れば、桜桃は陳長傑に伝えたい言葉を自分に告げ、自分が出発したら桜桃は自分の身体から離れ延津に留まるものと思ったら、延津から新郷に行く長距離バスに乗っても桜桃は言づての内容を自分に告げず、まだ身体の中に留まっていた。そこで言った。

「桜桃、バスが出るぞ。早くその言葉を言って降りろよ」

「新郷まで送って、新郷で言うわ」

「『断橋』を唱うつもりか？　一本の傘を貸し合って、送り合うのか？」

「如何せん、如何せん」「どうしたらいい？　どうしたらいい？」と同じく、『断橋』も『白蛇伝』の一節で、白娘子が仙界から下界に下り、西湖の畔にやってきて雨に降られ、許仙が傘を差しかける。

二人は一本の傘で送り送られするうちに、離れがたい思いになるのだった。

「傘のために送るのだから、言葉はもっと送る必要があるわ」

「新郷に着いたら、どうやって帰るんだ？　百里はあるぞ」

「気にしないで。方法はあるから」

そう言い合ううちに、バスが発車した。放っておくしかなかった。新郷の汽車の駅に着き、李延生が武漢行きの切符を買うと出発までまだ二時間あった。李延生は駅前広場の階段に座った。

「桜桃、早くあの言葉を言えよ。もう少ししたら汽車に乗るから」

「言う必要はないわ。私も一緒に武漢に行く」

李延生は驚いた。

「桜桃、話が違うだろ。武漢に言づてに行くはずなのに人を連れて行くだなんて」

「言づてするだけじゃ駄目。陳長傑に会わないと」

「陳長傑に会いたいなら、自分で行けばいいだろ。何だって俺を巻き込むんだ？」

「あんたの身体に憑依しないと武漢に行けないもの」

李延生はようやく桜桃の企みが分かった。話を言づてするというのは嘘で、人を連れて行くというのが本当だったのだ。最初から自分を騙したのである。桜桃を無視しようと思ったが、どうせ武漢に行くのだし、言づてするのも連れて行くのもたいした違いはない。あと二日、身体の中に入れておくかどうかの違いだけだ。どうせ身体の中にいるだけで飲み食いするわけでもなく、別に金はかからない。喧嘩して桜桃がへそを曲げて、ずっと身体の中に居座って出て行かなかったらおおごとだ。そこで桜桃と言い争うのはやめた。汽車の切符は一枚だが二人で汽車に乗り、見たところは一人だが実は二人である、と人に言っても信じまい。狂ったと思われるだけだ。荒唐無稽な話だが、実際そうなのだから仕方ない。誰かがこんなことに遭い、自分に話しても自分も信じないだろう。今、自分が同じことを言っても誰も信じてくれないだろう。たくさん人がいる中で、そばにいる人が胸に何を秘めているかなんて誰に分かる？　李延生はため息をついた。

「桜桃、お前は俺より人が悪いな」

桜桃が申し訳なさそうに言った。

「私だってやむなくよ」

そして言った。

「どうしようもなくなければ、誰が他人の身体に貼りつくと思う？」

「陳長傑に会ったら、一体何が言いたいんだ？」

「聞かないで」

「言わないなら行かないぞ。俺にずっと内緒にするつもりか。わけも分からずにお前と武漢に行くなんて、それじゃバカみたいじゃないか。俺が行かなければ、お前も行けないんだからな」

桜桃が泣き出した。

「ひと言では言い尽くせないわ」

「泣かないで、ゆっくり話せばいい」

「三年前、首を吊って死んだのは、いい死に方じゃなかったから先祖の墓に入れず、陳長傑は私を県城南関の無縁仏の共同墓地に埋めたの。三年は何ということもなかったけど、半年前、銃殺された強姦殺人犯がやはりその無縁仏の墓に埋められたのよ。その男は私が役者だったと知ると、夜になると私を白娘子にさせ、自分は許仙に扮して唱い、その後でヤろうと迫るのよ。従わないと、俺たちは夫婦だぞと言って殴るの。芝居の中でのことを本気にしないでと言っても、嘘から出た真にするんだと言って聞かないのよ。私も諦めて、どうせ死んだんだし、生前、芝居では塔の下に閉じ込められ、現実では首吊りして死んだのだから、怖いものなど何もない。だけど、そいつは私を思い通りにすると図に乗ってきて、他の者にもヤらせてそいつが金を取ろうとするの。私が承知しないと、また殴るの。もう生きていけない、というか、死んでいられないから、陳長傑に墓を移転させようと思ったのよ」

李延生は桜桃の置かれた状況を知り、自分に言づてをさせようとした理由が分かり、茫然として、ため息をついた。

「そうだったのか。大変だったな」

だが、こうも言った。

「墓を移すなら、延津にいる親戚に頼めばいいだろ。なんだって、わざわざ遠くにいる陳長傑に頼むんだ?」

「あの人がそこに私を埋めて最後のひとシャベルの土に印をつけたのよ。鈴を解くには鈴をかけた者でないと駄目なように、その土をかけた者が取り除かないと墓は移せないのよ。現世でも因果を重んじるけど、あの世ではもっと重んじる。因果が符合しないと、働かないのよ。私の身体に最後の土をかけたのは陳長傑だから、墓を移転するのも陳長傑でなくてはならないの。芝居で法海が私を塔の下に埋めて封印し、塔を開くために封印した紙を破るのも法海でないとならないように。別の人が墓を移すと身体だけが移され、魂はそこに留まって身体と魂が分離してしまうのよ。それなら毎日強姦犯に犯されたほうがましなぐらいよ。だから、どうしても陳長傑に墓を移させないとならず、他の人では駄目なのよ」

さらに言った。

「それに、その強姦犯が本気になっているから、芝居では陳長傑は法海でしょ？　法海は魔物退治ができるから、殺人犯の餓鬼も鎮圧できるわ。鎮妖塔の下に閉じ込められるのよ」

李延生は桜桃の意図を理解し、思わず心から感嘆した。そんな複雑怪奇なことだったとは。そして、また分からないので聞いた。

「陳長傑に墓の移転と化け物鎮圧をさせるにしても、俺にそう言づてを頼めば済む話だろ。なんだって、どうしても俺についてきたいんだ？」

「陳長傑があんたの話を聞かないかも知れない。私が行ってもやらなければ、放ってはおかない。取りついてやり、私と一緒に延津に帰らなければならなくしてやるわ」

李延生はまた桜桃の意図を理解した。李延生に桜桃を連れて武漢に行かせるだけでなく、陳長傑を桜桃と一緒に延津に連れて帰らせようというのだ。李延生は言った。

「だったら武漢に着いて陳長傑に会ったら、お前から陳に話せよ。あとのことは俺は関知しないから」

「いいわ。今度こそ約束する」

李延生はふと桜桃の死の理由について思い出し、また聞いた。

「ここからは雑談だけどな、桜桃、聞きたいことがある」

「何なの？」

「三年前、お前は一体なんで死んだんだ？」

「それは雑談じゃないわ。一人の人間が死んだ理由を雑談でなんか話せない」

李延生は慌てて言った。

「使う言葉を間違えた。俺はただみんなが言うようにニラのせいなのかを聞きたかったんだ」

桜桃はため息をついた。

「ニラのせいと言えばニラのせいでもあるけど、ニラのせいじゃないと言えばそうとも言えるわ。あの日、陳長傑とニラのことで口喧嘩になったのは本当よ。陳長傑は怒って出て行き、私も考えれば考えるほど腹が立ってベッドに倒れて泣いていたの。泣いているうちに眠ってしまい、通りかかった花二娘に出会って笑い話をしろと言われたのよ。私もついてないわね。花二娘が笑い話を探すのは普通は夜のことなのに、私ときたら昼間から寝てしまって。寝る前に大泣きしていたのだから、笑い話なんかできるはずがないでしょ。だから言ったの。花二娘、私は口下手だから唱うのでもいいかしら。花二娘は言ったわ。あなたが役者だったのは知っている。唱うと言うなら唱ってもいいわ。そこで私は『白蛇伝』の『断橋』のくだりから始めて、「如何せん、如何せん、どうしたらいい？ どうしたらいい？」まで唱ったのよ。蛇のつらさと悲しみを唱ううちに、そのつらさと悲しみが花二娘のつらさと悲しみを誘ってしまい、私も泣いたけど花二娘も泣いた。唱い終わった途端、花二娘は態度を豹変させて、笑い話を探しに来たのに泣かせたわね、一体どういうつもり？　私をおぶって胡辣湯を飲みに行くのよ、と言ったの。その時、私は花二娘が夢に出てくる理由を思い出して、自分でも申し訳なくなって言ったの。二娘、あなたに面倒はかけない。自分で行くわ。そう言って、縄で首を吊ったのよ」

李延生は愕然とした。桜桃の死因がニラのせいだけではなく、笑い話のせいだったとは。李延生が病気になった時、胡小鳳が「花二娘が夢に笑い話を探しに来たの？」と聞き、「違う」と答えたが、花二娘は自分のところには現れなかったものの、桜桃の夢の中に現れていたのだった。自分が病気になったのは桜桃のせいだったが、桜桃の死もまた花二娘と笑い話のせいだったのだ。物事がここまで絡み合い、ひっくり返るとは。李延生は思わず頭を振って、ため息をついた。けれども、こう言った。

「お前の死が花二娘と関係あるなら、餓鬼がお前をいじめることを花二娘に話して、花二娘にお前に代わって餓鬼を追い払ってもらえば済むことだろう？」

桜桃はため息をついて言った。

「花二娘はこの世の人の夢にだけ現れるのよ。幽霊の夢の中になんか現れっこないわ」

さらに言った。

「花二娘が夢に現れるのは笑い話を探すためよ。幽霊の胸の内には恨み言しかないもの」

こうも言った。

「幽霊が私をいじめることを花二娘に話して、花二娘を笑わせることができると思う？」

李延生もうなずいて、それ以上は言わなかった。その時、桜桃が言った。

「つらい話ばかりしたから、一つだけいい事を教えてあげるわ」

「何だい?」

「ひと月前、延津の北街で羊臓物スープを売る大口の呉も、笑い話のせいで圧死したのを知っている?」

「知っているよ。葬式の宴会に参加したから」

そして聞いた。

「人が死んだ話が、いい話なのかい?」

「私が言うのは生前のことじゃないわ。死んだ後のことよ」

桜桃は言った。

「生きている時に笑い話に圧し潰されて死んだ人がこっちに来ると、同病相憐れむという気分になるの。先月、盂蘭盆《うらぼん》の時に市で呉さんにばったり出会って、このいい知らせは彼から聞いたのよ」

「どんないい知らせなんだ?」

「笑い話に圧し潰されて死んだ人は他の死んだ人と違って、なかなか成仏できないのよ。でも呉さんは言ったわ。彼はひと月前にあの世に来て、閻魔殿に行った時、閻魔様が言ったそうよ。〝ちょうどいい時に来たな。最近、あの世に長くいる族長の一人が圧し潰された者たちに代わってわしに頼み、わしも幽霊のことは気になるので新しい政策を決めた。笑い話で死んだ者はかつての自分を改め、努力し、わしに一気に五十の笑い話をすれば、その者は転生できることにした〟」

李延生は興奮して言った。

「いいじゃないか。その族長というのは誰だい？」

「呉さんもそれは聞くのを忘れたって」

そして、こう言った。

「その五十の笑い話はただの笑い話じゃない。ひと言で人を笑わせられる話でないとならないの」

李延生は驚いた。

「そいつは難しいな」

「今、あの世では笑い話に圧死した幽霊たちがみんな必死になっているわ。笑い話に苦心惨憺しているの。現世ではあんなに堅物で口が重かった呉さんまで、たったひと月で人が変わったようによくしゃべるようになっているわ」

さらに言った。

「今回私が武漢に来たのは、陳長傑に延津に帰ってもらい、墓を移転し、餓鬼を鎮圧する他に、笑い話をあの人に教えてもらいたいからなの。昔、私と恋愛中はよく私を笑わせて、ひと言で笑わされたものなのよ。私は笑い話はできないけど、あの人はできる。私に五十の笑い話を教えてくれれば、それを覚えておいて閻魔様に話し、閻魔様が笑えば私は転生できて、この世で再会できるのよ」

李延生はまたもやびっくりした。桜桃が武漢に行くのにはこんなことまで含まれていて、五十の笑い話のためだったとは。そうしたことはまったく予想もしなかったので、李延生は思わず首を振って、ため息をついた。

「延生、私たちが舞台で長いこと共演した仲なのに免じて、私に人を笑わせる笑い話をいくつか教えてくれない？」

李延生は普段の生活でも笑い話などしたことがないし、桜桃に約束なんかしたら最後、ずっと笑い話のことでつき纏われそうだったので慌てて言った。

「桜桃、劇団にいた頃から知っているだろ。俺は口下手でまともな話もてきぱき伝えられないのに、笑い話なんかできるはずがないよ」

そして言った。

「それもひと言で人を笑わせるなんて、そんな高い要求に応えられるはずがないだろ」

さらに言った。

「力になりたいけど、どうしようもないよ」

桜桃は無理強いせず、ただため息をついた。その時、汽笛が鳴って汽車が駅構内に入ってきた。李延生は桜桃を連れたまま駅に入り、汽車に乗り込みながら考えた。武漢に行くのは、ニラのせいにしろ、花二娘のせいにしろ、墓の移転と餓鬼の鎮圧のためにしろ、閻魔様と笑い話のためにしろ、どれも桜桃のことであり、桜桃が自分の身体の中にいるのだから結局は自分に押しつけられるというわけで、それ自体が笑い話ではないか。そう思うと李延生は思わず首を振り、ため息をつくのだった。

九

できるだけ早く武漢に着くために、李延生が桜桃を連れて乗った汽車は終点が武昌（武漢市の一つの区で長江の南の地区）駅だった。陳長傑の家は漢口（武漢市の一つの地区で、長江と支流の漢水が合流するところの地区。一八五八年の天津条約により開港し租界が置かれた）にあるので漢口行きの汽車に乗ろうと思ったのだが、漢口に停まる列車はどれも五、六時間後でないと新郷を通らないため、この列車の切符を買うしかなかった。途中駅なので桜桃を連れて乗り込んだ時は車内はすでに満員で、通路も人でいっぱいで空席などなかった。李延生は五、六車両歩いて空席を捜したがなく、車両の連結部にやっと一人座れる隙間を見つけ、壁にもたれて座るとカバンを胸に抱えた。一日移動して疲れたのか、汽車のガタンゴトンというレールを走る音を聞くうちに眠り込んでしまった。桜桃も李延生の身体の中で眠った。

道中は話もしなかった。武昌駅を出ると翌日の朝の八時半だった。駅を出るとカバンを提げて広場の向かいの電信局に急ぎ、延津飴工場に長距離電話をかけた。当時、延津飴工場に電話は一台しかなく、伝達室の張《チャン》が電話番をしていた。従業員は勤務時間中に電話を受けてはならず、電話相手の用件は張が後で伝えることになっている。李延生は張に言った。洛陽に漬物を注文に来たが、今朝早く旅館で熱を出して起き上がれない。洛陽で二日ほど休むしかない。病気が治ったらすぐに延津に帰る。そう胡小鳳に伝えてくれ。電話の向こうで張もそんなことかというように、「分かった」と言って電話を切った。電話を置くと延津飴工場の電話に関する規定にはいいところもあると思った。胡小鳳が電話に出られなければ、李延生がまた心の病になったのか、などとあれこれ聞かれないで済むからだ。

ひと月前、陳長傑が手紙を寄こして武漢での結婚式に招いた時、封筒に彼の家の武漢の住所が書いてあった。漢口京漢路大智門信義巷七号楼三単元四楼四三三室だ。電信局を出るとその封筒を取り出し、桜桃を連れて陳長傑の家を探した。武昌から漢口に行くには長江を渡らなければならない。汽車の武昌駅の隣りにフェリーの駅があった。桜桃を連れてフェリーの切符を買った。この日は日和が良いのに長江の波は高く、波がザブンザブンと岸辺に寄せつけていた。李延生が切符を買い、カバンを提げてフェリーに乗り込むと、タラップと船体が波に左右に揺られていて桜桃が呼ぶ声がした。

「延生、待って」

「どうした?」

「この船に乗らないで」

李延生は驚いた。

「なぜ?」

「私は水が鬼門なの。水を見ると胸騒ぎがするのよ」

まるで芝居の台詞のようだった。

李延生は少し苛立った。

「何で早くそう言わないんだ？」

「長江の波がこんなに高いなんて思いもよらなかったのよ」

「だけど長江を渡らないと、陳長傑に会えないぜ」

「陸路を行って長江大橋を渡ればいいわ」

李延生は手を振った。

「もう聞いたんだ。バスで長江大橋を渡るには何十キロも遠回りすることになるそうだ。船で我慢しろよ」

さらに言った。

「お前を陳長傑に渡したら、俺は急いで延津に引き返す。遅くなると胡小鳳にばれる恐れがあるからな」

「でも船に乗って、私が悶絶死したらどうするの？」

さらに言った。

「幽霊はそうでなくても弱いのよ。ショックに耐えられないの」

こうも言った。

「私は一度死んでいるから、もう一度死のうと何てことはないわ。でも、あんたの身体の中で死んだら永遠に出てこられなくなると思う」

李延生は慌てた。

「桜桃、陸路を行くと言うなら陸路を行こう。そんな怖いことは言わないでくれ」

そして、ため息をついた。

「俺はお前の手の内にあるも同然だな」

李延生は桜桃を連れて岸に上がり、切符を払い戻すとバス停を探した。二人はバスに乗ったが、各駅に停車するのと自転車が多いのと人がいきなり通りを横切るのとでバスは絶えず急ブレーキをかけ、曲がったりなんだりして二時間もかかってようやく長江大橋にたどり着いた。李延生はカバンを抱え、吊り革につかまり、心の中でため息をついた。桜桃は李延生が不機嫌なのに気づいて言った。

「延生、怒らないで。武漢に来るのにかなりの手間とお金がかかったことは分かっているわ」

そして言った。

「早く延津に帰りたいんでしょ。でも私だって早く延津に帰りたいのよ。陳長傑に会ったらさっさと帰りましょ」

「桜桃、先に言っておくが、今後は延津で何があっても俺に頼らないでくれ。この世とあの世に離れているんだからな」

「安心して、今回限りにするから」

漢口に着くと桜桃を連れてバスを降り、封筒を手に、道行く人に尋ねながら信義巷を探し当てたのはもう昼時だった。ひと月前、李延生は陳長傑の結婚式に行けず、返信で足を挫いたと偽った。信義巷に入ると李延生は足を引きずって歩くふりをして、横町で陳長傑と鉢合わせしないか用心した。

さまざまな高さの建物の中、李延生は建物の片側にある番号標識に留意しながら、左や右に曲がって七号楼を探した。入り口上の標識を頼りに三単元という表示を見つけ、階段を登り四階に上ると家の番号を見て、右側のドアの上に四三三と書いてあるのを見つけ、ドアを叩いた。しばらく叩いたが応答がない。李延生はまた封筒を見てドアの上の番号を確認したが間違いない。そこで向かいのドアを叩いて尋ねることにした。しばらく叩くとドアが開き、ぼさぼさ髪の中年男が眠そうな目をして現れ、立っているのが見知らぬ人間と分かるといきり立った。

「うるさく叩くな。こっちは夜勤明けで寝ていたんだぞ」

李延生が慌てて言った。

「すみません。お聞きしますが、向かいは陳長傑の家ですか？」

相手はうなずいた。

「家の人は？」

「決まっているだろ、誰もいないなら仕事に行ったのさ」

「いつ頃、帰りますか？」

「そんなこと知るか」

バタンとドアが閉められた。閉めながら吐き捨てた。

「畜生め」

李延生はそれ以上何も言えず、ドアが閉まると桜桃に言った。

「桜桃、陳長傑の家の前まで送ってきたから、あとは一人でここで待てよ。俺は帰るから」

ところが、桜桃は彼の身体の中から出て来ようとしない。

「延生、私もあんたを帰したいけど、あんたがいなくなったら私の魂は何にとりつけばいいの？」

さらに言った。

「それに、本人に会うまでは私も安心できないわ」

こうなったら、李延生も桜桃と一緒に通路で待つしかなかった。李延生は絶えず時計を見ていた。十二時半になって突然階下から足音が聞こえてきた。李延生が急いで階段下を見ると、少しして誰かが上がってきて、息を切らしてガスボンベを担いでいる。それこそが誰であろう、陳長傑その人だった。陳長傑は李延生を見るとびっくりして言った。

「延生、どうしたんだ？」

李延生は桜桃のことを言うわけにはいかないので、こう言った。

「副食品会社の出張で武漢に来たから、会いに寄ったのさ」

さらに言った。

「ひと月前、お前の結婚式に出られなかったことが気にかかっててさ」

陳長傑はガスボンベを置いた。

「飯を作ろうとしてガスがなくなってるのに気づいたんだ」

家のドアを開けた。

「早く入れよ。まさかお前とは思わなかった」

入ると小さな二間の家で、玄関ホールも小さかった。二人はしばし互いに見つめ合うと、ハハハハと笑った。

「三年ぶりだな」

「本当だな」

李延生はカバンを開けた。

「何を持ってきたらいいか分からなかったから、天蓬元帥の豚足を持ってきたよ」

陳長傑は急いで、受け取ると言った。

「そいつはいい。武漢でも豚足は食ったが、天蓬元帥ほど旨いのはない」

そして聞いた。

「手紙に足を挫いたとあったが、もう大丈夫なのか？」

李延生はソファに座って、足を伸ばして陳長傑に見せた。

「見ろ、腫れはひいただろ。完全には良くなってないがな。歩くと少し引きずる。少し歩く分にはいいが、長く歩くとやはり駄目だ」

続いて感じたのは陳長傑の家に入った途端、李延生の身体が軽くなって、ひと月以上前の自分に戻り、桜桃が自分を離れたのが分かった。

「嫁さんは？」

陳長傑の新婚の妻のことだ。

「仕事に行っている」

入ってすぐ向かいの壁に額に入った四人の家族写真が掛かっていて、大人二人子供二人で、李延生がしげしげと写真を見ているので、陳長傑は写真の人物を指さして言った。

「これが嫁さん。荊州《けいしゅう》人、漢口磁器工場で働いてる。これが明亮。この女の子が嫁さんの連れ子で明亮より一か月小さい」

李延生はやっと陳長傑の再婚相手も再婚で、子供がいることを知った。陳長傑は李延生の驚きを見て取り、急いで弁解した。

「再婚さ。俺だってそうだろ？　向こうも子連れだ。俺も子連れだしな。自分のことを考えたら選り好みはできないさ」

「そうだな。何事も釣り合いってものが大切だ」

三年前、李延生は明亮を桜桃の葬儀で見たことがあり、黒い喪章をつけていた。今、写真の明亮を見ると、あれから頭一つ分大きくなっていた。そこで聞いた。

「明亮は？」

「学校だ」

「確か六歳になるはずだが、もう学校に行っているのか？」

「俺がいつも遠出しているから、誰も面倒を見る者がいない。学校に行っていれば安心だからな」

「お前は今日は仕事がないのか？」

「俺は貨車でボイラー係をしているんだ。今日は非番なので家にいるのさ」

「非番で良かった。出番なら無駄足になっていた」

「まったくさ」

続けて陳長傑は外に出て昼飯を食おうと言ったが、李延生は早く延津に帰りたいので言った。

「家にある物でいいよ。午後三時台の汽車の切符を買ったんだ。急いで帰らないと」

「せっかく来たのに、そんなに慌てて帰らなくてもいいだろ。武漢に何日かいろよ。黄鶴楼《こうかくろう》（長江大橋の手前にあり、武漢市を眺め下ろす位置に立つ楼閣。三国時代の呉の孫権が建てたと言われ、何度も再建されたが、李白、王維、孟浩然が詩に詠んでいる）に案内する」

こうも言った。

「この二日は非番なんだ。ちょうど何もない」

李延生は心底思った。何もないぞ。桜桃を連れて来たんだ。彼女はすぐお前を延津に帰らせて墓を移させる。さらに笑い話も教えさせる。だが、それを陳長傑に言うわけにはいかないので、また嘘をついた。

「俺も出張ついでに武漢で何日か遊ぶつもりだったんだが、さっき家に電話したら胡小鳳が家で熱を出していてな。四十度近くあって起きられないそうだ」

李延生がそう言うので、陳長傑もそれ以上は引き留められなかった。

「小鳳が病気なら仕方ないな」

そして言った。

「家に食べる物が何もない。熱乾麺《ねつかんめん》（武漢名物のゴマ味噌味の和え麺。山西省の刀削麺、河南省の烩麺、四川省の担担麺、北京の炸醤麺と並んで中国五大麺とされる）だけだ」

「熱乾麺でいいよ。湖北の特産だ。食べてみたいと思っていたんだ」

陳長傑はガスボンベをコンロにつなぎ、熱乾麺を作り始めた。その時、ドアがノックされ、李延生が陳長傑に代わりドアを開けに行くと、飛び込んできたのは頭から湯気を出した男の子で、リュックを背負い、服の前襟に飯粒をつけ、客がいても挨拶もしないので李延生のほうから言った。

「明亮だろ。学校は昼休みか？」

陳長傑が台所から顔を出した。

「ああ、明亮だ。明亮、延生叔父さんだ。故郷から来てくれたんだ」

明亮は李延生を見ると「叔父さん」とひと言呼んでリュックを机の上に置くと、引き出しを開けて即席麺を取り出し、ソファにもたれて齧《かじ》りはじめた。

陳長傑は熱乾麵を作ると三つの碗によそい、テーブルに運んだ。さらに李延生が持ってきた豚足を三本取り出し、それぞれを四つに裂いて皿に盛った。

「時間がないから、お前の持ってきた豚足をおかずにしよう」

そして明亮に言った。

「明亮、即席麺を食うのはやめて飯にしろ」

李延生が聞いた。

「嫁さんを待たないのか？」

「昼は帰らない。陶器工場で食う。食堂があるんだ」

李延生は写真を指さした。

「娘さんは？」

「学校が陶器工場から近いから、昼は母親のところで食う」

三人で昼飯を食べ終わると、李延生は腕時計を見た。

「もう二時だ。急がないと」

「忙《せわ》しなさすぎる。小鳳が病気じゃなければ何が何でも引き留めるんだがな」

「次があるさ。また来るよ」

それからポケットから二十元取り出すと、明亮に渡した。

「何も土産を買ってこれなかったから、自分で勉強道具でも買うといい」

陳長傑が李延生をさえぎった。

「金ならある。やることなんかない」

「それは違うぞ。これは子供にやるんだ。お前にじゃない」

李延生がそう言うと陳長傑もそれ以上は止めず、明亮に言った。

「叔父さんからだ。いただくんだ」

明亮は金を受け取ると走って行って、自分のリュックにしまった。

李延生は足を引きずって歩き、陳長傑が横町の入り口まで見送った。

「長傑、もう戻れよ。子供が一人で家にいるんだ」

「めったに来れないんだ。もう少し送るよ」

李延生が芝居の文語調で言った。

「君を千里送るも終には別れが来る」

「延生、足が悪いのに会いに来てくれてありがとう」

陳長傑も芝居の文語調で言った。

「こたび別れれば、いつの日かまた相見《まみ》えん」

そう言うと少し悲しい気分になった。しかし李延生には分かっていた。このあとすぐに陳長傑は桜桃と延津に帰ってきて、二人はまた会えるだろう。ただ、それを陳長傑に言うわけにはいかない。そこで言った。

「すぐに会えるさ。また会える」

そして陳長傑を押し止め、足を引きずりながら歩き出した。しばらく行って振り返ると陳長傑はまだ横町の入り口で見送っていた。帰れと手を振ると陳長傑も手を振った。李延生は右に曲がり、別の通りに入ると足を引きずるふりはやめて大股に歩き出し、フェリーに乗るために川べりに急いだ。

汽車の駅に着くと、新郷行きの汽車の切符は夜中の十二時のしか残ってなかった。切符を買い、腕時計を見ると午後三時十五分で、汽車に乗るまでに八時間以上もあった。李延生は陳長傑が黄鶴楼に案内すると言っていたのを思い出し、行き方を尋ねバスで向かった。一角五銭で入場券を買い大門を入り、坂を登って黄鶴楼の前に行くと、黄鶴楼の両側の柱には字が二行書かれていた。〝昔人、已《すで》に黄鶴に乗りて去り、この地、空しく余す、黄鶴楼〟李延生はその典故は知らなかったので気にも留めず、何日か後に陳長傑が桜桃について延津に来るだろうと考えていた。ただ桜桃が新郷の駅で言っていた話を思い出した。陳長傑が一緒に延津に来なかったら騒いでやると言っていたのだ。それもまた桜桃がどうしても武漢に来たかった目的だった。人間が幽霊に太刀打ちできるはずがない。李延生のような赤の他人ですら延津から武漢まで桜桃に従って来ざるを得なかったのに、陳長傑は桜桃の前夫なのだから桜桃に抵抗できるわけがない。そう考えると、数日後に陳長傑が延津に帰ってくることは間違いない。突然、また思い出した。ひと月前、陳長傑は李延生に手紙を寄こし、武漢の結婚式に来るように書き、末尾には〝詳しいことは会って話そう〟と書いていたのに、昼に熱乾麺を食べていた時、詳しいこととは何なのかを聞くのを忘れてしまった。数日後を待つしかない。陳長傑が延津に帰ってきたら、会って聞くことにしようと思った。

十

李延生が延津に帰り家に入るや、胡小鳳に洛陽で熱を出したことを聞かれた。李延生は言った。孟の従兄が自分が熱を出したと聞くと、奥さんに二日分の生姜湯を作らせ旅館に送り届けてくれ、それを飲んで暖かくして発汗させるように伝えた。おかげで生姜油を二日間飲み、汗をかいたら治ったと。

「今度、延津に来ることがあったらご馳走しないとな」

胡小鳳が李延生の額に手を当てると熱くなかったので、その話は何ということなく終わった。李延生は毎日いつものように副食品会社販売所に醬油と酢と漬物を売りに行き、ついでに山椒や調味料を売った。だが、奇妙なことに一日一日と日が過ぎても、武漢から陳長傑が桜桃を連れて帰ってくることはなかった。

半月後のある晩、李延生は夢で桜桃を見た。

「延生、もう一度武漢に来てちょうだい」

李延生はびっくりした。

「なぜ？」

「私を迎えに来て。武漢にはもういられない」

さらに言った。

「あんたが私を武漢に連れて来たのだから、今度は延津に連れて帰ってちょうだい」

まるで二人が武漢に行ったのは李延生が無理やり桜桃を連れて行ったみたいで、その責任を取れと言わんばかりだった。李延生がはっきりさせようとすると、桜桃は有無を言わさず李延生にしがみついてきた。李延生は慌てて避けようとして、頭をベッドの縁にぶつけて目が覚めた。隣りでは胡小鳳がいびきをかいている。窓の外を見ると、月光が向かいの壁を照らし、樹影が壁に揺れていた。桜桃を武漢に連れて行く時に約束したはずだ。陳長傑に会ったら、もう自分は関係ない、あとは桜桃と陳長傑のことだと。だが、日が一日一日と過ぎて陳長傑と桜桃が延津に墓を移しに帰ってこないのではと疑念が湧いてきた。桜桃と陳長傑に武漢で何かあったのだろうか。夢の様子では桜桃は武漢で難題にぶつかったようだった。それから心が乱れたからこんな夢を見たのだと思い、起きて便所に行き小便をすると、戻って眠りについた。ところが、翌日の夜も桜桃は夢に出てきた。違うのは、桜桃が痛い、痛いと叫んでいたことだ。まるで荊の茂みでのたうち回っているようだった。

翌日の午前、李延生は副食品会社販売所に行っても気もそぞろで、電話局に行って陳長傑に長距離電話をかけて、桜桃に武漢で何かあったのか聞こうと思った。しかし、桜桃は人間ではなく魂で、魂が自分を武漢に連れて行ったのだと思い、桜桃と陳長傑がもめたのなら、その原因を作ったのは自分であると思った。陳長傑は自分を怒るかも知れない。この電話をかけるわけにはいかない。午後になり、李延生は不安なまま孟にいつものように店番を頼むと、東街蚱蜢胡同の董の家に行き、どうすればいいか相談することにした。前回来た時と同じように自分から廂の下に並んで順番を待った。李延生の番になると蒯が中から「次の人」と呼び、中に入り董の向かいに座ると、自分がどうやって桜桃を連れて武漢に行き、どう別れたか、それ以降は関係ないと独り延津に戻ってきたが、今、桜桃が立て続けに夢に現れて武漢に迎えに来てくれと言ったと一部始終を董に話した。今回は董は骨を探らず、言寄せもせず、憑依もしないで、こう言った。

「武漢でもう何の関係もないと言い合ったのなら、夢に現れて纏わりつくほうが悪い」

「そうなんです」

「夢のお告げは怖れることはない。相手の魂は武漢にいて何千里も離れているから、あんたにとりつく心配はない。夢に現れるだけだ。とりつくのは病気だが夢枕に立つのは幻影だから気にしなければいい」

董に魂が夢枕に立っても害はないと言われ、李延生は安心した。李延生が蒯に金を払おうとすると董は手を振った。

「ちょっと話をしただけで天師を煩わせてないから要らんよ」

董がそう言うのは、まだ自分を役者として見ているからだと李延生は思った。それと同時に、董がそうするのは李延生のためだけではなく、自身のために功徳を積み、来世は全盲で生まれてこないためでもある。そういうことなら、無理に払うこともない。

だが、李延生は副食品会社販売所に戻ると桜桃の苦しそうな表情を思い出した。きっと武漢で何か抜き差しならないことが起こったのだ。少なくとも陳長傑は桜桃と一緒に延津に帰りたがらなかった。陳長傑が帰りたがらないなら、なぜ桜桃は騒がないのだ？　李延生は思い通りにできたのに、なぜ陳長傑にはできないのだ？　どう考えても納得がいかない。陳長傑が墓を移しに帰らないから、桜桃が李延生に武漢まで迎えに来てもらい、帰ってきて延津の共同の無縁墓地に戻れば、そこには例の餓鬼がいる。どうやら桜桃はどうしても延津に帰りたくて、餓鬼すら怖くないらしい。彼女の武漢での境遇は延津の共同墓地以下と見える。でも人間の身体に憑依しないと延津には帰れない。それが彼女の難儀な点だ。昔、自分と桜桃と芝居をしていた頃、芝居では夫婦だったことに免じて、武漢に迎えに行ってやるべきなのかも知れない。だが、また武漢に行くことを胡小鳳に何と言い訳をするのか？　旅費もまたかかり、前回武漢に行くため尚に借りた二百元の高利子の借金もまだ返してないのに、今度は誰に借りるというのだ？　ひと月六十元余りの給料は胡小鳳に把握されていて、ちょろまかすことは不可能だ。どんどん借金が膨れ上がっていったら、どうやって埋め合わせるのだ？　あれこれ考えるうちに武漢行きの気持ちは萎えてしまった。桜桃は二日続けて夢に出てきた後は、ぱったりと出て来なくなった。李延生はどうして出て来なくなったのかと不思議に思った。その後の数日も現れなかった。時が経つうちに、李延生も桜桃のことを忘れてしまった。毎日、いつものように副食品会社販売所に行き、醬油と酢と漬物と山椒や調味料を売っていた。時には思い出すこともあった。桜桃をたった独りで武漢に置き去りにして、武漢を離れて延津に帰りたくても帰れなくしてしまった。桜桃はどこに行ってしまったのだろう？

第三部　明亮《ミンリアン》

第一章　当時

一

陳《チェン》長《・チャン》傑《ジエ》の叔父は姜《チアン》大《・ター》山《シャン》と言って、武漢鉄道機関区のポイント係だった。陳長傑が武漢機関区でボイラー係になったのはこの叔父の紹介である。姜大山は背が低く太って赤ら顔をした呑兵衛で、酒を飲むと必ずこう言った。「俺が武漢鉄道機関区に来てどれぐらいになると思う？　三十年以上だ。他のことはともかく、この年月だけでも俺は武漢機関区ではそれなりに顔が立つというものさ」こうも言った。「機関区には二人の機関区長がいる。三十年前は俺と一緒にポイント係をしていた」三十年以上が経ち、他の人は機関区長になったのに叔父はいまだにポイント係をしている。なぜなのか、陳長傑は面と向かって聞いたことはない。ただ叔父が出退勤時に顔見知りに会うと、人が叔父を「姜技師」あるいは「姜さん」と呼ぶのを見かける。叔父から声をかけることは多いが、向こうから叔父に声をかけてくることは少ない。そのことから、叔父の自己評価と人の叔父への評価には差があることが分かる。機関区で面子がないとは言わない。面子がなければ陳長傑をボイラー係に紹介はできないだろう。だが面子が大きくないから、ボイラー係にしか紹介できないのだとも言える。

陳長傑がボイラー係になった頃、汽車はまだ蒸気機関車で、汽車が前へと走るのはすべてボイラー係が汽車の先頭の機関車の炉に石炭をシャベルでくべて燃やし、炉から蒸気が出て汽車を前へ前へと推し進めるからだった。ボイラー係は機関区で最も体力の要る仕事だった。けれども、まったく知らない土地ですぐに仕事があるだけでありがたかった。

陳長傑は武漢に来て、機関区の独身寮に住んだ。新入りなので大部屋だった。一部屋に二十八人が住んでいた。二十八人はさまざまな職種の者がいて、ポイント係、線路の見回り、修理工、副機関手、ボイラー係などがいた。これらの職種の仕事はすべて鉄道の沿線上で働くので、一旦出勤すると四、五日連続で、汽車と時間を共にする。二十八人のうち、普段部屋で寝ているのは十人もいればいいほうで、数人しかいないこともある。特殊な状況だと一人もいないこともある。陳長傑は武漢に息子の明亮を連れて来た。当時、明亮はたった三歳だった。明亮は機関区の職員ではないから、機関区はベッドを割り当ててくれない。陳長傑と一つのベッドに寝た。人の流動性があり寝ている者も多くないので、子供が一人いてもあまり気にしなかった。陳長傑が勤務に出る時は、明亮を寮に独り残した。明亮は三歳の時から弁当箱を手に食堂に飯をもらいに行った。陳長傑が仕事に出ると四、五日も独りになり、昼間はまだいいが夜暗くなると明亮は少し怖かった。明亮がよく聞いたのは「父さん、今度はいつ帰ってくるの?」だった。陳長傑は言った。「聞くな。働きに行かなきゃ、食えないだろう」

武漢機関区の職員は五千人余りで、陳長傑は来たばかりの頃、叔父以外は誰も知らなかった。同僚とは少しずつ親しくなっていった。ボイラー係になった当初は石炭をどう炉にくべるのか、汽車が発車する時はどれだけ石炭が要るのか、走っている時はどれだけ要るのか、速度がどのぐらいだとどれだけ石炭が必要なのか、平原ならどれだけ、山道はどれだけ、また石炭をどうやって倹約するのか、すべてにコツがあり、すべてを一から学ぶ必要があった。父と子で独身寮に住むのは、武漢で瓦が一枚もなく立錐の地もないのに等しい。陳長傑は武漢に来て、また結婚しようとは考えもしなかった。若い頃は話し好きだったが、今はろくに話をしなくなり、若い時は笑い話が好きだったが、今は好きではなくなった。そうしていつの間にか三年が経った。

その年の四月三十日の夜、機関区が催した鉄道職員連合懇親会兼メーデー祝賀会があった。連合懇親会とはすなわち機関区の各職場、例えば車務部、地勤部、保安課、駅事務所、庶務部などなどが職員を組織して、それぞれ出し物を用意し、機関区の講堂で公演するのだった。四月三十日の午後、陳長傑は仕事から帰ってきたばかりだった。陳長傑が乗り込んでいるのは旅客車ではなく貨物車なので旅客車より重い。五日間、石炭を投げ入れるとがっくりと疲れる。この夜は講堂で懇親会があると知っていたが行く気はなく、寮でゆっくり寝たかった。だが明亮は六歳の子供だから、にぎやかなのが好きで、どうしても見に行こうと言って聞かない。陳長傑は仕方なく着替えて明亮を連れて出し物を見に行った。

当時の機関区長は閔《ミン》と言って、こういう催し物に参加するかしないかは仕事次第だった。今年のメーデーの懇親会は不参加のはずだった。鉄道部の副部長（部長は大臣に相当するので、副大臣）が昨日長沙からやってきて武漢に泊まり、随行しなくてはならなかったからだ。ところが夕方になって副部長は突然北京からの電話を受け、すぐに北京に戻って会議に出なくてはならなくなり、夕食も食べずに北京行きの汽車に乗った。閔区長は副部長を駅まで送って機関区に戻ると、飯を口に入れた途端に窓の外の講堂が明るく飾られているのに気づき、講堂で今夜は出し物があることを思い出して歩いて講堂まで行った。区長が来たことを舞台の上も下も知った。出し物が始まると舞台上は一層熱が入り、舞台下の観客の拍手もさらに盛大になった。出し物は機関区事務室の湖北提灯踊りで始まり、続いて保安課の竜船の民謡、客運部の漫才、電務部の二人羽織と続いたが、車務部に来て出し物に支障が出た。もともとは漢劇（武漢の伝統劇）の『貴妃酔酒』（玄宗皇帝が梅妃のところに行ったと知った楊貴妃が酒を飲み、悲嘆にくれて酔う演目）をやるはずで、アナウンスが出し物と演じる部署を告げたのに役者が登場せず、会場はしーんとなってしまった。講堂はざわつき始めた。

閔区長が立ち上がって聞いた。

「車務部はどうしたんだ？　何をしてる？」

機関区クラブの主任が舞台の隅から駆け下りてくると、閔区長に言った。

「閔区長、ちょっと事故がありまして」

「どういうことだ？」

「車務部の楊貴妃を演じるはずの者が腹を下して舞台に上がれないのです」

クラブの主任は舞台袖にいる車務部長に叫んだ。

「呉《ウー》さん、出し物を変えられないのか？」

けれども車務部は他に出し物を用意しておらず、そんな急に何とかできるものではない。車務部長の呉は耳まで赤くして言った。

「腹を下すとは思わないから、何も用意してないので」

クラブ主任は閔区長に言った。

「区長、どうでしょう、急な事態です。次は庶務部の歌と踊りの『豊作祝い』です。プログラムを先に進めますか」

すると閔区長はどういうわけか憤って言った。

「駄目だ。出し物一つの問題ではない」

車務部の呉を指差して言った。

「呉よ、どういうことだ。何事も頭のことばかり考えて臍のことを考えないのはいかん。なぜ予備の出し物を用意しておかん。機関士が腹を下したら、汽車は動かせないのか？　それが武漢鉄道機関区のやり方か？　出し物一つきちんとやれなくて、ちゃんと汽車を動かせるのか？」

車務部長の呉はきまり悪そうに突っ立ち、クラブ主任もきまり悪そうに立ち尽くし、機関区の講堂の千人以上の観客がワイワイガヤガヤと騒ぎ出した。陳長傑はボイラー係で車務部に属する。延津で役者だったこともあり、舞台に怖気づくことはない。みんなが気まずそうにしているのを見て、立ち上がった。

「自分は車務部の者です。自分が何か演じましょうか？」

クラブ主任が聞いた。

「何が演じられるんだ？」

「自分は河南人ですから、豫《よ》劇をやりましょう」

実は閔機関区長は武漢機関区の機関区長になる前は、鄭州機関区の副機関区長で河南に十数年いたので、陳長傑が豫劇をやると聞いて怒りが喜びに急転した。

「豫劇が唱えるのか？　何が唱える？」

「『白蛇伝』が唱えます」

「『白蛇伝』はいい。わしも聴いたことがある」

クラブ主任が言った。

「やらせてみましょう」

そして車務部長の呉を指さして言った。

「いい部下がいて良かったな。でなけりゃ、ただでは済まなかった。こんなことはこれっきりにしろよ」

呉部長は額の汗をぬぐった。

「二度とこんなことはしません、二度としません」

陳長傑は明亮を席に座らせ「ここにいろよ」と言うと舞台に上がった。玄人の劇団員だったので、舞台に上がるとガラリと人が変わり、ボイラー係の陳長傑ではなくなり、劇中人物になりきった。足を挙げて舞台をひと廻りすると、くるりと振り向いて見栄を切るやたちまち満場の喝采を浴びた。伴奏がないので清唱でやるしかなく、延津県国営機械工場でよくやった「如何せん、如何せん」「どうしたらいい？　どうしたらいい？」のくだりを清唱した。このくだりには法海の出番があり、許仙の出番があり、白蛇の出番があり、延津で陳長傑と共演したのは李延生と桜桃で、今ここに李延生と桜桃はいない。陳長傑は機転を利かせて、法海を唱うと表情と身振りを変えて許仙を唱った。許仙を唱い終えると、また表情と身振りを変えて、女の作り声で白蛇を唱った。白蛇が泣くところに来ると水袖（古典劇や古典舞踊の衣装の袖の端の白く長く薄いシルクの袖）があるふりをして涙をぬぐってみせた。

芝居の中で法海が許仙に唱って言う。

女を愛したのは花のようなその美貌ゆえ
骨の髄は毒蛇だと誰が知ろう

許仙が唱う。

愛した時は毒蛇とは知らず
今になって愛せぬと知り、心は刀に割かれたよう

白蛇が法海に唱う。

私と貴方は遠くは仇なし、近くは恨みもなし
何故に私たち夫婦の仲を裂くのでしょう

法海が唱う。

　お前を懲らしめるのは個人の私怨のためではない
　人と妖怪は結ばれてはならぬからだ

陳長傑は一人三役で、舞台の上で唱った。

　如何せん、如何せん
　どうしたらいい？　どうしたらいい？

　講堂全体がしーんと静まり返り、講堂中の人が陳長傑の一字一句に耳を澄まし、身振り手振りに目を凝らした。陳長傑も唱ううちに、かつて延津で李延生と桜桃と舞台で芝居をしていた時に戻ったような気がしていた。みんな若く、桜桃も生きていて、自分と恋愛をしていた。唱っているうちにさまざまな思いがこみあげてきて、思わずはらりと涙を落とした。陳長傑が「如何せん、如何せん、どうしたらいい？　どうしたらいい？」と唱い終えると、講堂は一瞬しーんと静まり返った。一分後、はっと目が覚めたように万雷の拍手が沸き起こった。陳長傑はみんなにお辞儀をすると舞台から下りた。その時、閔区長が手招きをして隣りの席をぽんぽんと叩くと陳長傑を隣りに座らせた。

「若いの、やるじゃないか。名は何と言うんだね？」

「陳長傑です」

「なぜ河南からここに来たんだね？」

陳長傑はありのままに答えた。

「叔父の紹介で来ました」

「叔父とは誰だね？」

「ポイント係の姜です」

「姜か。機関区のベテランだ。覚えている。背が高く、顔にあばたがある」

陳長傑の叔父は背が低く百六十そこそこで顔にあばたはない。関区長は勘違いしているらしい。でも陳長傑は間違いを指摘しなかった。

「河南はいい所なのに、なんでまた武漢に来たんだね？」

陳長傑は作り話をした。

「河南で幸せに暮らしていたのですが、三年前、女房が病死して、夫婦仲が良かったので町のどこを見てもつらくて、それで湖北にやって来たのです」

「その気持ちはよく分かる。こっちで所帯は持ったのかね？」

陳長傑はかぶりを振った。

関区長は突然思い出して、言った。

「それで思い出した。私には姪がいて、最近離婚したばかりなんだ。会ってみてはどうかな？　上手く行けば私の手柄だし、上手く行かなくとも友だちになればいいじゃないか」

それから声を潜めて言った。

「姪の離婚以来、私の姉はすっかり白髪頭になってしまってね」

陳長傑は驚いて口ごもった。

「区長、あまりに突然のことで……」

区長は笑った。

「ただの思いつきだ。無理強いはしないよ」

翌日仕事は休みだったので叔父に会いに行き、ついでに関機関区長の縁談の話を叔父にした。機関区長は叔父のことを覚え違いしていたが、叔父はその話を聞くと興奮して言った。

「だったら何をぐずぐずしている？　お前のようなただのボイラー係が関機関区長と親戚になれるんだぞ。祖先の墓から青煙が立ち上がるというものだ」

さらに言った。

「機関区長と親戚になれれば石炭なんかくべなくてよくなる」

そして言った。

「俺の言うとおり、武漢に来て良かっただろう？」

「きっと適当に言っただけですよ」

「適当だったら仕方ないが、本気だったら機会を逃すわけにはいかん」

関機関区長は適当なことを言ったのではなかった。次の日の午前、機関区のクラブ主任が陳長傑の独身寮を訪ねてきて映画の切符を一枚渡し、夜七時に長虹映画館で関機関区長の姪と映画を見るように伝えた。その時、知ったことだが閔機関区長の姪は秦家英《チン・ジアイン》といい、今年三月に離婚して六歳の娘がいるということだった。その夜の映画は『天仙配』（仙女と人間の男性との恋の物語）だった。

映画を見終わると二人で町を歩いた。

「映画、面白かった？」

秦家英が聞いた。

「面白かった」

「寝ていたくせに」

陳長傑は正直に言った。

「仙女が下界に下りてきて牛飼いと結婚する。そんなことは映画や芝居では起こるが、現実では起こらない。似たような物語を県の劇団にいた頃、何度も演じて、だいたい似たり寄ったりだったから、つい寝てしまったんだ」

秦家英はふふふと笑った。その時、アヒルの首（麻辣に味付けしたアヒルの首をぶつ切りにした中国のソウルフード。特に武漢や南京の名物）の煮物の露店を通りかかった。店ではたくさんの人がアヒルの首で酒を飲んでいた。

「お酒は好き？」

秦家英が聞いた。

「故郷にいた頃は友だちと飲んだが、武漢に来てからは忙しくて忘れてしまったな」

「喧嘩はよくする？」

陳長傑は正直に答えた。

「数年前までは怒りっぽかった」

それから、また作り話をした。

「連れ合いが三年も病気をして、あちこち伝手を探して治療させているうちに気性が直ってしまった」

「役者だったのよね。役者は浮気性だと聞いたけど、現実生活も芝居と同じだと考えたりはしない？」

さらに言った。

「私はせっかちだし上手いことが言えないけど、気にしないでね」

それからため息をついて言った。

「前の結婚では、それでずいぶん損をしたものよ」

陳長傑は言った。

「他の役者はそうかも知れないが、俺は違う」

そして言った。

「それに今は役者じゃない。汽車のボイラー係だ」

「さすがは元役者ね。口が上手いわ」

「本当のことだろ？」

秦家英は俯いて笑った。それから言った。

「私はいくつも質問したのに、どうして何も聞かないの？」

陳長傑は少し考えてから、正直に言った。

「何を聞けばいいのか分からない」

「叔父が言ったとおりね。あんたはおとなしい人だわ」

陳長傑の次の非番の日、二人は黄鶴楼に行った。黄鶴楼の柱の二句、〝昔人、已に黄鶴に乗りて去り、この地、空しく余す、黄鶴楼〟を見ながら、秦家英が聞いた。

「どういう意味か、分かる？」

「人がいなくなって楼《ろう》が空っぽになるという意味だろ？」

「あんたと私のことよ」

「どういうことだい？」

「過去の人はいなくなり、寂しい男と女が残った。私たちの状況と同じでしょ？」

陳長傑はうなずいた。

「詩句に隠された意味が分かるとは、思いもよらなかったな」

次の休みの日は二人で東湖に行った。湖畔に沿って歩いた。

「普段、どんな友人と付き合うのが好き？」

「ただのボイラー係だ。誰と付き合いたいだなんて、自分の思うとおりにはならない」

それでも少し考えて、言った。

「行き来する人という意味なら、あまりしゃべらない人かな」

「無口な人のほうがへらへらしゃべる人よりいいじゃない？」

「そうだな」

「おたくの子はどんな性格？」

「俺と同じで無口だ」

さらに言った。

「男の子だから、いたずらなのは仕方ない」

「うちの娘は六歳なのに、時々ため息をつくのよ。なんでだと思う？」

「母親を心配しているんだろ。良くできた子だ」

昼は二人で糍粑《ツーバ》（韓国料理のトックのような餅）と熱乾麺を食べた。食べながら、秦家英が聞いた。

「私たち、何回会ったかしら？」

陳長傑は少し考えて、言った。

「三回だろう」

「会うことは会ったし、見物もしたわ。私たちも若くはないし子供もいることだし、若い子みたいに恋愛ができるわけじゃない。はっきり聞くわ。私を娶《めと》る気はある？」

「いいや」

「なぜ？」

「場所がない」

秦家英が箸にはさんだ糍粑が宙に止まった。

「叔父が言ったとおりだわ。あんたっておとなしい人ね」

一か月後、陳長傑と秦家英は結婚した。秦家英は閔機関区長の姪なので、二人の結婚に当たり機関区は二人に二部屋の住まいを与えた。二人それぞれ連れ子がいるので四人で二部屋は少し手狭だったが、陳長傑と秦家英が一部屋に、陳長傑の息子の明亮と秦家英の娘の薇薇《ウェイウェイ》が一部屋に、薇薇が二段ベッドの下に、明亮が上に寝た。陳長傑が出番の夜は薇薇は母親の部屋で寝て、明亮は部屋に独りになった。明亮は陳長傑と独身寮にいた時は父親の出番の日が怖かったが、独身寮から引っ越してくると父親の出番の日を心待ちにした。父親がいなければ部屋を独り占めできるからだ。家に明亮と秦家英で二人っきりの時、秦家英は自分から明亮に話しかけることはなかった。自分のすることをし、明亮など存在しないかのようだった。それはちょうど明亮が望んだことでもあったので、明亮も秦家英が存在しないものとみなした。

二

明亮は六歳で漢口芝麻《ジーマー》胡同小学校に入学した。ある昼、学校が引けて明亮がカバンを背負って家に昼食を食べに帰ると家には客がいて、父親が「叔父さん」と呼ぶように言った。

「延生叔父さんだ。故郷から来たんだ」

明亮が武漢に来て三年になる。延津から来た時はたったの三歳だった。三年が過ぎて、延津の大人のことも子供のこともほとんど記憶はおぼろげだった。その人が誰か分からなかったが、その客を見た瞬間に身体に電気が走った感じがして、明亮は母親が来たと思った。

明亮が物心ついた時、両親は延津紡績工場に勤めていた。毎日退勤すると、二人とも頭が綿ぼこりだらけだった。家に帰ると二人はいつも喧嘩した。あの頃、明亮は年も小さかったので両親がなぜ喧嘩をし、何を言い争っているのかは分からなかったが、喧嘩をすると決まって「つまらない」と言ったのを覚えている。その後、一束のニラのことで母親が首を吊った。明亮は「つまらない」と言うのがどういう意味なのか分からなかったが、数十年が経って分かった。「つまらない」と人は首を吊るのであり、ビルから飛び降りるのだ。なかには「何もそこまでしなくても」「解決しないことなどないのに、どうしてだ」と言う人がいるが、明亮は言う。「そんなことあるさ、つまらないからだ」そう言うと人が聞く。「なぜ分かる？」明亮は口に出しては言わないが、心の中で思う。〝お袋がそうだったからさ〟

母が首を吊ったのは日曜で、昼は家で餃子を作る予定だった。朝食後、父がニラを一束買ってきたが、ニラがしなびているかどうかで両親はまた言い争いを始めた。しばらく言い争うと、母が泣きながら「つまらない」と言って、父がベッドの前にあった痰壺を蹴飛ばした。当時はどの家も痰壺を使っていた。そして父は「つまらん！」と怒鳴るとバタンとドアを閉めて出て行き、家には母と明亮の二人が残された。母は泣き続け、ベッドに横になると眠ってしまった。明亮は床に転がった痰壺を置き直すと、痰壺がぶちまけた水をモップで拭き、ベッドに腰かけてゴム遊びをした。しばらくして母は目を覚ますと明亮がベッドの端に座っているのを見て、二角取り出して明亮に言った。

「サイダーが飲みたいでしょ。買って飲むといいわ」

明亮は二角を受け取ったがサイダーを買いには行かず、そのままベッドの端でゴム遊びを続けていた。母がまた寝てしまうとベッドから飛び降りて二角を握りしめ、通りに出てサイダーを売っている小さな店に行き、サイダーを一本買った。サイダーは一本一角五分で、お釣りを五分もらった。明亮は五分をポケットに入れ、通りの階段に座るとサイダーを飲みながら道行く人を眺めていた。サイダーを飲み終えると、空き瓶を店に返し、隣りの飴を売る店に行き五分で白ウサギ印のミルク飴を二つ買った。店から出てくると、飴を一つポケットに入れ、通りの階段に座ると、もう一つの飴の包み紙を剥いて飴を口に放り込み、ちゅうちゅう吸いながら道行く人を眺めた。白ウサギ印のミルク飴の一つ目を食べ終わると、ポケットから二つ目を出して包み紙を剥いた。飴を食べ終わると、十字街の祖母の家に行った。祖母の家は十字街でナツメ餅（ナツメの実をすりつぶして作る羊羹のような甘酸っぱい菓子）を売っていた。母が祖父母と喧嘩したため両家は普段行き来がなく、明亮は母に隠れてこっそり祖父母の家に行かなくてはならなかった。明亮は祖母は好きだが、祖父は嫌いだった。祖母は孫の手を引いて「噴空《ペンコン》」（河南方言でおしゃべりの意で、あれこれ思いつくままに話していく、またその腕比べをすること）をし、家にある美味しい物は何でも明亮に食べさせた。祖父はちょびひげを生やし、毎日苦虫を嚙みつぶしたような顔をして、誰に対してもしみったれだった。もし祖父が一人でナツメ餅を売っていたら、明亮を見てもナツメ餅を切って食べさせてくれることはない。「ナツメ餅は売り物だ。人様に食べさせるための物だ」と祖父は言った。明亮が十字街に来ると、祖母はおらず、祖父一人で売っていた。祖父は明亮を見ても、いつものようにろくに相手にしなかった。明亮は通りの端の階段に座って祖母を待った。昼時になっても祖母は来ず、明亮はお腹が空いたので立ち上がり、十字街から家に向かった。家に着くと母が首を吊っていた。その日から明亮が繰り返し考えたのは、あの日自分がサイダーを飲みに行かず、白ウサギ印のミルク飴を食べず、十字街にナツメ餅を食べに行かなければ良かったということだった。家から出かけず、あるいは早く家に帰っていれば、母は首吊りしなかっただろう。首吊りしたとしても止めることができたかも知れない。あの日から明亮は母の死と自分が関係あると考えるようになった。あるいは、母は自分が殺したようなものだと考えた。あの日、母は梁から下ろされると病院に担ぎ込まれ、また病院から連れ戻されると棺桶に入れられ、明亮は黙って棺桶の前に座っていた。部屋の隅で、陳長傑が朝買って帰ったニラが人に踏まれてぐちゃぐちゃになっていた。その晩、明亮は棺桶の横の紙くずの中から写真を一枚拾った。母がかつて演じた白蛇のスチール写真だった。明亮はその写真を身につけた。母は無縁仏共同墓地に埋葬された。その後、明亮は父親の陳長傑に連れられて延津から武漢に来た。三年が経って、明亮が身につけている写真は色褪せ、母が自分から遠くなったように感じていた。それが一人の延津人がやってきて、明亮は突然、母が自分のそばに帰ってきたと感じたのだった。

三

桜桃が武漢に来た目的は、陳長傑に自分と一緒に延津に戻り墓を移転させ、共同墓地から離れて、あの銃殺された強姦殺人犯から離れることだったが、武漢に来てから陳長傑がもう以前の陳長傑でなく、自分が捜していた人ではなくなったことが分かった。陳長傑の新居に入り、部屋の物とそのしつらえの隅々に至るまで自分の痕跡はなく、陳長傑が自分を忘れたことが分かった。忘れたことは咎《とが》めない、たとえ仲睦まじい夫婦で生きている時は日々愛していると言っていても、妻が死ぬとすぐ再婚する者もいる。まして桜桃と陳長傑は結婚後二年もすると愛もなくなり、「つまらない」と言い合うようになった。陳長傑と秦家英が結婚したことには嫉妬もしなかったが、息子の明亮には突然ものすごい愛情を感じた。武漢に来たのは陳長傑に会うためだったが、武漢に来てみると実は息子に会うためだったと分かった。武漢に来る時は陳長傑を自分と一緒に延津に連れて行くつもりだったが、武漢に来て考えが変わり、延津に帰りたくなくなり明亮と一緒に暮らしたくなった。小さな二間の家の四人暮らしに自分が加わって五人になり、彼らと生きていけばいいと考えた。自分は場所を取らないし、物も食べないし、彼らに何の迷惑もかけない。陳長傑と秦家英と薇薇はいないものと考え、昼は明亮と学校に行き、夜は明亮と寝ればいい。

延津に帰らない以上、共同墓地のあの餓鬼だって人に取りつかなければ武漢には来られない。武漢に来て、あいつを振り払えたわけで、墓の移転は重要ではなくなった。それに、ここに親しみを感じるのは単に明亮に会えたからだけでなく、明亮が自分の若い時の写真を身につけていたからだった。あの写真がなければ桜桃はここで付着できるものがない。付着するには家族に付着するしかなく、明亮か陳長傑の身体に取りつくしかない。明亮に取りつこうと陳長傑に取りつこうと、二人はそのうち病気になりかねず、長いことそうするわけにはいかない。この写真がずっと明亮の身に隠してあれば、昼も夜も息子と一緒にいられるのだ。

桜桃が武漢に来た目的は陳長傑に笑い話を教えてもらうことでもあった。陳長傑に五十の笑い話を習い、五十のひと言で人を笑わせられることができれば、延津に帰ってそれらの笑い話を閻魔様にして転生ができるのだ。だが武漢に来て、陳長傑が以前のようには笑い話ができなくなったのに気がついた。笑い話ができないだけでなく、口数も少なくなっていた。延津北街で羊臓物スープを売っていた呉は死んだら口が回るようになったが、陳長傑は以前は口が回ったのに今は生前の呉になってしまっていた。陳長傑が笑い話ができなくなったのなら、桜桃は五十のひと言で人を笑わせる笑い話は習えない。つまり閻魔様に転生させてもらえないということだ。転生ができず六道輪廻（前世の行いの善悪により、死後に行く地獄・餓鬼・畜生・修羅・人間・天上の六つの世界）に加われないのなら、延津に帰っても幽霊のままであり、それなら武漢に留まって毎日息子といられるほうがいい。明亮と二日間一緒に学校に行って、武漢の町を歩いて、武漢は厳粛な町だと気がついた。人々は笑い話が好きではない。武漢が厳粛な町なら、延津と違って花二娘が待ち構えていて夢で笑い話を迫ることもないだろう。つまり花二娘から逃げられたのだ。厳粛はいい、自分に合っていると桜桃は思った。これが桜桃が武漢に留まったもう一つの理由だ。故郷で幸せなら、あるいは故郷が変われるものなら、誰が故郷を捨てて異郷に流れてきたいだろう、と桜桃は夜、ため息をついた。故郷を捨てて延津から武漢に来るのに、閻魔様に頼らず自分の力で六道輪廻から脱却できた。ただ、これから何に憑依して生きていくか。一枚の写真に？　桜桃はまたため息をついた。

四

　明亮は母が自分のそばに来て以来、身につけた母の写真が突然輝き始めたのに気がついた。写真が輝くだけでなく、母が自分に話しかける声が聞こえるようになった。

「明亮」

「母さん」

「母さん、故郷からあんたに会いに来たのよ」

「感じたよ」

「私に離れて欲しい?」

「ううん」

「母さんもよ。でも私があんたの身体に取りついているの、怖くない?」

「怖くないよ」

「明亮、このことは絶対に誰にも言っては駄目よ。他人が知ったら、私はあんたのそばにいられなくなるから」

「言わないよ」

桜桃と明亮の話は、桜桃の言葉は明亮に聞こえるが、他人には聞こえない。ある時、四人で家でご飯を食べていて、明亮が食べる手を止めて独り言を言った。道を歩いていても独りで何か言った。陳長傑が聞いた。

「明亮、何をぶつぶつ言っているんだ？」

明亮は慌てて、ごまかした。

「何でもないよ」

あるいは、

「先生が暗記の宿題を出したんだ」と。

だが、半月後、明亮の身に潜んだ桜桃はやはり秦家英に見つかってしまった。見つかったのは誰のせいでもない、桜桃自身のせいだった。桜桃はこっそり五人家族として暮らしていくつもりで、家では明亮だけを相手にして他の人は相手にしないつもりだった。はじめは確かにそうしていた。昼は明亮と一緒に学校に行き、夜は明亮と一緒に寝た。明亮が寝つくと写真から出てきて、明亮の時間割を揃えたり、衣服を畳んだり、明亮の服についた米粒を払い落としたりした。陳長傑と秦家英は明亮が以前よりこざっぱりしたのを、成長したと思い気にもかけなかった。だが、一週間後、桜桃はあることをして馬脚を現してしまった。その日の夜、明亮が寝つくと桜桃は服の米粒を落とし汚れを叩いてから、玄関の入り口に置いてある明亮の靴の泥を叩き落とした。叩くうちに陳長傑と秦家英が部屋でふんふん言っている声が聞こえてきて、二人は明らかに夜の営みをしていたので桜桃は呆然としてしまった。桜桃と陳長傑は結婚して二年もするとしなくなっていた。なぜなら陳長傑はそっちのほうが駄目で、それが二人が「つまらない」と言う理由の一つでもあったのだ。もしそっちが大丈夫だったら、二人の関係もそうひどいことにはならなかったかも知れない。陳長傑は桜桃とは駄目だったのに、今、秦家英とはなぜ大丈夫なのか？　別の人とはよくて自分とは駄目ということは、駄目な理由は自分にあるということではないか。聞いているうちにむしゃくしゃしてきたが、彼らの睦言《むつごと》をやめさせることはできないので、便所に駆け込むと秦家英がハンガーにかけて干していた下着のパンツを便器に投げ捨てた。翌朝早く、秦家英は便所に行き自分のパンツが便器の中に浮いているのを見つけたが、パンツをハンガーにしっかりかけておかなかったから便器に落ちたのだと思い、あまり気に留めなかった。だが、それからは秦家英と陳長傑がするたびに翌日パンツが便器に浮かんでいるので、これは変だと気がついた。はじめは明亮のしわざだ、継母に対する嫉妬と不満からだと思ったが、さらに明亮の服が清潔になっていることと独り言を言って誰かと話しているようなのに連想が及び、何か別に原因があるのではと疑った。だが、明亮を疑っていることは陳長傑に知られたくなく、疑い違いだったら気まりが悪い。そこで陳長傑の出番の日、薇薇が母親と一緒に寝に部屋にくるとこっそりと薇薇に聞いた。

「薇薇、明亮と一緒の部屋にいて、あの子が前とは変わったと思うことはない？」

「独りでよく話している」

「それは知っているわ。他には？」

「寝る時、前は服を脱ぐとすぐ寝たけど、今は服を脱ぐ前に写真をよく見てる」

夜中に秦家英は明亮の部屋に行き、明亮が熟睡しているのを確かめ、ベッドの頭に脱いで置いた服を取り上げると、ポケットから写真を捜し出した。秦家英が手に取ると写真は赤い光を放ち、秦家英は電気に触れたように感じて写真を床に落としてしまった。腰をかがめて写真を拾うと、写真がまた光を放ち全身がしびれた。秦家英はその写真にはきっと何かあると思い、台所に行き洗い物用のゴム手袋を手にはめると、明亮の部屋に戻って写真を拾い上げた。ゴムを通してなので写真は電気を放ちようがなかった。秦家英が顔を近づけて見ると、それは桜桃であることが分かった。陳長傑と結婚する前の日に、陳長傑のところで桜桃の写真を見たことがあったからだ。その日、二人は新居を掃除していて、秦家英が突然言った。

「前の女房の写真を見せてよ」

「なんで？」

「単なる好奇心よ」

陳長傑はやむなく財布から写真を一枚取り出して秦家英に渡した。それは明亮の満一か月の時の写真で、陳長傑と桜桃が明亮を抱いて延津の写真館に行って撮った写真だった。桜桃が明亮を抱いて椅子に座り、陳長傑が横に立ち、後ろの布にテーブルが描かれテーブルには花瓶があり迎春花が一輪描かれていた。秦家英は見て言った。

「美人ね」

「写真を撮るので化粧をしている。役者はみんな化粧をする。きれいに見えるさ」

「何の病気で死んだの？」

陳長傑は嘘をついた。

「肺気腫さ」

「前の女房の写真を見せたのだから、私の前の亭主の写真を見たくない？」

陳長傑はかぶりを振った。

「なぜ見ないの？」

「何の価値もないからさ」

秦家英はうなずくと同意した。

「確かに価値ないわね」

今、明亮が隠し持った桜桃の写真を見て、下着が便器に落ちていた原因が分かった。写真が価値を持ったのだ。

「あんただったのね」

「あんたが武漢に来たのね」

「前に写真を見ておいて良かったわ」

「私たちの仲を引き裂きたいのね、そうでしょ？」

「仇を討ちに来たんだわ」

そうして写真を手に外の部屋に来て、まずポリラップで写真を包むと写真は光を放たなくなった。続いて写真を身につけ自分の部屋に戻ると、そっと薇薇に言った。

「今夜のことは明亮の父さんには内緒よ」

薇薇はうなずいた。

翌朝、明亮は隠し持っている母親の写真がないのに気づいた。明亮と薇薇は普段一緒の部屋に寝ているが、薇薇は明亮を兄さんと呼んだことはなく、明亮も薇薇を妹と思ったことはない。二人は普通に話もし、表向きは喧嘩もしなかったが、心の中では親しみを感じてはいなかった。母親の写真がなくなると明亮はまず薇薇が盗ったのだと疑った。陳長傑が出番で薇薇は別の部屋で秦家英と寝ているが、薇薇の物はこっちの部屋にあるので寝る前は寝間着を取りに来る。朝もこの部屋にカバンを取りに来る。明亮は薇薇に聞いた。

「写真を持ってたんだけど落としたみたいなんだ。拾わなかった？」

薇薇は首を振った。

「ううん」

朝食の時、明亮は秦家英に聞いた。

「写真を持ってたんだけど、落ちたみたいなんだ。朝、掃除してて見なかった？」

「誰の写真？　知らないわ」

明亮と薇薇が学校に行くと、秦家英は写真を持って漢口西郊の道教の尼の馬《マー》を訪ねた。馬は若い頃、出家して道教の尼になり白雀庵と名乗り、還俗すると道教館を開いて占いを始めた。占いだけでなく魔物払いの法術も施す。人の魔物も幽霊の魔物も払える。人は魔物に取りつかれると馬婆さんを尋ねるので、秦家英も魔物に取りつかれたと馬婆さんを尋ねた。秦家英は西郊で馬婆さんの家を捜し当て、馬婆さんに会うと事の次第を話した。

「誰がやっているのか分かっているのなら簡単だよ。写真をお貸し」

秦家英はポリラップで包んだ桜桃の写真を馬婆さんに渡した。

「向こうの部屋で代金を払ったら、もういいよ」

そして言った。

「安心をし。動けなくしてやるから」

その日の夜、明亮は夢で母親を見た。母親は荊の茂みに横たわって転げまわっていた。転げながら叫んだ。

「明亮、早く助けて。痛くて死にそうよ」

さらに言った。

「もう武漢にはいたくない。延津に帰るわ」

目を覚ました明亮は大汗をかいていた。明亮は母親の写真を失くしたと思ったのは思い違いだろうと思い、あまり気にせずにまた寝てしまった。だが、翌日の夜も母親は自分の夢の中に出てきて、やはり荊の茂みでのたうち回り、明亮に助けを求めた。明亮は母親に何か起こったと分かって聞いた。

「母さん、助けてと言うけど、一体どこにいるの?」

「武漢は詳しくないから、ここがどこなのか分からないわ」

「どこだか分からなきゃ、どうやって助けるんだい?」

桜桃が泣いて言った。

「私も白蛇のように永遠に塔の下に鎮圧されるんだわ」

その時、明亮の耳元で別の声がした。

「お前の母さんがどこにいるか、知っているよ」

「連れて行ってくれる？」

「いいとも」

そして声は言った。

「だけど今日お前を助けたら、数十年後にまた武漢に来て私を助けておくれ」

「あんたは誰？」

「その時になれば分かる」

明亮はそっと服を着ると、その声に随ってそろりそろりと家を出て通りに出た。夜中なので通りには誰もいない。どっちに行けばいいのか分からず、声を捜した。すると声が聞こえた。

「ついておいで」

明亮は話しているのが前を飛んでいる蛍だと気がついた。蛍が前を飛び、明亮はその後ろをついて歩いた。通りから通りへ、横町から横町へ、いくつもの通りと横町を抜けて漢口の西郊に来た。蛍は明亮を小さな中庭に連れて行った。蛍は中庭の籬《まがき》を飛び越え、明亮もまたいだ。薪小屋の前に来たので戸を開けると、豆粒のような灯りが点り、壁の真ん中には絵が掛かっていた。明亮は成長してから、それが閻魔であったと知った。閻魔の隣りには牙を生やした緑色の顔の人が口に小鬼を咥えて立っていて、明亮は後にそれが鍾馗《しょうき》（中国の民間伝承に伝わる道教の神）だと知った。絵の前の机には板が立てかけてあり、たくさんの人の写真や絵が釘で打ちつけられていた。明亮の母の写真もその中にあった。写真の満身に釘が刺さっている。明亮は何も言わず急いで母の写真の釘を抜き、写真を取り上げた。その時、母の泣く声が聞こえた。

「明亮、来てくれたのね」

そして言った。

「全身傷だらけで、燃えるように痛いわ」

「どうすればいいの？」

「水を見つけて、かけてちょうだい。水を見れば良くなるわ」

「郊外はよく知らないから、どこに行けば水があるのか分からないよ」

その時、蛍が言った。

「ついてきて」

明亮は母の写真を抱いて蛍について庭を出た。蛍が前を飛び、明亮が後を歩いた。通りから通りへ、横町から横町へ、いくつもの通りと横町を抜けると、突然、前方が開けて長江の畔に出た。長江の水は満々として波立ち、天まで続くようだった。月光が川面を照らし、川の畔は昼のように明るかった。

「母さん、川に投げていいの？」

「投げて」

そして言った。「本当は水が怖いのだけど、そんなこと言ってられないわ」

明亮は母の写真、つまり母の若い頃のスチール写真を川に投げた。母は川を見るや写真から立ち上がり、身につけているのは『白蛇伝』の白娘子の衣裳だった。母は現実の世界の母ではなくなり、芝居の中の白娘子になっていた。水袖で舞いながら、長江の上で法海と許仙を訴えるくだりを唱った。その声は悲痛に富み、雲を突き抜けて行った。この時、蛍が飛んできて、いきなり爆発すると花火が炸裂して天空が色鮮やかに彩られた。その様子は他の人には見えず、明亮だけに見えた。歌唱と声も人には聞こえず、明亮だけに聞こえた。明亮は、母親は水が怖かったのに釘針で満身創痍になったせいで怖くなくなったことが分かった。ふと、母が夢の中で延津に帰ると言っていたことを思い出した。「母さん、唱ってないで、延津に帰るのなら早く帰ったほうがいい。また釘で板に打ちつけられないうちに」

その時、大きな波が打ち寄せてきて、母はひと言、「四十五……」と叫ぶと大波にさらわれた。明亮は母が「四十五」と叫んだのがどういう意味か分からなかったが、母が波と一緒に川を下っていくのが見え、あっという間に見えなくなった。明亮はその時、母が延津に帰ったのだと思ったが、三年生になり地理を学んで知った。延津は武漢の北にあり、長江は東へ流れているのだった。母が川に沿って下ったのなら永遠に延津には戻れない。

それでは母はどこに行ったのだろう？

附録

薪小屋での対話

桜桃は板に打ちつけられると生きることも死ぬこともできなくなった。桜桃は閻魔に助けを求めた。

「閻魔様、私が悪うございました。延津に帰ると言った約束を破り、武漢に留まっていました」

閻魔が何も言わないうちに、隣りの鍾馗《しょうき》が鉄の鞭をふるって言った。

「天の下はあまねく閻魔大王の王土なり。お前は武漢に逃げれば大王の掌中から逃れられるとでも思ったのか？　六道輪廻から逃れられると思ったのか？」

桜桃は慌てて嘘をついた。

「大王様、私は六道輪廻を逃げようとは思っていません」

また言った。

「笑い話に圧し潰されて死んだ者は五十種類のひと言で人を笑わせられる話をすれば生き返るとおっ

しゃいましたよね。私は武漢に来て息子に会っただけでなく、休むことなく五つの笑い話を考え出しました。私を許してくださるなら、その五つの笑い話を話してお聞かせします」

閻魔が何も言わないうちに鍾馗が恫喝した。

「大王は五十と言ったのだ。五つじゃない。ここはあの世で、お前らの現世ではない。大王が鉄面無私でなければ、恨みを持った霊ばかりになる。五つ考え出したのなら、あとの四十五もゆっくり考えだすんだな」

その日の夜中に明亮が桜桃の写真を板から剝がした時、鍾馗は鉄の鞭をふるって明亮を打とうとして言った。

「まだ四十五あるぞ」

もちろんその言葉は明亮には聞こえなかった。閻魔は鍾馗を止めて言った。

「天下はあまねくわしの王土なのだろう？　好きにさせろ。四十五の笑い話がこの女にどんな遭遇をもたらすのか、見ていよう」

そして言った。

「その過程でまた世にも珍しき出来事が起こって、笑い話に勝る見せ物を見せてくれるやも知れん」

鍾馗は承知したとばかりに、鉄の鞭をふるうのをやめた。

五

明亮の祖母が武漢に来た。祖母は七十を過ぎていた。明亮が生まれたばかりの頃、桜桃は「翰林《ハンリン》」という名をつけた。明亮は言葉がしゃべれるようになると、やたらと目の前が真っ暗だと言うので、祖母が改名して明亮とつけたのだった。

祖母の家は延津県城の北街にある。祖母が言った。祖母の家の中庭には大きなナツメの木があり、木の幹は二人でやっと抱えられるほど太かった。この木は二百歳以上になり、明亮の祖父の祖父が植えたのだと。明亮の祖父の祖父はラクダの売り買いをしていて、ナツメの木は新疆の若羌《じゃくきょう》から持ってきたものだった。樹齢二百年のナツメの木は葉がびっしり生い茂り、毎年秋になると麻袋三つ分の真っ赤なナツメの実が取れた。明亮の祖父母はナツメとキビをこねてナツメ餅を作り、手車で押して十字街に売りに行った。夜になると屋台にカンテラを点して売った。当時、明亮の両親は県の紡績工場に勤めていて、紡績工は三交代勤務だったので二人には明亮の世話をする時間がなかった。明亮は三歳になるまで祖母に育てられた。毎晩、寝る前は祖母がしてくれる話を聞くのが好きで、延津ではそれを「噴空」と言った。二人で横になると明亮は言った。

「祖母ちゃん、噴空して」

「一つだけだよ。よくお聞き」

数十年後の今も明亮は覚えている。祖母がよくする噴空は三つあった。一つは黄皮子《ホアンピーズ》の話だ。黄皮子とはイタチのことだ。祖母は言った。子供の頃、家の裏庭によくイタチがやってきた。ある晩、イタチがたくさん子イタチを連れてきて遊んでいた。祖母の父親が「うるさいぞ。少しは眠らせろ」と言うと、イタチは「嫌だね」と言った。イタチたちは立ち上がり、子イタチは手を別の子イタチの肩に置いて列を作り、親イタチが先頭に立って尻をふりふり裏窓から通って行った。ある晩、雷が鳴り、誰かが扉を叩いた。父親が扉を開けると、そこにいたのは親イタチでお辞儀をして丁寧に挨拶すると言った。「雷様が私たちを捕まえに来ます。どうか私たち母子十人をかくまってくれませんか」父親が「お前ら、悪さはするなよ」と言うと、イタチが「おとなしくします」と言ったので、父親は裏庭の薪小屋を開けてイタチの親子十四をかくまった。翌朝、雨はやみ、父親が薪小屋に行くとイタチたちはいなくなっていた。全員がいなくなったのではなく、足の悪い子イタチが一匹、薪の上で縮こまっていた。親イタチは障害のある子イタチを一匹残していったのだった。父親はため息をついて「イタチ、おまえはわしより智恵が働くな」と言うと、その足の悪い子イタチを豚小屋に入れてブタ扱いして飼うことにした。祖母は言った。小さい頃はよく子イタチと一緒に遊んだものだよと。しかし、十数年経っても子イタチはちっとも大きくならなかった。祖母は聞いた。「子イタチ、お前はどうして大きくならないの？」子イタチは言った。「私はブタよ。人間じゃない。大きくなったら人に食われてしまうもの」祖母は言った。「私が嫁に行く時、イタチは泣いたのよ」と。

もう一つの噴空は牛の話だった。祖母は言った。その牛は自分と同い年だったと。牛には怠け牛と強情牛がいて、怠け牛は輪を架けるとクソや尿をして抵抗するが強情牛は働き者だ。その牛はどの強情牛よりも働き者で、畑に出て畑を耕すと犂《すき》をつけるなり朝から晩まで休まずに働き、犂を支える人間のほうがくたびれて倒れてしまうほどだった。その日、祖母の三番目の叔父が牛と畑を耕しに出かけた。三叔父は怠惰なので、犂を支えながら言った。「もう少しゆっくり歩けよ。葬式にでも駆けつけるつもりか？」半時ほど耕すと三叔父はしゃがんでタバコを吸い、牛のほうが叔父を急かした。「早くしてよ。でないと畑を耕し終えられないわ」三叔父は言った。「おまえは人間をくたびれ殺すつもりか？　ここは俺の家の畑か、それともおまえの家の畑か？」そして罵った。「今度、催促したらおまえを殺鍋に送ってやる」殺鍋とは食肉工場のことだ。すると、この言葉が牛を怒らせ、牛は犂と縄を脱ぎ捨てると三叔父に頭突きして、山頂に走って行ってしまった。三叔父が人々を呼び集めて追いかけたが、山は密林で捜しようがない。山道の曲がったところに一人の老婆が背中に布包みを背負って休んでいたので、人々は聞いた。「婆さん、牛が逃げて来なかったか？」老婆は言った。「牛は見ないが、わしの足元に猫はいるよ。おまえたちの言う牛とはこれのことかい？」そこには一匹の黄色い猫がお婆さんの足を枕にいびきをかいて眠っていた。

祖母が聞いた。

「そのお婆さんが誰だか分かるかい？」

「誰？」

明亮は聞いた。

「山姥《やまんば》さ。その牛は山姥の猫だったんだ。家の餅を盗み食いして山姥を怒らせ、罰に牛に変えられて下界で畑を耕させられていたんだよ。五百畝《ムー》（地積単位。一畝は一ヘクタールの十五分の一。六・六六七アール）耕したら帰っていいと言われてね。だから、畑を耕すとなると強情な牛よりも熱心に耕したのさ」

もう一つの噴空は祖母の父親の話だった。祖母は言った。祖母の母親は早く死に、祖母が小さい頃、家事はすべて父親が一人でやっていた。祖母が嫁に行く日、父親が言った。

「娘よ、わしは父親にはなれるが母親にはなれん。十七年間、お前には我慢をさせたな」さらに言った。「嫁に行くのに何をしてやればいいのかも分からん。服も布団も作ってやれんから、ニレの木を切り倒してタンスを作ってやる。それが嫁入り道具だ」祖母は言った。「父さん、このタンスは何よりも立派だわ。このタンスを見るたび、父さんを思い出すわ」さらに言った。「父さん、私が嫁に行ったら父さんは一人になってしまうから心配だわ」祖母の父は言った。「安心しろ。自分のことは自分でできるさ」祖母が嫁に行った翌年、祖母の父親は亡くなった。その年の初春のある晩、祖母は堂屋に行き、ニレの木のタンスに入れて置いた前の年に紡いだ糸を取り出し、翌日機織り機で布を織ろうとしてタンスを見た途端に父親のことを思い出し、思わず「父さん、会いたいわ」と言うと、窓の外から声がした。「安心をし。きっと会えるとも」祖母が慌てて庭に飛び出すと、どこにも人などいない。その時、その声はイタチの声だと思い出した。でも、イタチは死んで五、六年になる。庭の中も外も捜したが、どこにも子イタチの姿はなかった。祖母はいつしかそのことを忘れてしまった。

「ところが、おまえの父親（明亮の父の陳長傑）が九歳の年、あの子を連れて市に行くと、たくさんの人の中で前のほうに肉おやきを食べながら歩いていく者がいて、それが父さんの後ろ姿にそっくりなので追いかけて行ったが、その人は人混みに紛れて見えなくなってしまったのさ」

祖母は言った。

「父さんの後ろ姿だけ見えたということだねえ」

祖母が語り、明亮が聞く。聞きながら、いつしか眠っていた。

明亮が三歳の年、延津に大雨が降り、二日二晩降り続いた。川の溝にまで水が浸かった。明亮は子供たちと北街の溝の前で土の塊をガマガエルに投げて遊んでいて、うっかり落っこちてしまった。子供たちが大声を上げて助けを求め、祖母が聞いて駆けつけると、明亮は浮かび上がって漂っていた。浮かんで漂っているということは溺れ死んだということである。祖母は大人たちと明亮をすくいあげた。祖母が明亮を石のローラーの上に載せると、明亮はわあっと声を上げて腹の水を吐き出し、息を吹き返した。祖母は泣き、明亮も泣いた。祖母は言った。

「明亮や、今日のことは父さんと母さんには内緒だよ」

明亮はうなずいた。

だがやはり桜桃の知るところとなってしまった。桜桃が知ったのは明亮が話したからだ。その頃はまだ小さかったので、桜桃が聞けば何でも答える。答える時に祖母の言いつけを忘れてしまったのだ。その他に、普段祖母が噴空することも一から十まで桜桃に話してしまった。桜桃は怒って陳長傑に言いつのった。

「溺れ死にかけたことはいいわ。お義母さんが毎日、子供にどんないい加減な作り話をしていると思う？」

「お袋に明亮相手に噴空をするなと言うよ」

「言うことないわ。明日から明亮の面倒は頼まないから」

翌日、桜桃は明亮を紡績工場の幼稚園に入れた。

「明亮にはまともなことを習わせるわ」

そして陳長傑から祖母に、明亮に会いに来ないように伝えさせた。だが、祖母は桜桃が出勤していない時に、こっそり幼稚園に明亮に会いに行った。明亮がナツメが好物だったので、祖母は会いに来る時は必ずナツメ餅を持ってきた。サイダーが好きだったのでサイダーも持ってきた。明亮がサイダーを飲みながらナツメ餅を食べていると、祖母は言い含めた。

「今度こそ母さんに内緒だよ」

母親に本当のことを言ってしまったために幼稚園に来る羽目になったのだ。明亮は幼稚園が嫌いだった。幼稚園の教師の話も嫌いだった。明亮は祖母のもとに帰って、祖母の噴空を聞きたかった。だが、もう帰れない。明亮は教訓を得たので、祖母が会いに来たことを桜桃には言わなかった。桜桃に言えば祖母は会いに来なくなり、ナツメ餅を食べられなくなり、サイダーを飲めなくなる。だが、三か月後、その心配はなくなった。母が首吊りをし、祖母が会いに来たことを隠す必要がなくなったからだ。そして陳長傑は明亮を連れて武漢に来た。あっという間に三年が経ち、その間、明亮は祖母に会えなかった。今回、祖母は明亮に会うなり言った。

「頭二つ分、大きくなった」

そして聞いた。

「明亮、小さい時は目の前が真っ暗だと言っていたが、今も目の前は真っ暗かい？」

明亮は祖母に会うとはじめは人見知りをして、目の前が真っ暗かと聞かれてもかぶりを振るだけだった。祖母がカバンからナツメ餅を取り出しみんなにふるまうと、次第に祖母に親しみを感じ出し、ふと思い出して言った。

「ずっとサイダーを飲んでないな」

祖母は言った。

「明日、飲みに連れて行ってあげよう」

祖母が来て、二間の家にそんなに人が寝られないので、秦家英は夕飯を一緒に食べると薇薇を連れて実家に泊まりに行った。夜、明亮は祖母と自分の部屋に寝て、陳長傑は別の部屋に寝た。ベッドに横になると明亮は言った。

「祖母ちゃん、噴空をして。ずいぶん長いこと噴空を聞いてない」

「噴空のことなんて、ずっと忘れていたよ。何を話せばいいのか、思い出せないねえ」

「昔、話してくれた話でいいよ」

そこで祖母はイタチと牛と自分の父親の話をもう一度、噴空した。延津にいた頃、明亮は祖母の噴空を聞いているうちに眠ってしまったが、武漢で改めて聞くと、聞けば聞くほど目が冴えてきた。祖母は明亮が寝ないのを見て、聞いた。

「明亮、三年ぶりに会って、今度はおまえが噴空してくれないかい？」

明亮は母親の桜桃が少し前に武漢に会いに来たことを噴空しようかと思ったが、桜桃が釘で板に打ちつけられ、身体中傷だらけになり、長江に流され波にさらわれてどこかに漂って行ったことは、思い出すのも恐ろしく祖母に話す勇気はなかった。そこで言った。

「祖母ちゃん、何も噴空できないよ」

数十年後に明亮は知った。この噴空を祖母にしなかったことで生涯誰にも噴空ができなくなり、する機会もなくなったと。噴空できず胸の奥に貯めていたので、生涯誰にも言えない秘密になった。そう思って明亮はため息をついた。

翌日は日曜日で、陳長傑は祖母と明亮を連れて町をぶらぶらした。道すがら雑貨店があったので、祖母はサイダーを買って明亮に飲ませてくれた。三人は昼に熱乾麺を食べ、黄鶴楼を見物し、夜は武昌魚（揚子江流域に生息するコイ科の魚）を食べた。月曜は陳長傑は出番で、家には祖母と明亮だけが残された。朝早く、祖母は明亮を学校に送ると、昼に迎えに行き、家に帰って昼食を食べた。昼を食べ、また明亮を学校に送り、放課後また迎えに行った。夜、ベッドに寝ると、噴空の他に雑談をした。

「祖母ちゃんはどうして武漢に来たの？」

「明亮に会いにさ」

「なぜ会いに来たの？」

「夢を見たんだよ」

「どんな夢？」

「ある人が、明亮に会いに行くべきだと言ったのさ」

「ある人って誰?」

「顔は見えなかったが、声はおまえの祖父さんみたいだった」

「祖父ちゃんは死んだんだろう?」

「死んで二年になるよ」

「庭のナツメの木は今年も実がなった?」

「例年よりもたくさんなったよ。たぶん今年は麻袋四枚は取れる」

そして、聞いた。

「明亮、武漢は楽しいかい?」

明亮はかぶりを振った。

「なぜだい? 継母が良くしてくれないのかい?」

継母が良くしてくれないのは本当で、自分を構ってくれない。だが、継母より明亮が恐ろしいのは、桜桃の武漢での遭遇だ。母親の全身を何者かが釘付けにしたことだった。明亮はそのことを祖母に話す勇気がなかった。そこで言った。

「祖母ちゃんと一緒に延津に帰りたい」

「それは無理だよ。学校もある。武漢は大都会だからね」

「祖母ちゃん、だったら延津に帰らないで、ずっとここにいてよ」

「私が帰らないと、薇薇とその母さんが寝るところがないだろう?」

それから言った。

「もうすぐ秋だ。帰ってナツメを収穫しないと」

祖母は武漢に半月いて、延津に帰ることになった。陳長傑、秦家英は明亮と薇薇を連れて、祖母を駅に送りに行った。祖母が汽車に乗る前に、明亮は祖母の手を引いて言った。

「祖母ちゃん、今度はいつ来る？」

「ナツメを収穫したら、来るよ」

「約束だよ。騙さないでよ」

「騙したりするものか」

そうして汽車は祖母を乗せて行ってしまった。

ひと月後、陳長傑は電報を受け取った。祖母が死んだ。明亮は大きくなってから思った。亡くなるひと月前に武漢に来たのは、最後に孫にひと目会うためだったと。さらに思った。祖母は武漢で言った。明亮に会いに来たのは祖父が夢で明亮に会いに行けと言ったからだと。祖父は祖母が長くないことを知っていて、そう言ったのかも知れない。祖父は生前けちでナツメ餅を切って食べさせてくれなかったが、死んで明亮のことを気にかけるようになったのかも知れない。陳長傑は言った。

「ひと月前は元気だったのになあ」

また言った。

「ひと月前は武漢にまで会いに来られたのに」

さらに言った。

「武漢に来たおかげで、みんなに最後に会うことができた」

陳長傑は葬式で延津に帰ることになった。明亮も陳長傑と一緒に帰りたいと言った。陳長傑は言った。

「学校があるだろう。帰っていたら、勉強が遅れる。戻ってから勉強についていけなくなる」

さらに言った。

「おまえは帰っても仕方がない。何の役にも立たないからな」

陳長傑が発った日、明亮は学校に行った。一時間目のあとの休み時間、明亮の胸は燃えるように熱くなり、先生が何を言っても耳に入らなかった。算数の授業中、明亮はカバンを背負って学校から抜け出した。家にも帰らず、直接駅に行った。カバンには三十元余りあった。二十元は以前、武漢に来た李延生がくれたものだ。あとの十元余りは自分で貯めたお年玉だった。金を取り出すと河南の新郷までの子供の切符を買った。ホームに入ると汽車がホームの左右に停まっていて、一つは広州から北京に行き、もう一つは北京から広州に行く列車だった。明亮は河南に行くのだから、河南は武漢の北にあるので、広州から北京に行く列車に乗るべきだった。だが、明亮は汽車を乗り間違え、北京から広州に行く列車に乗ってしまった。汽車は満員で、明亮は車両の連結部に座り込んだ。汽車が揺れると明亮はすぐに眠ってしまった。目が覚めるともう翌日の午前で、汽車は株洲《しゅしゅう》に着いた。その時、検札が来て明亮に汽車を乗り違えていると告げた。下車するともう三元しかなかった。明亮は切符を買う金がないので、歩いて北に向かった。道中、人に物乞いして食べた。延津に着いたのは二か月後だった。明亮が北街の祖母の家に行くと、祖母の家は落ち葉だらけで人っ子一人いなかった。庭の二百歳超えのナツメの木もなくなっていた。隣りの家は裴《フェイ》と言い、昼飯を作りに裴が裏庭に薪を抱えて出てきて、見知らぬ子供が門を引っぱって泣いているのを見つけ、聞いた。

「お前は誰だね？」

子供は泣くばかりでしゃべらなかった。裴は子供が靴を片足しか履いていないのに気がついた。もうすぐ立冬なのに着ている服はぼろぼろの薄着だった。裴は突然、思い当たって言った。

「明亮だろう？　もう二か月になる。みんな、お前が行方知らずになったと思っているぞ」

子供はやはり泣くばかりだった。子供の泣き声を聞きつけて、人が集まってきた。副食品会社販売所の李延生も知らせを聞いて駆けつけた。

「明亮、俺を覚えているか？　延生叔父さんだ。半年前、武漢で会っただろう？」

明亮はそれでも泣くばかりだった。李延生は門につかまった明亮の手を放そうとしたが離れない。李延生は言った。

「祖母ちゃんに会いに連れて行ってやる」

明亮はようやく手を放した。裴が家に戻り、自分の子の冬服と綿の入った靴を持ってきて、明亮に着替えさせた。李延生は明亮を連れて城外の陳家の墓地に行き、墓を指さして、どの墓が明亮の祖父母の墓か教えた。明亮は墓に突っ伏すと、泣きながら叫んだ。

「祖母ちゃん、ナツメを収穫したら武漢に会いに来ると言っただろ？　どうして約束を破ったの？」

「祖母ちゃんが死んだら、誰が噴空をしてくれるの？」

「祖母ちゃん、俺はまだ噴空をして聞かせてないよ」

丸々三時間泣き続けて、やっと泣きやんだ。

李延生は明亮の手を引いて引き返した。

「叔父さん、祖母ちゃんの庭のナツメの木は？」

「祖母ちゃんが死んで半月後に木も死んだんだ。今年のナツメは収穫できなかった。不思議だろう？」

李延生は明亮を家に連れて帰り、武漢の陳長傑に長距離電話をかけて明亮が延津に着いたことを知らせた。三日目の午前に陳長傑は延津に駆けつけ、明亮を見ると言った。

「驚かせやがって。死んだかと思ったぞ」

さらに言った。

「継母も死ぬほど驚いて、おまえが死んだと思っていた。おまえを打ってもいないのにと言っていたぞ」

そして言った。

「帰ろう。祖母ちゃんは死んだんだ」

明亮はかぶりを振った。

「戻って学校に行くんだ」

「死んでも武漢には帰らない」

「どうしてだ？　継母のせいか？」

継母のせいと言えばせいでもある。継母は自分を構わないから。だが、明亮が武漢を怖がるのは継母よりも実の母の桜桃を何者かが釘付けにしたせいだった。だが、その話を陳長傑にする勇気はなかった。しても信じないだろう。祖母の死のほうが明亮が武漢を離れ延津に戻った原因だと話しやすかった。そこで言った。

「継母ちゃんのせいじゃない。継母ちゃんは良くしてくれるよ」

そして言った。

「武漢は親しめない。延津が懐かしい」

さらに言った。

「連れて帰ると言うのなら、戻ったら長江に飛び込む」

六

　李延生と陳長傑は再会した。李延生は陳長傑が桜桃の話をしないので、桜桃に武漢で何があったのか聞くこともできなかった。半年前、自分が桜桃を武漢に連れて行ったからだ。半年で陳長傑にはいろいろなことが起こった。陳長傑の母親が死に、明亮が武漢から延津に出奔してきた。李延生が桜桃のことを聞くのは、相応しい時機ではあるまい。目の前のことが過去のことを覆い隠してしまった。その日の夜、李延生は天蓬元帥で陳長傑に豚足をおごった。陳長傑が言った。

「ここに来ると、劇団と機械工場にいた頃を思い出すな」

「そうとも」

　李延生はさらに言った。

「この店は変わらないが、俺たちは変わってしまった」

「明亮のことで考えがあるんだが、話していいものかどうか」

「話せよ」

「あの様子では武漢に連れて帰るのは難しそうだ。継母と上手く行っていないんだ。表向きはそうは見せないが、心の中では折り合えない。無理やり連れて帰っても、また家出して捜す羽目になるだろう。今回は延津に来たから見つかったが、別のところに行ったら、とても見つからない」

「あの子は強情っぱりだからな。武漢に行った時に感じたよ」

「どうだろう。あれを延津に置いて、お前に預けるというのは？　この数日、お前のところですっかり落ち着いているようだ」

陳長傑はさらに言った。

「明亮の祖母が死んで、俺には延津に親戚もいない」

「長傑、子供を俺に預けるのは俺のことを信頼してくれているからだ。俺たちが独り者なら、兄弟の仲だ、どんなことでもひと言で済む。だがな、所帯を持ってしまうと、子供を二、三か月置くぐらいならいい。だが、ずっととなると家に一人家族が増えるわけだから、家に帰って女房に相談しないとならん」

「嫁さんに聞いてくれ。ただでとは言わん。毎月、三十元送金するよ」

そして言った。

「それなら嫁さんに言いやすいだろう？」

「そう簡単に言うが、俺たちに金を送金したら、武漢でどうやって暮らすんだ？　嫁さんに知られたら、どうするんだ？」

「機関区の給料は高いんだ。出番のたびに出張補助も出る。出番を多くやって稼ぐ。給料以外の金は女房は知らんから」

李延生は家に帰ると服を脱ぎながら、陳長傑の話を胡小鳳にした。胡小鳳は明亮を引き取れば、陳長傑が毎月三十元払うと聞くと、すぐに承知した。李延生は副食品販売所で醬油と酢と漬物、ついでに調味料を売って、毎月たったの六十元少しの給料で、胡小鳳は飴工場で飴を包装して、給料は毎月たったの五十元余りだからだ。一人子供を引き取れば、家には大人半人分の働き手が増える計算になる。

翌朝早く、李延生は陳長傑を連れて十字街に胡辣湯を飲みに行き、胡小鳳と相談した結果を陳長傑に告げた。その日の午前、陳長傑は明亮を連れて町でサイダーを飲みながら、明亮に相談した。武漢に帰らないのなら、李延生と暮らすのはどうかと。明亮は言った。

「武漢に帰らなくていいのなら、誰と暮らしてもいいよ」

次の月曜日、明亮は延津西街小学校の一年に転入し、占い師の董の息子の董広勝《トン・グアンション》、掃除夫の郭宝臣の息子の郭子凱《グオ・ズーカイ》と同級生になった。一年生から四年生まで、明亮と董広勝は机の席も隣りだった。

第二章　二十年後

一

明亮が結婚するこの日、高校で仲の良かった同級生のほぼ全員がやってきた。結婚式の司会は董の息子の董広勝がした。郭宝臣の息子の郭子凱は北京の大学院にいて休みでもないのに、わざわざ休暇を取って延津に帰り、もう一人の仲の良い同級生だった馮明朝《フォン・ミンチャオ》は鄭州デパートで仕入れを担当しているが、これも休暇を取って帰り、二人で明亮の新郎付き添い役を務めた。

この年、明亮は二十六歳で天蓬元帥の調理人だった。十年前、高校一年の時に自分から退学した。退学したのは勉強がしたくなかったからではなく、父親の陳長傑が武漢から手紙を寄こしたからだった。陳長傑は手紙に書いてきた。十年前、陳長傑は明亮を延津に残し李延生に預けたが、ただではなく条件があり、毎月李延生に三十元渡すことになっていた。だが、物価が上がるにつれ李延生の家に送る金額も毎月増えていった。明亮が十六歳になった時は、すでに毎月千五百元になっていた。この金は陳長傑が明亮の継母の秦家英に内緒で、残業をして稼いだ残業代だった。車務部の同僚はみんな残業を嫌い、陳長傑は他人の分まで残業した。それも秦家英に隠してだ。ところが、先月、それが秦家英にばれた。陳長傑は郵便局に李延生に送金に行き、送金すると急いで勤務に出るため送金状をポケットに入れておいたのを、秦家英が服を洗おうとした時に見つけたのである。陳長傑が勤務から帰るのを待って秦家英が問いただすと、陳長傑は作り話をするしかなく、金は李延生に貸したのだと言った。秦家英は機関区の財務部に行き、陳長傑が毎月給料以外に残業代を受け取っていることを知り、その残業代を陳長傑は家に入れたことがなかった。家に帰って陳長傑を詰問すると、陳長傑はこれは隠しきれない、ありのままを言うしかないと思い、この金は毎月明亮にやる生活費だと答えた。秦家英は泣いて言った。「あんたがあんたの息子に生活費を送るのに反対なんかしないのに、なんでずっと私に隠していたの？　私がそんなに情のない女だと思っていたの？　十年も一緒に暮らしてきたのに、あんたは私のことをそんな風に思っていたの？　これは金の問題なんかじゃない。あんたの息子は毎月金を受け取るたびに私のことを恨むんだわ」こう秦に言われたのだと陳長傑は手紙に書いてきた。事実は、そうじゃなかった。十年前、生活費のことを秦家英に言わなかったのは余計なことは言わないほうがいいと考えたからで、明亮を延津に置いてきたのは、明亮が李延生の養子になり李延生の家の子になったからだと言って、毎月の送金のことは言わなかった。十年後、このことが発覚し言い逃れできなくなった。十年前、自分が蒔いた種のせいだった。困るのは、十年間送金し続けたことを明亮も知らないことだった。陳長傑はこう手紙に書いてきた。秦家英は泣きやむとまた財務部に行き、陳長傑の今後の給料、賞与、残業代はすべて秦家英の銀行カードに振り込むように頼んできた。帰るとまた陳長傑にこう言った。「今後はあんたの息子に送る金はないから、あんたの息子も私を恨みようがなくなる。息子が生活費が必要なら、武漢に来させて、まず私にあんたと共同で十年間隠していたことを謝り、それから生活費の話をするのよ」陳長傑は手紙に書いた。〝お前の継母のこの言葉は明らかに腹立ち紛れだ。その目的は俺の十年前の過ちを今の俺に償わせ、今後はお前と一切行き来させないようにするためだ。ちょうど十年前、お前を本当に李延生にやったことにして、十年間の仇を討つ気なんだ。こうなったら、どうすることもできない。俺が自分で蒔いた種だから。問題は俺の手元に今後は自由になる金がないことだ。お前に生活費を送りたくても、その力がない。生活費を送らなかったら、おまえはどうするのか、俺にもいい考えが浮かばない。李夫婦がおまえを実の子として育ててくれることを願うしかない。陳長傑は手紙にさらに書いた。一人の父親として息子一人も養えないとは、考えるだけで胸が張り裂ける思いだ。とどのつまり、おまえの父親が無能だということだ〟手紙の末尾に陳長傑はまた書いた。〝俺ももう五十だ。最近は身体のあちこちに故障が出ているので、秦家英がおまえの生活費を送らないと言うのなら、俺ももう残業はしないつもりだ。それじゃ〟

明亮は手紙を読んだが、返事は書かなかった。何を書いていいか分からなかったからだ。陳長傑が生活費を出していたことを明亮は知らなかった。今、生活費が出せなくなったというのに無理に続けて出させることもできない。そもそも、この件は陳長傑が悪い。息子に生活費を出すのは当たり前で、はじめから秦家英に隠すべきではなく嘘をつくべきではなかった。もちろん、何かあっても作り話で相手をごまかし正々堂々と言わないのは、相手が承知しないのを恐れてのことである。相手を恐れると、そのことだけでなく何でも怖くなってしまう。相手に言う前に自分がびびってしまって、余計なことは少なければ少ないほどいいと隠すしかなくなる。生活費のために自分が武漢に行って継母に謝るのは構わない。でも継母の十年分の怒りを思うと、陳長傑と二人で継母に過ちを認めても、継母はまた別の理由を探して難癖をつけ、十年分の恨みを晴らそうとするだろう。「君子が恨みを晴らすのに十年かかっても遅いということはない」というのはこのことかも知れない。まして明亮は陳長傑の送金のことを知らなかったのである。どうやって過ちを認めるというのだ？　これでは武漢に行くことはできないし、行っても無駄というものである。李延生に対しても、陳長傑が李延生に送金していたことを明亮は知らなかったので、今も知らぬふりをするしかない。陳長傑が今後は生活費をくれない以上、明亮にもその事実は変えようがない。陳長傑とのやりとりは、十年間、陳長傑がこっそり生活費をくれていた以外、二人の間には何の行き来もなかった。今後もやりとりはないだろうから、以前と何の違いもない。手紙を読み終えると明亮は独りで延津県城北郊の川辺に行き、こっそり手紙を焼いた。

だが二人のやりとりは明亮にとっては同じでも、李延生の家にとっては同じではない。なぜなら、翌月から陳長傑が李延生の家に送金してこなくなったので、明亮の衣食住のすべてと学費は李夫婦が出さなくてはならないからだ。最初の月は李延生と胡小鳳は何も言わなかった。二か月目、李延生は何も言わなかったが、胡小鳳はいい顔をしなかった。三か月目、ささいなことで明亮の目の前で胡小鳳があてこすりを言い、李延生はため息をつき始めた。四か月目、明亮は自分から退学して李延生の家を出て、天蓬元帥の見習い店員になった。この仕事は高校の地理の教師の焦《チアオ》先生が見つけてきたものだ。天蓬元帥の主人の朱《ジュウ》は芝居好きで、何かというと喉を張り上げて唱っていた。明亮のクラスで地理を教えていた焦先生もやはり芝居好きだった。店の経営と教師業の余暇に、二人はよく一緒に「打漁殺家」や「楼台会」などを唱った。芝居では朱が立ち役で焦先生は女形だった。焦先生は明亮が食うのにも困ることになったのを見て、芝居の稽古の時に明亮の状況を朱に話し、芝居の台詞の調子でこう言った。

「夫君、この子は身寄りもなく、国はあれども頼れず。どうか仏心を発して引き取ってくださいませぬか。言うではありませんか。仏心はほんの少しでもありがたいと」

朱はふふふと笑い、普通に言った。

「焦さん、豚足を煮るのは容易なことじゃないぞ。その子は働き者かね？」

焦先生も普通の言葉で言った。

「働き者だよ。怠け者だったら、あんたに頼みはしないよ」

「怠け者はうちでは続かんからな」

翌日、明亮は天蓬元帥の見習い店員になった。給料はないが、食べる物と寝る所はある。明亮が最初に割り当てられた仕事は豚の毛抜きだった。延津の食肉工場から運んでくる山盛りの豚足を一本ずつ取り出して、豚足の毛をきれいに抜くのである。以前はカミソリで剃っていたが、表面の毛はきれいになっても肉の中の毛が食べる時に気になる。今は熱湯で溶いたコールタールを豚足に塗り、豚足の中と外の毛をきれいに剝がす。剝がしきれない細かい毛はピンセットで抜く。それから、足をきれいな水で洗い流す。洗った豚足を山椒と塩を入れた水に浸して塩漬けにする。明亮は一日に三百本近い豚足をきれいに洗った。

天蓬元帥は毎日午前十一時に開店し、午後三時には昼を食べにきた客が大方はける。夕方六時にまた店を開け、店じまいはいつも夜の十一時過ぎだ。午後三時から六時までの三時間が店員の休み時間になるが、他の店員は休めても見習い店員は休めず、裏庭で豚足をきれいにし続けなければならない。午後五時頃に豚足を早めに処理し終えたら、残りの一時間は明亮も休める。延津に家のある者は休み時間になると家に帰るが、明亮は延津に家がないし、李延生の家にも行きたくないので、天蓬元帥にいるしかない。町中に出たり、延津の渡しに行ってもいい。町や渡しは繁華街だから。だが、見習い店員は給料が出ないので一文無しだ。市場に行ってもサイダーすら買えず、行っても無駄なので行かなかった。町でかつての同級生に会えば、どうしてやめたのだと聞かれる。行かなくなった理由を説明するのもひと言ふた言で説明できるものではない。だったら説明しないほうがいい。そこで時間ができると天蓬元帥の裏手で独りぼんやりしていた。店の裏手には川があった。毎年夏になると朱は川辺に電灯を引いてテーブルを並べ、川辺は客でいっぱいになり豚足でビールを飲んだ。涼しい風が吹くと元気が出る。だが夏は蚊が多いのでテーブルの下に蚊取り線香を焚く必要がある。橋を渡ると一面の畑で、春は麦畑、秋はトウモロコシ畑になる。朱は芝居好きで、毎朝早く川辺に来て畑に向かって声を張り上げる。午後五時頃は川辺も畑もちょうど誰もいない頃だった。明亮は橋を渡って畑にやってくると笛を取り出して吹いた。明亮が笛を吹けるのは高校の同級生の馮明朝に習ったためだ。馮明朝の母方の叔父は県城の楽隊で笛を吹いている。この楽隊は結婚式や葬式専門に音楽をかき鳴らす。馮明朝は小さい頃から母方の祖母の家で育ち、叔父が吹くのを見よう見まねで吹けるようになった。馮明朝は言った。「叔父が言うには肝心なのは息継ぎだ。息継ぎをするから音を高く長く吹ける。音を長く伸ばせば抑揚をつけたりして音に変化をつけられる。はっきり分かる息継ぎは誰にもできるが、本当に息継ぎができる人はそっと分からないように息継ぎをする。息継ぎの他に音を震わせたり、かすれさせたりができなければならない」明亮は馮明朝に「牧笛」「小さな牛飼い」「シャコが飛ぶ」「ウグイスが翼を広げる」「拍子木」などを習った。その後、馮明朝はトリモチで鳥を捕るのに夢中になって笛は吹かなくなったが、明亮は吹き続けた。明亮ははじめは既成曲を吹いていたが、吹き慣れてくると自分で好きなように吹いた。好きなようにと言っても、デタラメに吹くわけではない。自分の思いどおりに思い出したことを吹くのだ。何度も何度も繰り返し思い出すことを吹く。例えば、六歳の時、漢口に来て母親の写真を薪小屋の釘板から救い出し、その写真を長江に投げ捨てると、母親が写真から立ち上がって長江の上で唱いながら踊っていた光景。例えば、汽車を乗り間違えて二か月かけて湖南から延津に来ると、祖母の家は無人で落ち葉だらけになっていて、庭の樹齢二百年のナツメの木も祖母が死ぬとどこに行ったのか分からないこと……。これらのことを曲にして吹いた。吹くうちに別のことも吹くようになった。この世に対する名状しがたい思いを吹いた。吹くのはそのことでもあり、また別のことでもあり、そうした曲に込めた思いは心で理解するもので、口に出して表現することはできない。明亮は思った。言葉で伝えられるなら口に出して言えばいいわけで、わざわざ笛を吹いたりはしない。馮明朝は明亮に笛を教えたが、笛で何を吹くかは明亮が自分で身につけたのだった。その日、明亮が畑に向かって笛を吹いていると、主人の朱が対岸に立ってこっちを見ているので慌てて吹くのをやめた。朱は対岸で手を振って言った。

「若いの、なかなか上手いな。続けろよ」

明亮は続きを吹き始めた。ところが朱がまた手を振ると、吹くのをやめさせて聞いた。

「若いの、わしが唱うから伴奏ができるか？」

明亮は首を振った。

「曲は吹けますが、芝居の伴奏は習ったことがありません」

朱はまた手を振って、言った。

「それなら、いい。吹き続けろ」

明亮はまた吹き続けた。

この日、明亮が店の裏庭で豚足にコールタールを塗って毛を抜いていると、誰かが前に立ったので顔を上げると李延生だった。李延生は大きな包みをテーブルのそばに置いて言った。

「明亮、もうすぐ立冬だ。厚い服に着替えないとな。お前の綿入れと綿ズボンと綿の靴を持ってきた」

「ありがとう、叔父さん」

「親父さんからお前を預かったのに、ちゃんと面倒を見てあげられなかった」

「叔父さんはもう十年も面倒見てくれたよ」

「俺にできることが何かあれば、遠慮なく訪ねて来いよ」

「分かってる」

「いいか。家は訪ねるな。副食品販売所に来るんだぞ」

「うん」

「ここの主人の朱とは知り合いなんだ。さっき、朱にお前のことを頼むと言ったら、分かったと言っていた」

「ありがとう、叔父さん」

そうこうするうちに大雪が降った。雪が降ると天気は急に寒くなり水も凍る。その日、明亮が裏庭で豚足を洗っていると、朱がキツネの毛皮のコートを着てやってきて明亮を見て言った。

「ここ数日、笛を吹くのを聞かないな」

「寒くて吹けません」

「頭が固いな。川辺で吹かずに中で吹けばいいだろ」

黙っていると、朱が言った。

「お前に言ってるんだぞ」

明亮は盥から手を伸ばして言った。

「いつも水に浸けているから、しもやけになって笛の穴が塞げないんです」

朱はぽんと額を打って言った。

「そいつは気がつかなかった」

翌日から明亮は調理係になり、黄《ホアン》という調理師に豚足を煮るのを習い始めた。豚足を煮るのは厨房である。厨房は暖かいだけでなく、調理師に料理が習える。料理が習えるばかりか、仕事も豚足を洗うほどきつくなくて疲れない。きつさと疲れから逃れられるばかりか、豚足を煮ると毎月二百元の給料がもらえた。豚足の毛をむしるのと煮るのとでは天に上るほどの違いがあり、明亮はそれが笛が吹けるせいなのか、李延生が朱に言ってくれたせいなのか分からず、朱の明亮に対する配慮はその二つが合わさったものなのかも知れなかった。原因が分からなければ朱に聞くこともできず、うやむやにしておくしかなかった。あっという間にひと月が過ぎ、給料が出た。明亮は給料を受け取ると休み時間に町に走り、寒いのも構わずサイダーを一気に三本飲んだ。

あっという間に三年が過ぎ、明亮は馮明朝に笛を習ったように黄師匠に豚足を煮るのを習い、時が経つにつれて技術が身につき、豚足もそれなりに煮られるようになった。はじめの二年間は駄目だった。豚足は生煮えになるか、煮すぎてぐちゃぐちゃになり歯ごたえがなくなってしまった。あるいは、大鍋で煮るのだが鍋のこっち半分は生煮えで、あっち半分は煮すぎてしまい、黄師匠が処理しないとならなかった。もちろん煮すぎたのは処理のしようがないから、生煮えのものを処理して煮すぎたのは歯の悪い年寄りに売る。石の上にも三年と言うように、三年後には大鍋の豚足を均等に煮て煮すぎることもなくなった。だが均等に煮られるとはいえ、味と口当たりの点では黄師匠が煮たのにはかなりの差があった。黄師匠は言った。「それはそうさ。俺は三十年煮ているんだ。三年煮たお前と味が同じなら、俺は家に帰るしかない」明亮は黄師匠の言うことももっともだと思った。

この年の六月、かつての高校の同級生たちが大学受験をする日が来た。八月には大学統一試験の結果が出て、郭子凱は北京の大学に受かり、馮明朝は焦作《しょうさく》の短大に受かり、董広勝は大学にも短大にも受からず父親の董に占いを習い始めた。明亮は思った。もし自分がずっと高校を続けていたら、どこかの大学か短大に受かっただろうか。受かったとしたら、どこに行っていただろう。昔、母親は自分に「翰林」と名をつけた。『白蛇伝』の翰林のように状元（科挙で一番の成績で役人になった人で翰林院という役所に入る）になるよう期待したからだが、それが豚足を煮ることになろうとは誰が想像しただろう。高一で退学して、この調子では一生大学を受けることはまずないだろう。生涯豚足を煮る人生だ。そう考えると思わずため息が出た。続いて、ため息をついても無駄だと思い、ため息をつかなくなった。休み時間は町に出てサイダーを飲んだ。サイダーを飲みながら往来を行く人を眺めた。延津のことはよく知っていると思っていたが、突然延津が見知らぬ場所に感じられた。次の日は町には行かず、店の裏手の川辺で笛を吹いた。気ままに吹くうちに、延津に対する疎外感を吹いていた。吹くうちに涙が数滴こぼれた。

二か月後、店に新しく女の従業員が入り、名を馬小萌《マー・シャオモン》と言った。色白ですらりと背が高かった。数か月前、大学統一試験を受けたのだが受からず、天蓬元帥にアルバイトに来たのだった。三年前、延津高校に入った時に馬小萌がいたかどうか明亮には記憶がなかった。もっとも一学年に十数クラスもあるのだ。同級生全員を知っているはずもない。見たことはあっても、すぐに忘れてしまっただろう。のちに人に聞いた話では、馬小萌が受からなかったのは高校時代、恋愛ばかりしていたからだという。恋愛相手の男子生徒は二か月前に大学に受かって広州に行くと馬小萌とは連絡を絶ち、馬小萌は思いつめて家で首を吊ったのだった。幸い母親が早く発見したので命はとりとめた。首吊り自殺と聞いて、明亮は母親のことを思い出した。もちろん、二人の首吊りの原因は異なり、一人は死に、一人は助かった。明亮の母親が助からなかったのは明亮に関係がある。明亮はため息をついた。そして思った。母親のことを考えても、もう遅い。馬小萌のことを考えるのも他人のことだから杞憂というものだ。考えても無駄なことは考えないことにした。のちに知ったことだが、馬小萌の家は延津の渡しで雑貨店をしており、店の入り口には「馬記雑貨舗」という看板が掛かっているらしい。奇妙なのは延津渡しに家があるのに、午後の店の休憩時間に馬小萌は家に帰らず、店でラジオを聴いている。ある日の休憩時間、明亮が畑の隅で笛を吹いていると馬小萌が対岸で見ているのに気づいた。明亮が吹くのをやめると、馬小萌は聞いた。

「明亮、何という曲を吹いているの？　いい曲ね」

「適当に吹いているだけさ」

「曲って適当に吹けるものなの？」

明亮は、本当に適当に吹いているんだ、長江の上の母親を、祖母の家の庭のなくなってしまったナツメの木を、延津に対する疎外感を適当に吹いている、としか言いようがなかった。でも、それを説明するのは容易ではなかった。そこで言った。

「本当のことさ。信じないなら、いいよ」

「明亮、あんたって孤独癖があるわね」

「どうして？」

「私が来てひと月になるのに、私に話をしたことがないじゃない」

さらに言った。

「話をせずに笛ばかり吹いているわ」

そして言った。

「どうしてなの？」

明亮は考えて、馬小萌の言うとおりだと思った。彼は普段人と話をするのが好きではなかった。なぜか？　原因は自分でもよく分からず、説明しようにも説明できそうになかったので、ハハハと笑って説明しなかった。そして言った。

「聞きたいことがあるんだけど」

「何なの？」

「家は雑貨屋なんだろう？　だったら家で働けばいいのに、なんでアルバイトをしているんだ？」

「べつにいいでしょ」

明亮は馬小萌の言うとおりだと思った。そんなことは明亮の知ったことではない。そこで気にしないことにした。

ふた月後、馬小萌はもっと遠くで働くことにし、天蓬元帥をやめて北京に出稼ぎに出た。行く時は店の誰にも挨拶せず、明亮にも何も言わなかった。北京でもレストランの従業員をしているらしい。明亮は北京のレストランは天蓬元帥よりずっとでかいだろうと思った。

五年後、馬小萌は北京から帰ってきて、北京で稼いだ金で延津県城十字街に洋服店を開いた。馬小萌が帰ってきたことを明亮は偶然知った。その日、明亮は休憩時間に町をぶらついていて十字街の西北角に新しい洋服店ができたことに気がついた。そして洋服店で働いているのが馬小萌だったのだ。馬小萌も通りにいる明亮に気がついた。そこで明亮は店の入り口に寄りかかって馬小萌と、いつ帰ったのかとか、なぜ洋服店を開いたのかなどと話をした。二人はかつての天蓬元帥の同僚たちのことも話した。馬小萌がふと聞いた。「明亮、今も笛を吹いているの？」

明亮は頭をかいて気がついた。あれから五年が経ち、もうずいぶん長いこと笛を吹いていない。そこで言った。

「言われて気づいたけど、忘れたな」

それから言った。

「忘れたというのは、笛を吹くこと自体を忘れていたのではなく、どのぐらい長いこと笛を吹いてないか忘れたという意味さ」

馬小萌は笑った。二人はまた五年間の延津の変化について話した。渡しに遊覧船が増え、遊覧船の中にレストランができ、遊覧船が黄河に出ると客は食事をしながら風景を眺められる。南街にディスコが、北街にはカフェバーが、西街には映画館ができた。そこまで話して明亮が言った。

「映画館と言えば久しぶりに会ったことだし、今夜一緒に映画を見に行こうぜ」

馬小萌はふふふと笑った。

「明亮、五年前より大胆になったわね」

そして言った。

「かつての同僚のよしみで行ってもいいわ」

こうも言った。

「でも、断っておくけど映画に行くだけよ。勘違いしないでね」

「勘違いなんかしないよ」

その日の夜、明亮と馬小萌は西街の映画館に行った。映画館に入ると明亮はポップコーンを二箱買い、馬小萌に聞いた。

「何を飲む？」

「あんたは？」

「俺は子供の頃からサイダー」

「私も延津にいた頃はサイダーだったけど、北京に行ってコーラが好きになったわ」

「だったら、俺もコーラにするよ」

映画を見てから二人は通りの向かいのしゃぶしゃぶ屋で羊肉を食べた。馬小萌が聞いた。

「あんた、酒は飲む？」

「めったに飲まない」

「私は飲むわ」

馬小萌は言った。

「延津では飲まなかったけど、北京で飲めるようになったの」

「じゃあ、付き合うよ」

飲んで分かった。馬小萌の酒量は明亮にも及ばず、半瓶飲むと、明亮は何でもないのに馬小萌はもう呂律が回らなくなった。それでも二人は話し続け、飲まないで話していた時よりも盛り上がった。

「小萌、聞きたいことがある」

「なに？」

「五年で帰ってきたのは、どうしてだ？」

「本当のことが聞きたい？　作り話が聞きたい？」

「どっちでもいい。本当だろうと作り話だろうと俺には関係のないことだし、俺もなんとなく聞いただけだから」

「だったら、本当のことを言うわ」

「言えよ」

「どうして帰ってきたかより、なぜ出て行ったのかを話すわ」

「いいよ」

「十歳の時のことよ」

「うん」

馬小萌は舌で唇を舐め舐め、ぽつりぽつりと話し出した。十歳の時、母親が父親と離婚して、延津の渡しの馬記雑貨舗の馬《マー》に嫁いだ。翌年、二人の間に息子が生まれ、馬小萌には弟ができた。十五歳の頃から、母親が弟を連れて実家に帰っている間に継父がセクハラをするようになった。馬小萌は高校に入ると継父を避けるために寮に入った。毎日毎晩寮にいるので同級生と恋愛するようになった。大学受験に失敗して家に帰るしかなくなると、継父がまたセクハラをするようになった。継父は言った。「大学に受からなくて、いいこともあったな。これで俺たちは永遠に一緒だ」恋愛関係にあった同級生は冷たい男で、大学に受かるとぱったりと馬小萌に連絡してこなくなった。加えて継父のセクハラがあり、二つのことが原因で首を吊った。命拾いしても家には帰らず、天蓬元帥で住み込みで働き始めたのはそういうわけだった。馬小萌は言った。継父は嫌な奴だしケダモノだけど、母親には優しいから表沙汰にしないのだ。もし自分が母親に言えば家もなくなる。それに弟だっている。馬小萌は言った。北京から帰って十字街に洋服店を出して考えたのも、永久に雑貨店には戻らないということだ。延津に家はあっても、私には家がないのよ。馬小萌は言った。

明亮は呆然とした。馬小萌の身にそんなことが起こっていたとは思いもよらなかった。同時に、馬小萌が自分にそれを話したことも思いがけなかった。本当のことを話すと言うから、話せよとは言ったが、これほど本当のことだとは思いもよらなかった。明亮はどうしていいか分からなかった。

「そうと知っていたら、聞かなかったよ」

馬小萌は明亮を指さして言った。

「この話は誰にもしたことがないの。あんたも誰にも言わないでよ」

さらに言った。

「あんたは口が硬くておしゃべりじゃないと知っているから話したのよ」そして言った。

「酒を飲まなければ話さなかった。飲みすぎたのかな？」

そう言って、泣いた。

「安心しろよ。腹の中にしまい込んで誰にも言わないから。そのぐらい大変なことだと分かるから」

馬小萌は鼻をこすった。

「私も聞きたいことが一つあるの」

「なんだい？」

「学校で何も問題なかったのに、どうして退学なんかしたの？」

「本当のこと言ってくれたから、俺も本当のことを話すよ」

「話して」

明亮は酒をひと口飲んでから言った。

「退学したことでなく、入学したことを話す」

「どっちでもいいわ」

「話は三歳の時に遡る」

「うん」

明亮はそこで三歳の時のことから話し始めた。三歳の時、母親が延津で首吊り自殺したこと。母の死後、自分と父親の陳長傑がどうして武漢に行ったか。武漢で父親が継母と結婚したこと。その後、祖母が亡くなり、自分が汽車を乗り間違えて二か月かかって湖南から延津に来たこと、延津で陳長傑が自分を李延生の家に預けたこと、その後、陳長傑が生活費をくれなくなり、どうしようもなくなって退学したこと、天蓬元帥で働き出したこと……十数年間、人には話したことのないことを逐一馬小萌に話した。聞き終わった馬小萌は言った。

「大変だったのね」

そして聞いた。

「そもそも、お母さんはどうして首を吊ったの？」

それもまた細々とした過去の話に及び、ひと言ふた言では話せないので、明亮は言った。

「言葉では言い尽くせない」

そして、馬小萌を指さして言った。

「この話は誰にも言ったことがない。お前も言わないでくれ」

「あんたはなぜ武漢から延津に来たわけ？」

「祖母ちゃんが恋しかったからさ」

祖母が恋しかったのもそうだが、もっと重大な原因は隠して言わなかった。もっと重大な原因とは母親の武漢での遭遇で、その母が釘で板に打ちつけられ満身創痍になったことである。

二人の話はとめどなく続き、深夜になっていた。

翌日の午後、仕事の休憩時間に明亮は延津の渡しに行き、馬記雑貨舗を探した。遠くから馬小萌の継父が雑貨店の入り口で手を背にして通りを行く人を眺めているのを見た。背は高くなく小太りの赤鼻で、客が店に入ると笑って聞く。「何をお買い求めで？」見た目はケダモノのようには見えなかった。明亮はため息をついた。人は見かけによらない。

その日も映画を見て、その後は明亮と馬小萌はしゃぶしゃぶを食べには行かず、西街の外れに行って延津城壁に登った。この城壁は二千年以上前の物だという。城壁の上から下を眺めると延津城の灯りが見下ろせた。城壁の上は真っ暗だった。暗闇の中で明亮は馬小萌を抱きしめ、接吻しようとした。馬小萌も拒まなかった。馬小萌が応じた時、明亮は馬小萌の舌が長いと思った。しばらくすると、馬小萌が明亮を押しのけて言った。

「明亮、笛を吹いてくれない？」

「いいけど、笛を持ってきてないよ」

「取りに行こう」

「長いこと吹いていないから下手になっているかも」

「下手でもいいわ」

二人は城壁を下りると手をつないで天蓬元帥に行った。明亮が笛を取ってくると、二人は店の裏手の川辺に行き、明亮は暗闇に向かって一曲吹いた。吹き始めはぎこちなかったが、吹くうちに明亮はそんなことも忘れて、笛が吹く思いに浸っていた。一曲吹き終わると、馬小萌が聞いた。

「何を吹いたの？」

「思うままに吹いた」

「何を思って吹いたの？」

「この世でお前だけが俺が見つけた家族だって」

「嘘っぽい。テレビドラマで習ったの？」

「ああ、でもテレビドラマとは違う」

「何が違うの？」

「テレビドラマが言うのは嘘だけど、俺が言うのは本音だ」

「感動させようとしているわけ？」

「感動じゃない、悲しいのさ」

「どういう意味？」

「つまり、俺にはこの世には家族が一人もいないってことさ」

そして言った。

「他人は家族が最初からいるけど、俺は捜さなくちゃならない。それだけでも充分悲しいだろ？」

馬小萌は明亮を抱きしめ、舌を明亮の口に伸ばした。

「私もあんたがこの世でたった一人の家族よ」

ようやく舌を抜くと言った。

「その曲、もう一度吹いて」

明亮はもう一度吹いた。吹くうちに夜中になった。

その年の中秋節前に明亮と馬小萌は結婚した。明亮はのちに思った。人は結婚する時、相手の長所を見るが、自分たちは相手の短所を、あるいは、それぞれが誰にも言えず心の奥底に秘めたことを知って一緒になった。それはどれもいいことではない。もちろん最も深い悩みは馬小萌にも言ってなかった。結婚の日、明亮の高校時代の友人数人と地理の教師の焦先生と天蓬元帥の主人の朱と明亮が豚足を煮るのを習った黄師匠と、店の同僚たちが顔を揃えた。馬小萌の母親と継父も来た。結婚するのだから武漢の陳長傑にも知らせるべきだった。何と言っても陳長傑は父親なのだから。だが、明亮は陳長傑に知らせたら継母の秦家英との間でまたもめるのが心配だった。それに、十年前、陳長傑は秦家英が自分と行き来するなと迫ると書いて寄こし、十年間、二人は連絡を絶っていた。余計なもめごとを避けるため、結婚のことは陳長傑に知らせなかった。だが、明亮は李延生と胡小鳳の夫婦は招待した。十年前に彼らの家を出たとは言え、六歳から十六歳までの十年間、彼らの家で暮らしたからである。披露宴は董広勝が司会をし、おおいに人を笑わせた。同級生の郭子凱、馮明朝が新郎の付添人になり、客より先に酔っぱらった。焦先生と朱は李延生を誘ってステージに上がり、「打漁殺家」を唱った。明亮と馬小萌は酒瓶を持って各テーブルを注いで回った。馬小萌の母親と継父のテーブルに来ると、母親と継父はけらけらと笑い、かつて起きたことを微塵も感じさせなかった。李延生と胡小鳳のテーブルに来ると、李延生は笑い、胡小鳳は泣いた。

「うれし泣きよ」と胡小鳳は言った。

二

明亮と馬小萌が結婚して一年が経ったが、馬小萌が妊娠する気配はなかった。最初は二人も心配せず、半年過ぎても焦らなかったが、一年経つと二人も焦りだした。妊娠しないことに焦ったのでなく、二人のうちのどちらかに問題があるのかと焦ったのだ。二人はそれぞれ県の病院の婦人科と男性科に検査に行き、婦人科は馬小萌には何の問題も見つからないと言い、男性科も明亮には何の問題もないと言った。問題がないと言われると二人は余計に焦った。

十年前、明亮の後を継いで天蓬元帥で豚足を洗い始めたのは小魏《シャオウェイ》だった。明亮は一年洗うと朱が厨房で豚足を煮させた。小魏は十年も豚足を洗い、今も洗い続けている。朱は言った。「十年経ってもいまだに豚足の毛をきれいに抜けない」そして言った。「きれいに抜けるようになったら、厨房に入れてやる」明亮は小魏が少しとろいと思った。豚足の毛がきれいに抜けないだけでなく、十本のうち三本は豚足の形を崩してしまう。そういう豚足は煮ると豚足としては売れなくなる。だが、小魏は誠実だとも明亮は思った。豚足を煮ると豚足を煮た鍋から肉片をすくうことができる。それらの肉片は篩《ふるい》ですくっておいて、油を落として店に出し、肉の切れ端として売ることができる。他の従業員は腹が減るとこっそり篩の中の肉片を食ってしまうが、小魏は一度も盗み食いをしたことがなかった。話は戻るが、十年前、明亮が厨房で豚足を煮ることができるようになったのは、豚足の毛をきれいに抜いた他に、笛が吹けたこととも関係がある。小魏は笛も吹けなかった。普段、朱が小魏をまぬけと罵るのに出くわすと、明亮は必ず小魏をかばってやった。他の従業員が小魏をいじめると、やり返してやった。明亮の結婚式には小魏も招待した。にぎやかな結婚式を見て小魏は泣いた。その日、結婚式ではほとんど全員が笑い、泣いたのは二人だけで、一人は胡小鳳、もう一人は小魏だった。二人とも泣く義理はないのに泣いた。小魏は普段口数も少なく、天蓬元帥に来たばかりの明亮のように誰とも話さなかった。明亮は馬小萌と出会って話すようになったが、小魏は十年経った今も口数が少なかった。小魏が何かミスをして主人の朱に怒鳴りつけられると、他の従業員は口を覆って忍び笑いをしたが、明亮だけが慰めて言った。「小魏、焦るな。そのうちできるようになる」小魏はため息をついて言った。「兄貴、そのうちって、いつかな？」天蓬元帥の従業員は二十数名いて、小魏は他の者は白い目でじろりと見るだけだったが、明亮だけは「兄貴」と呼んだ。

　この日、明亮が厨房で豚足を煮ていると、小魏が慌てて入ってきて戸口で手招きした。明亮は豚足をかき混ぜながら聞いた。

「どうした、小魏？」

　小魏は何も言わず、ただ手招きした。明亮は手にしたトングを置いて、厨房から出てきた。小魏は店の裏手の川辺へと歩いていく。川辺に出ると立ち止まった。

「兄貴、大変だ」

「お前、何があったんだ？」

「俺じゃない、兄貴が大変なんだ」

明亮はびっくりした。

「俺がどうしたって言うんだ？」

「兄貴でもない。兄貴のかみさんだ」

続いて名刺大の広告を取り出すと明亮に渡した。見ると馬小萌の写真だった。馬小萌はビキニ姿で手を頭のうしろにやり、ベッドに横たわっていた。その横に一行、〝足が長く、舌が長い。忘れられなくするわ〟とあり、下には住所と携帯電話番号が書いてあった。明らかに風俗のチラシ広告だった。

「誰がこんなものを？　そんなはずがないだろ。毎日俺と一緒にいるんだ。そんなことができるはずがない」

「住所をよく見ろよ。延津じゃない。北京だ」

明亮がもう一度見るとチラシに書かれた住所は確かに延津ではなく北京だった。さらに横の文句を読んで身体から冷や汗が湧いてきた。小魏が言った。

「兄貴、信じちゃいけない」

明亮は黙っていたが、その文句を信じた。文句に馬小萌の舌が長いとあったからだ。馬小萌と恋愛しなければ、舌が長いと知らなかった。馬小萌とヤらなければ舌の長さの良さが分かるはずがない。この舌が長いことを宣伝の文句にするのが売春婦でなくて何だろう？　そして、はっと気がついた。このチラシは今のことではなく、過去のことだ。延津ではなく、北京だ。馬小萌は北京で五年間レストランの従業員をしていたと言ったが、北京で売春をしていたのだ。続けて思った。馬小萌と恋愛していた時、なぜ北京から延津に戻ったのかを聞くと、馬小萌はなぜ出て行ったのかだけを話して、なぜ帰ってきたのかは話さなかった。それはきっとこのことを隠すためだったのだろう。二人が一緒になったのは相手の弱みを知ったからで、弱みはすべて相手に話したと思っていたら、馬小萌はこんな大きな弱みを秘密にしていたのだ。小さな弱みだけを話し、大きな弱みは隠していた。ちょうど明亮が母親の武漢での遭遇を隠したように。だが、二つの隠し事は性質が違う。明亮は小魏に聞いた。

「これをどこで拾った?」

「県城の通りという通りにあるよ」

それから言った。

「昨日はなかったのに、今日はそこら中にある」

明亮は誰かが馬小萌を陥れようとしているのだと思った。それから何かに思い当たり、小魏は放っておいて、厨房の大鍋で煮ている豚足のことも構わず、店を出て家に走った。家に着きドアを開けると馬小萌はすでに首を吊っていた。明亮が急いで馬小萌を梁から下ろして鼻息を確かめると、まだ息があった。急いで馬小萌をおぶって病院に走った。蘇生措置を施して馬小萌は助かった。医者が言った。明亮が家に帰ったのが早く、馬小萌をすぐに梁から下ろしたから良かった。あと一分遅ければ助からなかった。かつて母親が首を吊った時、明亮はサイダーを買いに行っていて、母親は死んだ。今回は明亮が一分早く帰ったから、馬小萌は助かった。馬小萌は気がつくと言った。

「明亮、助けなければ良かったのに。チラシに書いてあることは本当よ」

「そんなことより、誰がやったか心当たりはあるか？」

「ある」

「誰だ？」

「西街の香秀《シァンシュウ》よ。一緒に北京に行って、あれをしていたの。数日前、帰ってきて十万元貸してくれと言ってきて、私が貸さなかったら怒って、私が彼女を騙したと言って、こんなことをしたのよ」

明亮は病院を出ると西街に香秀を訪ねたが、香秀には会えず両親がいた。香秀の家で母親が言った。その日の朝早く香秀は延津を出て、よそに出稼ぎに行ったと。

「どこに行ったんです？」

「知らないわ」

その時、明亮は壁に一家の写真が飾ってあり、前列に両親が座り、後列に二十過ぎの娘が立ち、その隣りに十代の少年がいるのを見た。明亮は後列の娘が香秀で、少年は弟だろうと思った。香秀は丸顔で目が大きく、カメラに向かって笑い、両頬にはえくぼがあった。見るからに潑剌《はつらつ》とした女の子なのに、なぜあんなひどいことができたのだろう？

三

小学校に上がって以来、明亮は占い師の董の息子の董広勝と同級生だった。一年生から四年生までは席も隣り同士だった。その数年は放課後になるとカバンを背負ったまま董広勝の家に遊びに行った。董の家は県城東街の蚱蜢胡同にあった。董が明亮にはじめて会った時、こう聞いたのを覚えている。

「どこの家の子だ?」

「父さんの名は陳長傑です」

董広勝が続けた。

「武漢で汽車を運転しているんだ」

董はうなずくと言った。

「そうか」

そして明亮に言った。

「親父さんが延津で役者をしていた時に聴いたことがある」

また言った。

「わしは親父さんよりも年上だから、伯父さんと呼ぶんだな」

明亮は大きな声で言った。

「伯父さん」

「待っていろよ。麻糖（麦芽糖の表面にゴマをまぶしたキャンディー）を持ってきてやるから」

董広勝の母親は蒯《カイ》と言って半盲だった。明亮を見ると聞いた。

「広勝は学校でどう？　喧嘩はしてない？」

「してない、してない」

「クラスで成績はどう？」

「できるほうだよ」

のちに明亮が天蓬元帥で働き始めてから、董が店で豚足を食べているのを見かけて近づいていって呼びかけた。

「伯父さん」

「明亮か。誰かと豚足を食いに来たのか」

「伯父さん、食べに来たんじゃなくて、ここで豚足の毛を抜いているんです」

董はいぶかしそうに聞いた。

「どういう意味だ？」

明亮は陳長傑が学費と生活費を送金できなくなって学校が続けられなくなり、李延生の家にもいられなくなって、天蓬元帥で住み込みで働いていることを董に話した。董はそれを聞くと地団駄を踏んで言った。

「早く知っていればなあ」

「どういう意味ですか」

「退学する前にわしが知っていればお前を引き取ったのに。わしは目は見えんが子供をもう一人学校に行かせるぐらいのことはできる。だが、李延生の家を出て住み込みの店員をしているのに、そんなことをしたら李延生の立つ瀬がないだろう？」

明亮は何も言えなかった。

「自分の生辰八字を知っているか？」

「知っています」

そこで自分の生辰八字を告げた。董は指を折って占った。しばらく占って、ため息をついた。

「何も言うまい。これがお前の運命だ」

続けて言った。

「運命なんてのもデタラメだ。本気にすることはない」

「伯父さん、デタラメと言うけど、いままで伯父さん以外に俺のことを考えてくれた人はいないし、言ってくれた人もいません」

それから言った。

「伯父さん、本当のことを言ってください。運命で決まっていると思えば、諦めて豚足の毛を抜き続けるから」

董はしばらく呆然としてから言った。

「デタラメを本当のことと言うとは、明亮、お前は聡い子だな」

あれからまた十数年が経ち、董も七十過ぎになった。女房の蒯も前の年に死んだ。娘は八年前に嫁に行き、董広勝は大学にも短大にも受からず、ずっと家にいて董を手伝って占いの仕事をしている。母親が生きていた時は母親と一緒に手伝っていた。母親が死ぬと広勝一人で手伝っていた。明亮が分からないのは、董が占いができて天師を呼ぶことができるのに、息子の広勝はなぜ大学か短大にも受からなかったのかということだった。だが、こうも思った。董広勝の生辰八字がそうだったのかも知れない。かつて明亮が天蓬元帥の住み込みとなったように、それが運命だったのだと。今、馬小萌が自殺未遂をして明亮はどうしていいか分からなくなった。馬小萌が病院のベッドで眠りにつくと、明亮は病院を出て足の向くままに東街に行き、蚱蜢胡同の董に自分の運命にはどう出ているのかを聞いてみようと思った。董の前に座り口を開いて馬小萌のことを話す前に、董が手を振って言った。

「言わんでいい。町中がその話でもちきりだ」

「伯父さん、教えてください。どうすればいいか」

「お前の生辰八字と女房の生辰八字を言え」

明亮が二人の生辰八字を言うと、董は指を折って占い始めた。長いこと占ってから、明亮に聞いた。

「お前はどうしたい？」

「こうなったら、別れるしかないと思うんです。こんなことになって恥さらしもいいところだから」

菫は首を振った。

「なぜです？」

「お前とお前の女房は前世も夫婦だったからだ。前世でお前は女房に大きな借りがある。今度はお前がその借りを返す番だ」

明亮は愕然とした。

「運勢から見るに、お前たちの縁はまだ尽きてない。無理やりに離婚すれば、来世でお前が因縁を返さなくてはならなくなる」

「俺は一体前世で何をしたんですか？」

菫はまた指を折って占い始めた。そして言った。

「相手を半殺しにするところだった」

明亮はまた愕然とした。馬小萌のことは馬小萌が悪いのではなく、前世の自分が馬小萌を半殺しの目に遭わせたせいだったとは。菫が言った。

「いいか。前世のことはもういいから、今のことを考えろ。女房が首を吊ったばかりなのに離婚して、また女房が首を吊ったら、お前は女房を殺したことになるんだぞ」

「宿縁というものは何代経ても脱却できない。そういうことはこの世にたくさんある」

さらに言った。

「占いなんて、デタラメだ。本気にすることはないがな」

明亮はむきになって言った。

「伯父さん、本気にしますよ。でないと、どうしていいか分からない」

そして言った。

「別れられないなら、どうすればいいんですか？」

「女房と別れないなら、延津と別れるしかないな」

「どういう意味です？」

「ここを出て行くことだ」

明亮は突然理解した。こうなったら、かつて母親の遭遇のせいでどうしても武漢を出なくてはならなくなって延津に来たように、今度は延津を離れてどこかよそに行かなくてはならないのだと。そう考えると、今の延津はかつての武漢と同じようなものだった。明亮はため息をついた。

「伯父さん、延津を出るのは簡単だけど、問題はどこに行くかです」

「わしが占ってやろう」

董広勝が趙天師に線香を上げた。線香が燃えている間に、董が立ち上がってテーブルの前に行き、趙天師を三度拝んだ。ぶつぶつと呪文を唱え、目を閉じて前方を見つめる。目を開けると明亮に言った。

「西に行け」

「西のどこです？」

「それは分からん。占いには出ていない」

「西に知り合いなんていないけど」

「いいか。町の者全員がお前の女房がしたこと、首を吊ったことを知っている。運命がどうであろうと、どこに行こうと、とにかく延津を離れることだ」

四

延津を出て、どこに行くかは明亮にとって難題だった。出稼ぎにひと月行くのとはわけが違う。出稼ぎに行くのなら、一年半か、あるいは三年か五年、いつかは延津に帰ってくる。金が稼げるのなら、どこに行くかは問題ではない。明亮と馬小萌が延津を去るのは一時のことではなく、永遠に帰らないのだ。どこに足を落ち着けるかは、よく考えなければならない。それにはその土地のことをよく知っている人がいるのが一番いい。将来何か困ったことになっても頼りになるからだ。延津の外の東西南北について、董は指を折って占ったが行くべき方向は西だと言うだけなので、そこでまた困ってしまった。延津以外は、明亮は武漢しか行ったことがない。しかも、武漢は延津の南にあり西ではない。まして、武漢に明亮は悲しい思い出しかなく、陳長傑と秦家英の一家がいるから武漢には行けない。馬小萌は北京に行ったことがあるが、北京は延津の北で、しかも北京であんなことをして人にその古傷を剝がされたのだから、北京に行けるはずもない。西にもいろいろあるが、明亮はどこもよく知らない。西にはたくさんの人がいるが、明亮は誰も知らなかった。

天蓬元帥で明亮が豚足を煮るのを学んだのは黄親方だった。親方は心根は悪くないが口が悪かった。明亮が厨房に入ったばかりの頃、鍋一つの豚足のこっち半分を生煮えであっち半分を煮すぎると、親方は言った。「なんということのないことでも、できん奴には難しい。つららが三尺の長さになるのも一日寒いだけでは無理だからな」明亮にはそれが自分を突き放す台詞だと分かったが、人に技を習うには言われたことは黙って聞いているしかなく、むきになってはならない。むきになれば冗談が冗談でなくなる。師匠が弟子に嫌みを言うのはよくあることで、言われても聞き流し、師匠の教えるとおりにやり、師匠をおだてていればいい。そこで明亮は言った。「親方の言うとおりです」三年が経ち、明亮は豚足をそれなりに煮ることができるようになったが、味はやはり黄親方が煮る豚足とは差があった。黄は言った。「俺は三十年煮ているんだ。三年煮ただけのお前と味が同じなら、家に帰るしかあるまい？」「親方の言うとおりです」十年後、明亮は豚足の味も黄と大差なく煮ることができるようになった。黄が言った。「弟子が一人前になると親方は餓え死にする。自分で自分の墓を掘るようなものだ」明亮は慌てて言った。「親方、そんな話、本気にしませんよ。いつまでたっても親方は親方です。それじゃまるで俺が恩知らずみたいじゃないですか？」すると黄もむきになって言った。「馬鹿め、俺が冗談で言ったのが分からないのか？」「親方、俺は知能指数が低いので親方が本気でそんなことを思ってるのかと思いました」黄は笑った。だが、黄は馬小萌の話を聞くと嫌みを言わなくなり、明亮と同じように腹を立てた。「ひどいことをしやがる。人を追いつめやがって」西街の香秀のことである。「恥をかいたのはお前だけじゃない。親方である俺の顔にも泥を塗ったんだ」自分と明亮の関係を言っているのだった。明亮と馬小萌が西に行かなくてはならないと聞くと、豚足を煮ながら明亮と西に思いを馳せた。考えるうちに黄はぽんと柏手を打ち、自分の大伯父のことを思い出した。一九四二年、旱魃《かんばつ》のため延津でたくさんの人が死んだ。延津人の多くは陝西《せんせい》に避難した。黄の大伯父は当時六歳で、家族と一緒に避難した。途中で両親は相次いで餓死し、大伯父は餓死しなかった延津人について汽車にぶらさがって西安に着いた。六十年以上が経って、陝西に避難した延津人で当時二十歳以上だった者は次々と亡くなった。残った子孫は陝西人になって延津とは行き来がなくなった。だが、黄の大伯父は当時幼く、今もまだ七十過ぎなので健在で、黄の家ともそれなりに往来があった。

「西安は延津の西か？」

「西安は延津の西です」

「大伯父が西安にいるから、お前、西安に行くか？　俺から大伯父に言って、お前の落ち着き先を見つけられないか聞いてやろう」

明亮は持つべきものはやはり親方だと思った。普段は口が悪いが、いざとなると弟子の側に立ってくれる。明亮は急いで言った。

「西安はいいですね。大都会ですから」

そして言った。

「じゃ、お願いできますか？」

さらに言った。

「俺たちが延津を離れるわけは内緒にしてください」

黄はヘラで鍋の豚足をかき混ぜながら言った。

「安心しろ。俺も馬鹿じゃない。この豚足が煮えたら、電話をかけに行ってやる」

豚足を鍋からすくうと、黄は電信局に西安に電話をかけに行った。戻ってきて言うには、電話は通じたが大伯父は耳が遠くて、そうでなくとも聞こえないのに電話だと余計通じず、黄が言うことがひと言も分からない。ちょうど大伯父の孫が一緒に住んでいたから、明亮が西安に行きたいことを孫に伝えた。大伯父の孫は樊有志《パン・ヨウジー》と言って、西安の道北区で路線バスの運転手をしている。黄は樊有志に言った。弟子が陳明亮と言って、最近、兄弟間で親の家屋のことでもめて喧嘩になり、延津にいられなくなった。明亮夫婦は延津に失望して西安に行きたいと言っている。だが、二人とも西安のことは何も知らないから二人を助けてもらえないか。住まいを捜して、仕事を見つけてやって欲しい。樊有志、つまり黄の又従弟は言った。自分はお節介な人間ではないが、又従兄の頼みだ、捜してみよう。三日後に返事をすると。黄は言った。急ぐんだ。明日、返事をもらえないかな。樊有志は承知した。明亮は親方に感謝した。翌日の午後、明亮が黄と一緒に電信局に行って西安に電話をかけると、黄の又従弟の樊有志は言った。昨日、頼まれたことは聞いてみたが、自分もただの路線バスの運転手で能力には限りがある。明亮のために安い住まいを捜すのは、あちこち聞いて何とかなった。ただ西安での仕事となると、道北野菜市場の管理人をしている孫《スン》しか思い浮かばない。今日の午前に孫に話しに行くと、普段は面倒くさがるのに今日は珍しく、市場に屋台が一つ空いているから、明亮夫婦はそこで野菜を売ればいいと言った。なぜ今回、二つ返事で承知したかというと孫も延津人の末裔だからで、来るのが延津人だと知って融通を利かせたらしい。西安で野菜売りになることを弟子は承知するかな、と又従弟は言った。黄は明亮を見た。明亮は急いで言った。

「もちろんです。親方、従弟さんに今日にも家を借りてくれるよう頼んでください」

黄は電話を切ると明亮に言った。

「なんとかなるもんだな」

さらに言った。

「西安で仕事があるのはいいことだ。何もすることがないよりましだ。市場の管理人も延津人だというしな」

そして言った。

「西安で樊有志に会ったら、兄貴と呼ぶんだ。伯父さんと呼ぶんじゃない」

明亮は理解に苦しんだ。

「親方の又従弟さんでしょう。兄貴と呼ぶのは失礼じゃないですか？」

「伯父さんじゃ、堅苦しくなる。兄貴のほうが親しみがある。よそに行ったら細かいことにこだわるな。時と場合に応じてやればいい」

明亮は黄が自分のためを考えてくれていると分かり、持つべきものは親方だと改めて思って言った。

「さすが親方は頭が回りますね。言うとおりにします」

明亮は親方と別れると家に帰って馬小萌に相談し、西安に行きたいか、西安で野菜売りをするかと聞いた。馬小萌は病院から家に戻ってから、一歩も外に出ていなかった。首には縄で絞めた痕が青くなっていて、まだ消えていなかった。馬小萌は言った。

「延津を出られるなら、どこでもいいわ」

さらに言った。

「野菜売りでもいいわ。延津でも服を売っていたんだもの」

「それじゃ、避難民になるとするか。一九四二年に戻ったことにしよう」

翌日、明亮と馬小萌は出発した。汽車から河南の一面の畑を眺め、村が一つまた一つと遠ざかっていくのを見ていると、明亮は六歳の年に武漢から延津に戻った時の情景を思い出した。あの時は独りきりだった。二十年経って、また延津からよそに行くことになろうとは。明亮がぼんやりしているのを見て、馬小萌が聞いた。

「明亮、西安に着く前に一つだけ聞いておきたいことがあるの」

「何だい」

「私の過去のこと、本当に気にしない？」

明亮はため息をついた。

「気にしないはずがないだろ。毎日考えるさ。女房が大勢にヤられたんだ。五年だぜ」

それから言った。

「特に舌がな」

「だったら次の駅で降りて、それぞれ別の道を行きましょ」

明亮は董のところで占った二人の前世と現世の因縁は話さなかった。馬小萌に対する明亮の思いは、馬小萌はあんな大きな過ちを犯したが心から嫌悪することはできず、過ちを犯した家族という感じだった。そこで言った。

「だけど、あることを思いついてふっきれた」

「どんなこと？」

「北京で売春婦をしていた時は馬小萌とは名のらなかっただろ」

「瑪麗《マーリー》と言ってた」

「ならいい。俺が結婚したのは馬小萌だ。瑪麗じゃない」

馬小萌はふふふと笑った。そして泣いた。

「明亮、安心して。あの人たちとは行きずりに過ぎない。本気じゃない。本気になったのはあんただけよ」

「一つだけ、ずっと考えていることがある」

「どんなこと？」

「北京で全部で何人と寝たんだ？」

「数えたことない」

それから言った。

「半分は実際には寝てないわ」

明亮はいぶかった。

「どうして？」

「男の半分はインポだからよ」

明亮は愕然とした。思いもよらないことだった。自分は得をしたのだろうか？

「あんたが損した気持ちなのは分かるわ。でも、安心して。これからはあんただけよ。あんたに精一杯尽くすわ」

「もう二度とこの話をするのはやめよう。すれば無駄に傷つくだけだ」

馬小萌はうなずいた。

五

明亮と馬小萌が西安に着き、道北区で樊有志の家を捜し当てたのは翌日の午後二時だった。明亮が樊有志の家の扉を叩くと、馬小萌は急いでスカーフで自分の首を隠した。しばらく叩いたが返事がなく、向かいの家のドアが開いて老婦人が顔を出した。明亮は急いで言った。

「うるさくてすみません」

そして聞いた。

「向かいは樊有志さんの家ですか？」

老婦人はうなずいた。

「家の人は？」

「昼だからね、仕事に行っているよ」

「耳の遠いお年寄りがいますよね？　耳が遠いから、ノックの音が聞こえないのかな？」

「樊さんかい？　樊さんなら、昨日娘さんの家に引っ越したよ」

これで樊有志の家には誰もいないことが明亮にも分かった。だが、樊有志は路線バスの運転手だと知っているので聞いた。

「樊有志さんが運転しているのは何番バスですか?」

「七番だよ」

「樊有志の親戚の者で河南から訪ねて来たんですが、持ってきた手土産を置かせてもらってもいいですか?」

「いいよ。場所をとるものじゃないし」

明亮と馬小萌は樊有志に豚足を十本とごま油を二桶、殻付きの落花生を大袋一袋持ってきていた。明亮はそれらを老婦人の家に置くと「どうもすみません」と言って、カバンを手に馬小萌と大通りに出た。明亮は馬小萌に言った。

「七番バスを探そう。七番バスが見つかれば、樊有志も見つかる」

二人は尋ねながら通りを何本も歩いて、七番バスの停留所を見つけた。樊有志に会ったことがないので、どんな顔をしているか分からない。七番バスが来て乗客が乗り降りしている間に、明亮は運転席の横に行って運転手に尋ねた。

「樊有志さんですか?」

運転手たちは、「前だよ」とか、「後ろだ」と言った。十数台見送り、前と後ろで言うことは違うものの、樊有志が今日は七番バスに乗っていることは分かった。ついに赤ら顔で鼻の脇にほくろのある運転手が、明亮が聞くと「俺が樊有志だが、何の用だ?」と言った。

明亮は親方の黄の、樊有志を兄貴と呼べ、伯父さんと呼ぶなという言いつけどおりに言った。「有志兄貴でしたか。俺たち、延津から来ました。師匠は天蓬元帥で豚足を煮ている黄親方です」

樊有志は笑った。

「あんたらか。乗れよ。バスを停めておけないからな」

明亮と馬小萌がバスに乗ると、樊有志は二人をエンジンの蓋の上に座らせた。樊有志は運転しながら、いつ西安に着いたのかと聞き、明亮は今朝早く着いて樊有志の家に行ったら家は誰もいなくて、樊有志に持ってきた物を向かいの老婦人の家に置いたと答えた。

「土産なんか要らないのに」

「田舎の物ばかりです。たいしたものじゃありません」

そして言った。

「親方が煮た豚足もあります」

どのバス停でも大勢乗り降りするのを見て、明亮が聞いた。

「有志兄貴、バスは毎日こんなに混むんですか？」

樊有志はギアを切り換えて言った。

「今日は少ないほうさ。この仕事のいいところは毎日いろんな人を見られることぐらいだ」

七番バスは街をぐるぐる回るので、明亮と馬小萌はただで西安を半分見て回ることができた。終点に着くと、樊有志はバスを停めて下車し、明亮と馬小萌を連れて別の路線バスに乗って道北区に帰った。

「まず借りた家を見に行こう」

通りを行き交う人を指して言った。

「道北は河南人ばかりだ。年寄りはみんな、かつて飢饉で避難してきたんだ」

さらに言った。

「道北のいいところは、みんなが河南方言を話すことだ。口を開けば、よそ者扱いする者はいない」

明亮はうなずいた。

「道北に来て人がしゃべるのを聞いて、知らない場所に来た気がしませんでした」

そして言った。

「よその土地に来たら、いじめられるのが怖いものなのに」

樊有志は二人を連れて大通りを離れると横町に入った。横町を何本か通り抜けると鉄道の線路の脇に出た。西側の狭い道の突き当たりに来ると、樊有志が一間の小屋の扉の鍵を開け、中は七、八平米の薄暗い湿った部屋だった。

「こんなだが、満足かどうか。条件は劣るが、よその土地に足を落ち着けたばかりはまずは節約できるところは節約しないとな」

はじめての土地で寝るところさえあれば充分だった。まして金の節約にもなる。明亮と馬小萌は口を揃えて、満足ですと言った。

「だったら、もう一つ、いいところがある。ここは道北野菜市場から近い」

「至れり尽くせりです」

そこで馬小萌を家の片付けに残し、樊有志は明亮を連れて道北野菜市場の管理人の孫に会いに行った。途中の店で明亮は酒を二瓶とタバコを四カートン買い、ビニール袋に入れた。

「孫兄貴は名を孫二貨《スン・アーフォ》と言い、野菜市場の管理人をしている。電話であんたたちが延津人だと言ってあるから、会ったら孫兄貴と呼べばいい。親しみが出るから」

兄貴と呼べとは親方の黄にも言われていたので、明亮は急いでうなずいた。線路を横切り、横丁を二本通り抜けると道北野菜市場だった。野菜市場は大きなテントの中にあった。テントに入ると、屋台がずらりと並んでいて数百店はあった。樊有志が言った。

「ここが道北最大の野菜市場だ」

明亮は観察して言った。

「確かに相当な規模ですね」

野菜市場の管理事務室に入ると、樊有志は頬ひげのある男を指さして言った。「孫管理人だ」それから明亮を指さして言った。

「孫管理人、これが二、三日前に話した俺たちの故郷から来た者で、ここで野菜を売りたいと言っています」

明亮は前に進み出て挨拶すると、ビニール袋を脇のテーブルの上に置いた。

「有志から聞いた。延津人だそうだな。延津南街の李全順《リー・チエンシュン》は知ってるか？」

明亮は少し考えて、首を振った。

「延津県城は人口二万ですから、知らない人もたくさんいます」

「俺の伯父なんだ」

そこに一人入ってきて、孫二貨に言った。

「孫兄貴、サトウキビ売りの呉ですが、昨日孫さんに逆らったのを俺がどやしつけたら、謝りに来て外で待っています」

「追い払え。奴の屋台はここにいる俺の同郷に任せる」

それから明亮に言った。

「お前にと思っていた屋台より場所がいいからな」

そして、入ってきた男を指して言った。

「こいつは四海《スーハイ》だ。野菜市場で治安を担当している。何かあったら、こいつに言うといい」

明亮はまず孫に礼を言うと、四海に言った。

「四海さん、どうぞよろしく。やはり延津の人ですか？」

「違う。俺は西安人だ」

次の日から明亮は道北野菜市場で野菜を売り始めた。早朝三時に三輪車を漕ぎ、他の野菜売りに従って北郊の野菜卸問屋で野菜を仕入れる。卸荷にはネギ、ニンニク、白菜、ホウレンソウ、ピーマン、茎レタス、トマト、卵などがあり、明亮が野菜売りの老人に聞いたところでは、野菜売りは野菜が新鮮である以外に、野菜の種類が揃っていることが大切だそうだ。仕入れた野菜を野菜市場に引いてくると空はもう明るくなっている。明亮が野菜を売っていると、馬小萌が朝飯を持ってきて二人で朝飯を食べる。馬小萌はビニール紐で編んだコップカバーを売っている屋台を見て、言った。「私も編めるわ」そこで雑貨を売る屋台からいろいろな色のビニール紐を何巻も買った。食べ終えると明亮は引き続き野菜を売り、馬小萌は家に帰って片付けをした。家事を終えると、馬小萌はビニール紐で屋台で売るためのコップカバーを編み始め、それから昼飯を作った。昼飯ができると野菜市場に届けて二人で食べ、明亮は野菜を売り、馬小萌は帰って片付けをして、カバーを編み、晩飯を作る。夜になると明亮は店じまいし、売れ残った野菜を引いて帰り、二人で晩飯を食べる。晩飯を食べ終えると、明亮はレシートの入った紙の箱を持ってきて帳簿をつける。一日売って仕入れの代金を引いても七十五元三角になった。明亮は喜んで言った。

「見ろよ。一日でこんなに稼いだぜ」

馬小萌も喜んだ。

「あんたに商売ができるとは意外だったわ」

「市場が大きいから、買いに来る人も多いのさ」

さらに言った。

「野菜売りのいいところは、売れ残った野菜は自分たちで食えることだ。野菜を買う必要がない」

馬小萌はコップカバーを編みながら言った。

「西安に来て正解だったわ」

夜、明亮は馬小萌を抱きしめた。

「あんなことがあってから、はじめてだな」

「あんなことがあってから、そんな気になれなかったもの」

二人は絡み合って言った。

「お前の舌は本当に長いな」

「あんたのためにだけよ」

明亮が必死に動くと、馬小萌は下で叫んだ。

「あんた、すごいわ、気持ちよくて死にそう」

あっという間に三か月が過ぎた。その日の夕方、明亮が野菜を売っていると四海がやってきて、明亮に言った。

「明日、ここを出て行け。お前の屋台は別の者に譲る」

明亮はびっくりして聞いた。

「四海兄貴、どういうことで？」

「どうしてでもない。調整さ。お前が来た時だって、サトウキビ売りの呉を調整して追い出しただろ？」

明亮は四海を怒らせてはいないはずだがと考えた。四海はしょっちゅう野菜市場で人を怒鳴りつけ、何かというと出て行けと言っているので、明亮も本気にはしなかった。頭をひねりながら家に帰り、夕飯の時にその件を馬小萌に話すと、馬小萌が言った。

「あんたがこの話をしなければ言わないつもりだった。それはきっと私のせいよ」

「どういう意味だ？」

馬小萌は話した。その日の午後、馬小萌が家でコップカバーを編んでいると孫二貨が突然やってきた。孫は少し前に河南延津の故郷に帰り、馬小萌が北京で娼婦をしていたことを知り、延津から戻る際に馬小萌が北京で娼婦をしていた時のチラシを持ち帰り、明亮が野菜市場で野菜を売っている隙に明亮たちが借りている小屋に来て、馬小萌とヤろうとしたのだった。馬小萌が罵倒するとチラシを取り出して、「娼婦はいくらでもいるが舌の長いのは見たことがない、金を払うからいいだろ」と言って馬小萌をベッドに押し倒した。馬小萌がビンタを喰らわし、ハサミをつかんで身構えると、ズボンをずり上げ逃げていったと言う。明亮は言った。

「人は見かけによらない。同郷人なのに、そんなことをするなんて」

そして言った。

「明日、思い知らせてやる」

「やめたほうがいいわ。言うでしょ、他人の籬の下では頭を低くしろって。追い出されない限りは、なかったことにしましょう。何もさせなかったわけだし」

そして言った。

「野菜売りは金が稼げるし」

明亮はひと晩考えて、馬小萌の言うことにも一理あると思った。翌日早朝の三時に、明亮はいつものように三輪車を漕いで北郊の野菜卸市場に行った。野菜を仕入れて道北野菜市場に戻ると、自分の屋台が乾物屋に占領されて、屋台には栗や落花生、ヒマワリやスイカの種、カシューナッツ、クルミ、ピスタチオなどが並べられていた。明亮は言った。

「ここは俺の屋台だが」

相手は東北弁訛りで言った。

「今日から俺のだ。金も払った」

「誰に言われたんだ?」

「孫管理人さ」

明亮は孫二貨はあんまりだと思った。明らかに自分が先に明亮の女房に手を出そうとしたのに、明亮に仕返しをするとは。明亮夫婦二人、やっとのことで延津から西安に来て、こんな目に遭うとは。それもよりによって、同郷人の延津人の手によって。孫が延津人でなければ、数日前に延津に帰らず、馬小萌のチラシを見ることはなく、こんなことも起こらなかっただろう。明亮は延津を離れる前、董に占ってもらい、董は西に行けと言ったのに、西に来たらもっと悲惨な目に遭うとは。明亮はむしゃくしゃしながら野菜市場の事務室に孫二貨を捜しに行った。孫二貨と四海の二人ともいた。

「孫、人を馬鹿にするのもいい加減にしろ」

孫二貨はじろりとねめつけて言った。

「何があった?」

「とぼけるな。屋台を返せ。でないと何もかもぶちまけるぞ。昨日、俺の家に何をしに行った?」

「そういうことなら、はっきり話をつけようぜ。屋台を返してやってもいいが、一つ条件がある」

「どんな条件だ?」

「お前の女房の舌を俺に使わせろ」

明亮は孫二貨がこれほどゲス野郎だとは思わなかった。女房の他のことならともかく、舌のことを言うとは。怒り狂った明亮はテーブルの上の茶碗をつかむと孫二貨の頭でかち割った。孫二貨はどたんと床に倒れると、頭から血を出した。明亮はびっくりして孫二貨が死んだかと思った。すると孫二貨は床からはいあがり、頭から血が流れるのも構わず四海に言った。

「四海、そいつを押さえつけろ」

四海が明亮を床に押さえつけると、孫二貨はズボンのチャックを開けて一物を取り出し、明亮の顔めがけて小便をし始めて言った。

「お前の女房に見せる前に、俺の物をお前に拝ませてやる」

明亮は床でもがいた。

「見てろよ。野菜市場中に広めてやる。貴様がどんな奴か」

「広める必要はない。四海、こいつの女房のチラシを千枚コピーして、野菜市場に来る者全員に配れ」

「よしきた」

明亮が野菜市場から帰ると、馬小萌は家にいなかった。明亮はまず顔を洗って、台所から野菜包丁を取り出すと砥石で研ぎ始めた。孫二貨がここまで卑劣な奴だとは思わなかった。顔に小便をひっかけたばかりか、馬小萌のチラシを野菜市場に撒くという。明亮は包丁を研いで孫二貨を殺すつもりだった。包丁を研ぎながら考えた。西安は難から身を隠す場所と思っていたが、延津よりひどく、武漢よりひどかった。自分を殺人にまで追いつめるとは。明亮は本来は事なかれ主義だったが、ここまで侮辱され、しかもこれだけでは済まず、孫二貨と四海がチラシを撒いてさらに自分たちを侮辱するという以上は殺すしかなかった。人を殺せば自分はまったく別の人間になってしまう。明亮は包丁を研ぎながら考えた。孫二貨と四海を殺したら、どこに逃げよう？　その時、馬小萌が戸を開けた。明亮は急いで包丁を戸棚の下に隠した。馬小萌は入ってくると戸の枠に寄りかかって震えていた。明亮は聞いた。

「小萌、どうした？　孫二貨にまた何かされたのか？」

馬小萌は首を振った。

「今、病院に行ってきたの」

「どうしたんだ？」

「この半月ほど気持ちが悪くて、何かの病気になったのかと思って検査したら、妊娠してた」

明亮はびっくりした。

馬小萌はタンスを開けると中から手提げバッグを取り出した。手提げバッグには馬小萌の冬服が入っている。馬小萌は綿入れのベストを取り出すとポケットから銀行カードを出して明亮に言った。

「ここにまだ十万元あるわ。銀行から取り出してきて、野菜市場を離れて別の商売を探しましょ」

さらに言った。

「この金も私が北京で稼いだものよ。ずっと使わず、あんたにも言わなかったのは、万一病気にでもなったら治療費に使おうと思っていたからよ。でも妊娠したんだから、病気じゃないってことじゃない？」

そして言った。

「延津にいた時、香秀が借金に来たけど貸さなかった。こうなると知っていたら、あの時、貸していれば良かった」

　また言った。

「道北区を出て西安の別の場所に行けば、誰も私たちが誰かを知らない。西安は延津より大きいわ。大きいところにはその良さがある」

　さらに言った。

「ここを出るのは、ここでいじめられたからじゃない。お腹の子のためよ。この子に永遠に母親が若い時に何をしてたかを知らせないためなの」

明亮は馬小萌のこの話を聞き、さっきの孫二貨との喧嘩も、孫二貨が自分の顔に小便をかけたことも、馬小萌のチラシを撒くと言ったことも、自分が孫二貨と四海を殺すつもりだったことも言わなかった。あとになって明亮は思った。馬小萌の腹の子が自分を救ったのだ、自分を殺人犯にしなかったのだと。明亮は戸を開けると電信局に走り、延津の同級生の董広勝に電話した。電話が通じると董広勝から父親の董に伝えさせた。馬小萌が妊娠したから、名前をつけてくれ。子供がいい人生を送れるような名前をつけてくれ、と。董広勝も電話の向こうで興奮して言った。

「良かったじゃないか。延津にいたら、おごってもらうところだ」

　明亮はへへへと笑って言った。

「いつでも西安に来たら、羊肉泡饃《パオモー》（西安の美食の一つで、羊肉のスープに特製のパンを千切って浸して食べる）をおごってやる」

「子供の生辰八字を教えろ」

「まだ生まれてもないのに、生辰八字が分かるかよ」

董広勝は「そうか、まだ生まれてなかったな」と言い、「じゃあ、親父にじっくり考えさせておくよ」と言った。

その時、明亮は突然、孫二貨のことを思い出して董広勝に言った。

「もう一人、伯父さんに占ってもらいたい者がいる。こいつを懲らしめる方法はないか知りたい。名は孫二貨といい、延津の出身だ」

「そいつが何をしたんだ？」

「俺たち二人を痛めつけたんだ、それもひどくな」

「そいつの生辰八字が分かるか？」

「知らん」

明亮は思い出して言った。

「そいつとは今や敵同士だから生辰八字は聞き出せないが、そいつの伯父が延津南街にいて李全順という名だと言っていた。何とかしてそっちから孫二貨の生辰八字を聞き出せないかな？」

「いい考えだな」

翌日、董広勝が電話してきて、昨日明亮が頼んだ件は二つとも父親が占ったと言った。もし馬小萌が生んだのが男の子なら、名は鴻志《ホンジー》とつけろ。馬小萌が生んだのが女の子なら、鴻雁《ホンイエン》とつけろ。遠大な志を持てという意味だ。そして、孫二貨の生辰八字を董が指を折って占うと、前世は猫の化け物だったと言った。

「どっちもいい名だ」と明亮は言ってから、聞いた。

「その猫の化け物はどうやって懲らしめればいい？」

「親父が言うには、蛇を飼って孫二貨の名と生辰八字を紙に書き、蛇の檻に入れておくようにだとさ」

明亮は理解した。菫が猫の化け物に対抗するのに蛇を飼えと言うのは、竜と虎を闘わせろという意味だ。そこで聞いた。

「何蛇がいい？」

「親父が言うにはコブラがいいそうだ。猛毒であればあるほどいいとさ」

続いて菫広勝は聞き出した孫二貨の生辰八字を明亮に告げてメモさせた。あとで書いた紙を蛇の檻に入れるためだ。孫二貨が前世は猫の化け物なら、明亮が毒蛇を飼うのは良い方法だ。ただ、この方法は明亮の家では使えない。明亮は蛇は怖くないが、馬小萌は部屋でヤモリを見ただけでも怖がって震えあがる。もし家でコブラなど飼おうものなら、孫二貨を懲らしめる前に馬小萌がショック死してしまう。まして彼女は今、身重なのだ。なので家で蛇は飼わなかった。何年ものちに明亮は分かった。菫が占って明亮に蛇を飼わせようとしたのは、竜虎の闘いという意味だけでなく、明亮の母親がかつて『白蛇伝』で扮していたのが白蛇だったからで、明亮の母親の桜桃に明亮を助けさせようとしたのかも知れないと。

六

明亮と馬小萌は道北区を去り、西安南郊に一間の店を借りて飯屋を始めた。店舗の家主は西安人で、賃料は年払いで一年五万元だった。賃貸は最低三年間保証だから、最初に十五万元払う必要がある。明亮と馬小萌にはそんなに金がないので家主と交渉して、まず二年分払うことで話をつけた。明亮は延津で豚足を煮ていたので、西安でも豚足を煮ることにした。それなら多少は自信があるからだ。明亮は馬小萌に言った。

「延津の天蓬元帥で働いていた頃は豚足を煮ていても将来がないと思っていたけど、結局俺たちは豚足に助けられることになったたな」

馬小萌は笑って言った。

「先のことなんて誰にも分からないものね」

店の名は延津の豚足屋が天蓬元帥だから、西安の店も天蓬元帥とつけることにした。延津の店が繁盛しているから、西安の店もその名にあやかって商売繁盛するかも知れない。店の窓から外を眺めると大雁塔（西安慈恩寺にある塔で、紀元六五二年に唐の高僧玄奘三蔵がインドから持ち帰った経典や仏像を保存するため、高宗皇帝に申し出て建立した）が見えた。ここはその前も飯屋でテーブルも椅子も鍋釜食器も全部揃っていた。油塩醤油酢を買い、香辛料を買い、ネギ、生姜、ニンニク、唐辛子を買って、豚足と各種野菜を買えば店が開けた。これも二人がこの店を気に入った理由の一つだ。店を明け渡されたその日、明亮と馬小萌は店の内外をよく掃除した。明亮が店の外で窓ガラスを拭いていると、一匹のペキニーズの子犬が入り口にうずくまっていた。飯屋が開くと見て、何かもらえると思っているのだろう。明亮は言った。

「よそをあたれ。まだ店は開けないぞ」

掃除が終わり、明亮が三輪車で南郊の市場に調味料と豚足と野菜を買いに行く時、ペキニーズがハッハッと走って三輪車の後ろをついてくるのに気がついた。

「俺についてきて、どうするんだ？　迷子になって帰れなくなるぞ」

ペキニーズは考えこんだ。明亮が三輪車を漕ぎ始めると、またハッハッとついてくる。

「お前は野良犬か？　俺に飼って欲しいのか？」

ペキニーズはうなずいた。

明亮は突然思いついて言った。

「飼ってもいいが、条件がある」

ペキニーズは明亮を見つめている。

「お前の名は孫二貨だ」

ペキニーズはうなずいた。

明亮は三輪車から下りると、足を上げてペキニーズを空中に蹴り上げた。

「孫二貨、こん畜生め！」

ペキニーズは空中から落下すると、キャンキャンと鳴いて逃げて行った。明亮は言った。

「蛇を飼う勇気はないが、犬は殴れるぞ」

明亮が各種調味料と香辛料、豚足と野菜を買って市場から出てくると、孫二貨がまた三輪車の後ろをついてきた。明亮は言った。

「孫二貨、ついてくるな。お前を飼うのは殴るためだぞ」

孫二貨はうずくまって考えていた。

明亮が動き出しても、孫二貨はついてこなかった。

七

明亮と馬小萌は店を開けた。ホールにテーブルを八つ置き、厨房で百数十本の豚足を煮た。だが、一日経っても客はまったく来なかった。翌日も一人も来なかった。三日目の夕方、犬が外で鳴くので明亮が出て行くと、人が一人店の外に立ち、天蓬元帥の看板を見ていた。見ると、誰あろう、延津で通りを掃いている郭宝臣の息子の郭子凱だった。郭子凱と明亮は小中高と同級生で、今は北京の大学院に行っている。明亮と馬小萌の結婚式には、わざわざ北京から駆けつけて明亮の付添人をしてくれた。明亮と馬小萌が西安に来てから、故郷の延津の者が訪ねてきたことはなかった。小萌の件で二人とも故郷とは行き来したくなかったからだ。まさか最初に訪ねてきた延津人が郭子凱とは。明亮は近寄っていって、郭子凱の胸を叩いた。

「子凱、どうしたんだ？　お前が来るとは思わなかったよ」

郭子凱はへへへへと笑った。

「宝鶏《ほうけい》にいる恩師を訪ねてきて西安を通りかかったから、会いに来たのさ」

さらに言った。

「散々探したぞ。延津の豚足煮の黄親方に西安の樊有志のことを聞き、樊有志に聞いて、ここで飯屋を開いたと知ったんだ」

そして言った。

「樊有志の話では西安に来た当初は道北で野菜を売っていたそうだが、なんでまた野菜売りをやめて元の商売を始めたんだ？」

「ひと言じゃ言えないよ」

「商売のほうはどうだ？」

「開店して三日目だが、お前が最初の客さ」

馬小萌も郭子凱が来たと知ると喜んで、つまみを何皿か用意し、熱々の豚足を一皿運んできて言った。

「久しぶりに会ったんだから、飲みなさいよ」

「何年ぶりかな。それぞれ忙しくしてたからな。飲もう、飲もう」

郭子凱はもみ手をして言った。

「異郷で昔馴染みに会う、とはこのことだな」

酒を飲みながら郭子凱は明亮に告げた。大学院を出て、もうすぐイギリスに行くのだと。宝鶏に会いに行く恩師とは、院生の頃の指導教授でイギリス留学の推薦者でもあった。先生は西安の人で今年定年退職し、故郷に骨を埋めたいと北京から宝鶏に越してきたのだという。明亮は郭子凱がイギリスに留学すると聞き、すぐに盃を挙げた。

「だったら乾杯しないと。小学校から高校までの同級生で、お前が一番の出世頭だ。なんたってイギリスに留学するんだものな」

郭子凱は首を振った。

「何を言ってる。同級生の間で出世も何もあるか」

そして言った。

「それに出世するかしないかなんて、人によらない。その時の条件次第さ」

「どういう意味だ？」

「延津一高で、お前の成績は俺よりも良かった。クラスで物理が一番できた。だけど、惜しいことに高一で学校をやめてしまった」

そう言うと、セカンドバッグから表紙もなくなったボロボロの冊子を取り出した。

「お前の物理の参考書だ。書き込みがしてある」

明亮は受け取ると問題の余白に書いてある字を見た。殴り書きでこう書いてあった。〝延津に根を生やし、世界に目を向ける〟別の余白にはこうあった。〝延津一高からオックスフォード、ハーバードへ。たとえ天が堕ちても道は通じる〟この本を見なければ、明亮は書いたことすら忘れていた。郭子凱は言った。

「見ろ。当時のお前がどんなに志が高かったか」

そして続けた。

「退学した時に各教科の参考書を全部俺にくれたんだ」

また言った。

「当時の自分のあだ名を覚えているか？　みんな、お前をニュートンと呼んでいたんだぜ」

そして言った。

「ずっと学校を続けていたら、今頃は一緒に留学して、お前は物理学を、俺は数学を研究していたかも知れん」

「もういいよ。俺は今は豚足を煮ている。俺の一生は、鍋の前で死に、鍋の後ろに埋められるのさ」

「そんなこと言うなよ。どんな職業でも一番になればいい」

そして聞いた。

「俺たちが仲良くなったのは、どうしてだか分かるか？」

「どうしてだ？」

「俺の親父は道路掃除夫で、賭け事好きだし、同級生はみんな俺を見下していた。だけど、お前は俺に言った。父親がどんなにダメ親父でも、お前は俺よりましだ。俺には延津に父親すらいないんだからなと」

郭子凱が言わなければ、明亮はその話も忘れていた。明亮が忘れていたことを郭子凱は覚えていた。何が友だちかと言えば、これこそが友だちだった。友だちはかつて自分があげた参考書も持ってきていた。二人はいろいろ話したが、郭子凱は明亮と馬小萌がなぜ延津を離れたのか聞かなかった。馬小萌のことは延津中に広まっているのだから、郭子凱が陝西に来る前に聞かなかったはずがない。知っても明亮と馬小萌に会いに来てくれて、会ってもそのことには触れない。何が友だちか、これこそが友だちだ。二人は話しては飲み、飲んでは話し、いつまでも話が尽きなかった。その時、犬が外で鳴いた。うるさいので明亮が出てみると、また孫二貨だった。明亮は垣根の棒を引っこ抜いて投げた。孫二貨はキャンキャンと鳴いて遠くに逃げた。見上げると空には星が輝いていた。

この日の夜、がらんとした店で明亮と郭子凱は酔っぱらった。郭子凱がいつ天蓬元帥を出て旅館に帰ったのか、明亮は知らなかった。翌日の早朝、明亮が天蓬元帥の店を開けると、孫二貨がまた店の入り口に寝そべっていた。明亮が近づいて蹴ると孫二貨はキャンキャンと鳴いて、片足を引きずって逃げて行った。その日の昼、孫二貨がまた店の外で鳴くので明亮が殴ってやろうと出て行くと、数人の客が天蓬元帥の看板を見ていたので急いで言った。

「老舗の味です。入って食べてみてください。安くて美味いですよ。不味けりゃ、お代は結構です」

数人の客は店に入った。最初の客が入ると通りかかった人も中で食べている人を見て入ってくる。夕飯時、孫二貨がまた店先で鳴き、明亮が出て行くとまた客が店を見ていた。明亮は言った。

「百年の老舗です。入って食べてみてください。不味かったら、お代は要りません」

夜の客は昼の客の三倍強入った。店じまいになり明亮が戸を閉めに出て行くと、孫二貨がまた店先に寝そべっていた。この時、明亮には分かった。

「孫二貨、お前が客を呼びよせていたのか」

子供の頃、祖母が話してくれたイタチと牛の話を思い出して心が動かされ、何か悟ったような思いで言った。

「孫二貨、うちにいたければいていいぞ。もう殴らないから」

孫二貨の目から涙が溢れてきた。一匹の犬のおかげで、明亮は西安に親しみを感じ始めた。

第三章　さらに二十年後

一

その年の三月のある日、明亮の携帯電話がショートメールを受信した。

明亮さん、お久しぶりです。子供の頃、私たちは兄妹でした。その後ずっと連絡が途絶え、光陰矢の如しで、あっという間に四十年以上が過ぎました。お騒がせして恐縮ですが、他でもない、あなたのお父さん、つまり私の継父の陳長傑が去年の後半から病を患い臥《ふ》せっています。今年になって心肺機能も衰え、ずっと入院しています。継父と私の母は共に暮らして四十数年、二人の間に子供はなく、この世で最も近い人間はあなたと私になります。先月から継父は夢を見ては、あなたの名を呼びます。どうかこれを読んだら、一度武漢に来ていただけませんか。父と子で再び会い、この世に思い残すことがないように。携帯電話番号は延津の李延生さんに聞きました。それではどうぞよろしくお願いし

ます。秦薇薇

メッセージが来た時、明亮はちょうど天蓬元帥の西安の五番目の支店で豚足を試食しているところだった。あれから二十年が過ぎ、明亮の家の天蓬元帥は西安に五つも支店を出した。各支店は南の郊外にある大雁塔の近くの本店同様、面積は大きくなく店に十テーブルほどが置ける規模だ。豚骨は旨いし人気もあるのだから、店をもっと大きくすればいいのにと言う者もいたが、明亮は承知しなかった。明亮は馬小萌に言った。

「俺たちは自分がどれほどの者か知っている。学歴もなく小さい店なら何とかなるが、大きくしたら手に負えなくなる」

馬小萌も言った。

「私たちも五十になるわ。無理しなくていいわよ」

「そうさ。足るを知るだ。そこそこ暮らしていければ、それで充分だ」

明亮は時々思った。天蓬元帥を開けたのは、馬小萌の十万元のおかげだ。そして、この十万は馬小萌が北京で稼いだ金だ。言ってみれば、この店は根本から少し汚れていると言える。だが、その因果関係を明亮は思うだけで、他人には言えないし、馬小萌にも言えない。店の裏で店員見習いが豚足を洗っていて、ひと籠ひと籠食肉工場から運ばれてくる豚足は泥だらけで、泥に豚の毛がこびりついている。だが、店員見習いが水道の下で泥を洗い落とし、毛を抜き取り、また水道の下で洗うと豚足はきれいになる。明亮も二十年以上前、延津で豚足を洗っていた。豚足も何でも同じだ。きれいな物も元は汚い。万物はみな同じ道理だ。明亮は頭を振って嘆息した。だが、この嘆息も他人には言えないので心の奥底にしまいこんだ。長いこと言わないでいるうち、だんだんと考えなくなっていった。

五番目の支店は灞橋《はきょう》にあり、雇った店長はピーター馬という馬小萌の母方の甥だった。一昨年、明亮と馬小萌を頼って河南からやってきたのだ。河南から来た時は馬奇《マー・チー》といったが、去年ピーター馬と改名した。二十年前、馬小萌のことで明亮と馬小萌は故郷の親戚友人と付き合いを断ったが、あっという間に馬小萌も五十近くになり息子も十九になって、過去のことは忘れて親戚友人とも少しずつ行き来が戻っていた。馬奇は西安に来たばかりの頃は二番目の支店で店員をし、やがて店員のチーフになり、天蓬元帥が五番目の支店を出すことになると、どうしても店長になりたいと言って聞かなかった。

馬小萌は明亮に言った。

「ああまで言うのだから、試しにやらせてみたら？」

明亮は言った。

「やる気があるのはいいことだ。やらせてみてもいいさ。所詮は店長だ。内閣総理大臣になるというんじゃないからな」

こうも言った。

「やらせてみて良かったら店長にしよう。駄目なら店員のチーフに戻すまでだ」

どの支店も開業して最初のひと鍋の豚足ができあがると、明亮は試食に行く。ひと口食べれば火は良く通っているか、味は良いかが分かる。明亮が第五支店に来ると、店員の制服が変わっていてまるでキャビンアテンダントのようだった。店の壁には派手な標語がたくさん貼られていた。

五番目の支店、一千万頭の豚足の蓄積

天蓬元帥はブタの開祖なり

豚肉を食べたことはなくても、ブタが走るのは見たことがあるはず。なぜ走るのか。食べれば分かる

美容に最適、コラーゲンたっぷり。楊貴妃も毎日食べたという豚足

……

従業員の服装と標語を見て、明亮は笑った。

「馬奇、やりすぎだろう。たかが豚足だぞ」

馬奇と呼べるのは明亮だけだった。他の者がそう呼ぶと不機嫌になるので、他の者は馬店長と呼ぶか、ピーターと呼ばなくてはならない。人前では馬も明亮を叔父さんとは呼ばず、陳社長と呼ぶ。

「社長、でもこれこそが進取の気風というものですよ」

「楊貴妃が毎日食べていたなんて、どうして分かる？」

「だから、といい、いう、ですよ」

明亮がテーブルにつくと、ピーター馬は煮たばかりの豚足を皿に一本載せて運んできた。明亮は食べる前にまず箸を豚足に突き刺して、煮具合を見た。次に箸で豚足を細かく引き裂いて、表を見たり

ひっくり返して見たりするだけで食べようとしない。そして言った。

「もう一本、持ってこい」

ピーター馬は訳が分からず、聞いた。

「社長、どういうことです？」

「いいから持ってくるんだ」

ピーター馬が仕方なく、もう一本運んでくると、明亮はこの豚足も箸で割ってためつすがめつしていた。しばらく見てから、また言った。「もう一本、持ってこい」

ピーター馬がいぶかしげにまた持ってくると明亮は箸で三本目の豚足を割って、ひっくり返して見た。それから箸をテーブルに放り投げるとピーター馬を見つめた。

「社長、火加減が駄目ですか？」

「火加減はちょうどいい」

「色の具合ですか？」

「色つやも問題ない」

「では、なぜ食べないんです？」

明亮は箸を拾うと、他の二本の豚足も裏返して箸で指して言った。

「見ろ。三本とも中に毛がある」

それから言った。

「一本ならたまたまだが、三本とも毛があった。つまり、すべての豚足の毛がきれいに処理されてないということだ」

そして言った。

「ブタの毛もきちんと処理できないなら、豚足がどんなに味が良く色つやが良くても何になる？」

さらに従業員を指さし、壁の標語を指さして言った。

「豚足がちゃんとできてないのにそんな格好をして、こんなことを書いて何になる？」

それから言った。

「今日煮た豚足は全部捨てて、明日改めて煮て、店は明日開店にしろ」

ピーター馬は耳まで赤くなり、厨房裏を罵った。

「こん畜生め、誰が毛を抜いた？　そいつはすぐにクビだ」

そう言うと、口をとがらせて明亮に言った。

「数百本もの豚足を捨てるなんて、もったいないですよ」

それから言った。

「今日開店だから友人にも大勢来てもらうんですよ」

「来てもらわないほうがいい。友だちが大勢来て、毛だらけの豚足を食わせたら、台なしになるのは誰の看板だ？」そう言ってテーブルを叩くと「お前の看板じゃない、天蓬元帥の看板なんだぞ」と言い、また馬の顔を見て言った。「自分が店長に相応しいと思うか？」

ピーター馬は真っ赤な顔をして言った。

「社長、自分がうっかりでした」

そして言った。

「社長、安心してください。もう二度とこんなことは起こらないと約束しますから」

「口で言うだけでは駄目だ。今日からお前は厨房の裏でブタの毛抜きをしろ。ブタの毛をきれいに抜くことができたら、また店長にしてやる」

そして言った。

「俺も昔、延津の天蓬元帥で一年間ブタの毛を抜いたんだ」

ピーター馬は口をとがらせ不服そうにした。その時、明亮の携帯電話が鳴り、ショートメールが入った。武漢の秦薇薇からだった。秦薇薇のメッセージを読むと、その教養程度は明らかに明亮より高そうだった。

天蓬元帥の本店、ピーター馬に言わせると旗艦店の東は大雁塔で、西は一面の畑で、春には麦が、秋にはトウモロコシが実った。やがてそこは開発新区（新しく開発した地区でビルやモダンなマンションが建っていることが多い）になり、高い建物が次々と建った。明亮はその一つのマンションに家を買った。夜、明亮は家に帰ると夕食を食べながら、ピーター馬のことを馬小萌に話した。

「本人から電話があったわ。泣いてた」

「店長になる前に言ったんだ。しっかりやれよ、いい加減にやるなと。なのに馬耳東風だったから毛抜き係にした」

「少し痛い目に遭わせればいいわ」

それから言った。

「電話では不満そうだった。こんな小さな事でしっぽをつかまれ、大袈裟な処分をされたって」

「俺たちがすることは、すべて小さな事だ。だが、豚足売りが毛だらけの豚足を売れば、それは大事だ」

また言った。

「ブタの毛だけじゃない。奴の性分は叩き直さないと」

そして言った。

「だが、そのままは言うな。はっきり言ってしまうと身も蓋もなくなり、奴にも効果がないからな。よく考えさせて、しっかり毛抜きをさせるんだ」

「大丈夫、私も馬鹿じゃないわ」

そして、明亮は携帯電話を取り出すと馬小萌に秦薇薇のメッセージを見せた。馬小萌は読んでから言った。

「大変だわ。四十年以上も連絡がなかったとはいえ、父親は父親よ。病気となれば行かないわけにはいかないわ」

「俺もそう思う」

「私も一緒に行くわ」

「行ってくれるのはありがたい。道中、連れもできるしな。だが、店でこんな大事が起こったばかりだ。支店を出したばかりで二人ともいなくなったら、何かあったら店員たちも困るだろう」

馬小萌も考え直して言った。

「じゃ、一人で行ってきて。道中気をつけてね」

明亮は言い含めた。

「新しく出した支店は、お前が何日か見てくれ。俺が武漢から帰ったら、誰か相応しい者を店長にするから」

「分かったわ」

二

明亮は汽車で武漢に行った。秦薇薇は電話で、明亮が武漢に不慣れだから駅まで迎えに行くと言った。お互いに四十年以上会っていないので顔が分からないといけないから、〝陳明亮〟と書いた札を持っていくとも言った。明亮が武昌駅で降りて改札を出ると、果たして人混みの中に〝陳明亮〟という札を見つけた。札を掲げているのは小太りの中年の女性で黒縁の眼鏡をかけていた。二人が顔を合わせると、秦薇薇は札をしまい外に出た。歩きながら秦薇薇は言った。

「四十年ぶりだから、最初に相談したいことがあるの」

「なんだい？」

「私たち、お互いに何と呼べばいいのかしら？」

「なんでもいいよ。君次第だ」

「小さい頃、私たちは互いに兄さんとも妹とも呼ばなかったから、四十年経って、この歳になっていきなりそう呼ぶのも変じゃない？」

「そうだな」

「あのう、と言うのもなんだし」

「いっそのこと互いの名前を呼ぼうか」

「あなたは私より年上だから私を名前で呼んでもいいけど、私があなたを呼び捨てにするのは失礼だわ」

「じゃあ、どうする？」

「子供の名前は何と言うの？」

「息子が一人いて、陳鴻志だ」

「うちは娘で趙晨曦《チャオ・チェンイー》と言うの。だったら、鴻志パパ、晨曦ママと呼び合うのはどうかしら？」

明亮は笑って言った。

「晨曦ママは頭の回転が速い」

「私のほうが頭の回転が速かったら、どうして私がただの事務員で、あなたが社長なの？」

秦薇薇は言った。

「あなたのことは李延生さんから聞いているわ」

「社長だなんて。ただの豚足売りさ」

「餃子もやっていて、株式会社になっているんでしょう？」

明亮が秦薇薇は武漢で何の仕事をしているのかと聞くと、秦薇薇は武漢機関区の財務部で会計士をしていると言った。その仕事は二十年以上前、大叔父が死ぬ前に世話したのだとも言った。明亮は秦薇薇の大叔父とは継母の秦家英の母方の叔父で、かつて武漢機関区の区長だったことを思い出した。大叔父が亡くなって二十年以上にもなるのか。月日が経つのは早いものだ。二人はタクシーに乗り、秦薇薇は運転手に武漢機関区の職工病院に行くよう頼んだ。車から外を眺めると、武漢の大小の通りは高さの不揃いなビルが立ち並び、明亮にはまったく見覚えのない街になっていた。四十年以上前の武漢はまったく違っていたような気がする。もっとも実際は四十年以上前の武漢がどんなだったか、四十年の間にどんな変化があったか、明亮は何も知らなかった。なぜなら、この場所に明亮は来たことがなかったからだ。三歳から六歳まで明亮がいたのは武漢の機関区の独身寮で、その後は漢口に住み、他の場所にはほとんど行ったことがなかった。機関区の寮の前には講堂があり、後ろは食堂だったことは記憶している。その後、陳長傑が秦家英と結婚して信義巷に住んだ。信義巷を出ると大智門で、大智門を左に曲がると三徳里、右に曲がると天声街だった。天声街をさらに行くと義和巷で、さらに先は分からない。四十年経った今でも覚えていることはいくつかある。例えば、小学校一年の時の国語の教師は雪という字を教えるために、こう範読した。「雪、大雪、雪風が混じる」武漢はめったに雪が降らず、降ってもはらはら舞う程度で、朝方降っても昼にはやんでしまう。クラスの児童の一人が聞いた。「先生、大雪ってどのくらい大きいんですか」教師は言った。「大きく降るのが大雪だ。習っているのは字だ。後に続いて読めばそれでいい」明亮は延津から来て、延津は冬によく大雪が降り、風と混じって降ったので、大雪と読むとガチョウの羽のような雪が延津の町に降る音を聞いた気がした。そして二歳の年に雪が三日三晩降り続き、晴れると祖母がナツメ餅を手押し車に積んで明亮をその上に乗せ、手押し車を十字街に押して行って売ろうとしたことがあった。通りに出ると手押し車が滑ってナツメ餅が地面にばら撒かれ、祖母と明亮はナツメ餅を拾うよりも先に一緒に大笑いをしたものだった。明亮は武漢の人が朝食を食べることを「朝を過ぎる」と言うことも覚えていた。タクシーは長江大橋を渡った。四十年以上前、明亮は長江と長江大橋に来たことがあったが、長江と長江大橋も四十年前とは変わっていた。秦薇薇が今渡ったのは長江三橋と言った。それから遠くの橋をいくつか指さして、あれが長江二橋、あれが長江一橋と言った。私たちが子供の頃は長江一橋しかなかったわ、とも。

武漢機関区職工病院に着くと五階に上がり、秦薇薇は明亮を病室に連れて行った。病室にはベッドが五つあり、満床だった。秦薇薇は明亮を最も奥のベッドに連れて行った。ベッドに一人の老人が座り、シミだらけの色黒い顔をして綿入れをひっかけて水を飲んでいた。病院でない他の場所で会ったら、父親の陳長傑だとは分からなかっただろう。明亮の脳裏にある陳長傑はこんなではなかった。年寄りも明亮を見ても誰だか分からないらしく話をしなかった。秦薇薇の話を聞いて、陳長傑は目を見開いた。

「明亮？　どうして来たんだ？」

また聞いた。

「誰に言われて来た？」

秦薇薇が隣りで言った。

「父さん、私が言ったのよ」

陳長傑のベッドの横に一人の老婦人がいた。老婦人が明亮を見つめると明亮は認識できた。継母の秦家英だった。秦家英は若い頃は痩せていたが、今はもっと痩せていた。明亮から声をかけた。

「お継母さん」

秦家英は目の周りを赤くして言った。

「もう四十年以上になるのね」

「そうですよ。俺もいい年です」

「いなくなってしまった時はびっくりしたわ」

「子供でした。物が分かってなかったんです」

秦薇薇が言った。

「昔のことはもういいじゃない」

「父さんは何の病気なんですか?」

陳長傑が言った。

「年さ」

秦家英が言う。

「年のせいじゃないわ。腹を立てたせいよ」

「誰に腹立てたんですか?」

陳長傑が慌てて止めた。

「来たばかりの明亮にそんな話はよせ」

秦家英は口を閉じた。その時、病室の外で声がした。

「食事ですよ。各病床は取りに来てください」

秦家英がベッドの頭にある棚から食器を取ると、明亮に言った。

「多めにもらってくるから、あなたもここで食べなさい」

「どちらでも」と明亮。

「武漢に来たばかりなんだから、私が外に案内するわ」と秦薇薇が言った。

「そう、そうね。外で少しいい物を食べてきなさい」

そう言うと秦家英は食事を取りに出て行った。そこに看護師がやってきて言った。

「三十五番ベッドのご家族の方、一階に行って延長料金を払ってください」

秦薇薇が明亮に言った。

「私たちのことよ。待ってて。払ってくるから」

秦薇薇はベッドの頭に掛けてあるバッグを取ると支払いに出て行った。明亮は看護師が病室を出た後についてナースステーションに行き、小声で聞いた。

「三十五番ベッドは今までにいくら入院費を払っているんですか」

「十八万と少しかしら」

秦家英が食事を運んできて、秦薇薇が支払いをして戻ると、秦家英は明亮に食事に行くように言い、秦薇薇が明亮を連れて街に食事に出た。二人で通りを歩きながら秦薇薇が聞いた。

「鴻志パパ、昔、食べたもので何か食べたい物はある？」

明亮は子供の頃、武漢で好きだった物を思い出して言った。

「熱乾麺《ねつかんめん》、武昌魚《ぶしょうぎょ》」

薇薇は笑って言った。

「その二つは一つの店では食べられないわね」

「じゃ、熱乾麺」

歩きながら話すうち二人は一軒の熱乾麺の店に着いた。店には〝三鎮（武漢は長江をはさんで武昌、漢口、漢陽の三つの町からなる）第一家〟という横書きの額が掛かっている。入り口の扉の両側には縦に対聯《ついれん》も掛かっていた。上の句は〝商売は駄目でも飯は作れる〟で、下の句は〝飯と額より上手いのは麺作り〟であった。秦薇薇は笑って、その店を指して言った。

「この店を覚えている？」

そして言った。

「中秋節の時、家族四人でここに食べに来たことがあるわ」

明亮は店を見たが、ここで食べた覚えはまったくなかった。ただ、この対聯にはなんとなく覚えがある気がした。対聯の字の多くを明亮がまだ読めなかったので陳長傑が指さして読み方を教えてくれたからだ。でも対聯がある店は多いので、陳長傑が指さして教えたのがこの店の対聯だったかどうかは記憶が定かではなかった。昔、食べた物と言われて突然思い出したことがあった。ある日の午後の放課後、陳長傑が校門まで迎えに来た。着ているのは汽車の乗務員服だった。普段はいつも汽車で遠くに行っているので、学校に迎えにくることはめったになかった。明亮は学校が終わるといつも一人でカバンを背負って家に帰った。陳長傑は明亮を出迎えると信義巷の方向ではなく、反対方向に歩き出した。明亮は聞いた。

「父さん、こっちは家じゃないよ」

陳長傑は黙ったまま、明亮の手を引いて歩いて行った。何本か横町を過ぎると長江の畔に出た。陳長傑はカバンから鳥の丸焼きを取り出し、二つに割ると明亮に半分寄こして言った。「食べろ」それから言った。「汽車が符離集《ふりしゅう》（安徽省の地名。焼いた鶏で有名）を通ったから、ホームで買ったんだ」そして言い含めた。

「家では言うなよ」

明亮がうなずくと二人は長江河畔に座り、むしゃむしゃ食べ始めた。食べ終わるまで二人は口を利かなかった。

熱乾麺屋に入ると、飯時なので満員だった。秦薇薇がポケットからビニール袋を取り出した。ビニール袋には小銭が入っていた。秦薇薇は明亮をテーブル席に座らせるとレジに行って注文をした。少しするとお盆に冷菜を二皿載せて運んできた。醬牛肉《ジァンニュウロウ》とセリとピーナッツの和え物と熱乾麺二碗。食べながら明亮が聞いた。

「さっき病院で母さんが父さんの病気は腹を立てたせいだと言ったけど、何に腹を立てたんだい？」

「自分で自分に腹を立てたのよ」

「どういう意味だい？」

「父さんはおとなしい人だったでしょ？」

「うん」

「ずっとおとなしく生きてきて、汽車を運転し続けて、数年前に退職したら自分が出てきたのよ」

「どういうことだい？」

「金を稼ぎたくなったのね。邢《シン》という友だちがいたんだけど、その人もボイラー係で退職して、父さんに一緒に商売しようとそそのかしたのよ。父さんは自分の一生の蓄えの五十万元で邢さんと始めたわけ。二人で飯屋、熱乾麺屋だけど、それを開いたり、洗車店をやったり、鉄扉の加工をしたり、修脚屋（足の爪を切ったり、たこを削ったりする商売）を開いたり、水産物のブローカーをやったり、思いつくままに手あたり次第やって、そのたびに損をして最後に残った五万元も邢さんに騙されて取られたのよ」

「その邢さんは？」

「いなくなったわ」

　そして言った。

「損したのに加えて、残った数万元まで友だちに取られたのが二重のショックで、それで病気になったのよ」

　さらに言った。

「あなたも知ってるでしょ、気の小さい人だから」

　明亮は理解して、うなずいた。同時に、秦薇薇が右手に箸を持って食べながら、左手はずっと金を入れたビニール袋を握っているのに気がついた。

「晨曦ママ、相談があるんだが」

「なに？」

「治療費のことだ」

「これからは親父の病院での支払いは、入院がどれだけ長引こうと機関区で出る分以外は俺が払うよ」

「どういう意味？」

「鴻志パパ、あなたを呼んだのはそういう意味じゃないのよ」

「俺は西安でレストランをやっている。小さな商いだが、毎月の実入りはそれなりにあるから治療費ぐらいは払える。払えなければ来なかった」

すると、秦薇薇はため息をついた。

「鴻志パパ、あなたに来てもらったのは実はそのためだったの」

そして言った。

「隠さずに言うと、うちの夫は無職の遊び人で毎日夢みたいなことばかり考えて、家の近所の雑貨屋でおしゃべりばかりしているのよ。相手は商売してるのよ、あんたは何の得にもなってないじゃないと言うんだけどね。あなたが来たって恥ずかしくて会わせられないほどよ。私はただの事務員で母さんは磁器工場の定年退職者、父さんは生涯鉄道員で薬代もほとんどが自己負担なの。入院費用もうちでは払いきれず、と言っても父さんには言えないしね」

また言った。

「でも、全部あなた一人に出させるわけにはいかないから、折半にしましょう」

「晨曦ママ、俺は回りくどいのが嫌いなんだ。俺が全部出したら面子が立たないと言うなら半々でもいい。そうでないなら余計な言い争いはやめよう」

秦薇薇は考えて言った。

「それじゃあ、三分の二出して。私が三分の一出すから。父さんは汽車を動かして私を育ててくれたんだものね」

「分かった。言うとおりにしよう」

「それから、もう一つ。今夜は父さんたちの家に泊まりたい？　あなたが来ると知って、母は寝床を用意しているんだけど」

「父さんと母さんは四十数年前の家にまだ住んでいるのかい？」

秦薇薇はうなずいた。

「母さんが、あなたには私とあなたが小さい頃寝ていた部屋に寝てもらおうと言っているわ」

「俺はやっぱり病院近くの旅館に泊まるよ」

そして言った。

「父さんの世話をするにも都合がいいし、風呂だの何だの俺もそのほうが都合がいい」

「いいわ。そうしましょ」

「今夜は母さんと二人、よく休んでくれ。俺が病院に泊まるから」

その夜、秦家英と秦薇薇は家に帰って休み、明亮は病室に残った。病室には病人が五人いて、夜は看護師が薬を飲ませたり、点滴を換えたりした。看護師がいなくなると、付き添いの家族はそれぞれの病人がトイレに行ったり、歯を磨いて顔を洗い、寝るのを手伝った。陳長傑は心肺が衰弱しているので少し歩くと息切れした。ベッドに戻ると、息を切らしながら明亮に言った。

「明亮、俺はもういいから、お前も家に帰って休め」

陳長傑が言う家とは当然、陳長傑と秦家英の家だった。明亮が昼食後、病院附近の旅館に部屋を取ったことを知らないのだ。明亮が旅館に泊まるのは陳長傑と秦家英の家に泊まりたくないからでも風呂などの便利のためでもなく、重要なのは四十年以上前にあの家に実の母親の桜桃が来たことがあるからだった。続いて西郊外の薪小屋で母は釘で木の板に打ちつけられ全身傷だらけになった。あの家には二度と帰りたくなかった。だが、そのことを陳長傑に話しようがなかった。昼も秦薇薇には多くを話さなかった。明亮はこう言っただけだった。

「父さん、寝ろよ。明亮はこう言った。俺のことはいいから」

そして言った。

「なかなか会えないんだ。俺はもう少し、ここにいるよ」

陳長傑もそれ以上は言わなかった。

一晩中、話はしなかった。翌朝、看護師が病室を見にきた。明亮は陳長傑を連れて用足しをさせ、顔を洗い歯を磨かせた。戻ってくると、息切れしている父をベッドに休ませ、看護師に呼ばれて朝食を取りに行き、廊下のワゴンから朝食を取って戻ると陳長傑と一緒に食べた。食べ終わると食器を下げて給湯室に行き、きれいに洗った。病室に戻ると看護師がまたやってきて患者に薬を飲ませ、続いて医者の検診だった。午前中は日が照っていたので、明亮は看護師に陳長傑を連れて下に行き日光浴をさせていいかと聞いた。病院の中庭には花壇がありベンチがあったので、明亮は陳長傑をベンチに座らせた。陳長傑をここに連れてきたのは日光浴のためと言ったが、本当は父親と二人で静かに話ができる所に来たかったのだ。だが実際に二人きりになってみると何を言っていいか分からず、二人でしばらく黙ったまま座っていた。沈黙がしばらく続き、陳長傑が突然聞いた。

「俺が商売で損したことを彼女たちが話しただろう？」

彼女たちと言うのは秦家英と秦薇薇のことだ。明亮はうなずいた。

「話すと思ったよ」

陳長傑はそう言うと続けた。

「話してもいいさ。恥をかくのはもう慣れっこだからな」

そして、ため息をついて言った。

「こうなったら人を恨むこともできん」

「俺は生涯貧乏だった。ボイラー士は昼となく夜となく汽車を動かして残業のしっぱなしだ。石臼を牽くロバと大して違わない。年取っておとなしく暮らしていればいいものを、納得せずに商売なんかに手を出して金を稼ごうとして、結局はこの有様さ」

さらに言った。

「俺の人生は失敗の人生だ。自分で自分を笑いものにした」

明亮が逆に諫《いさ》めて言った。

「そんな風に言うものじゃないよ」

「分かっているんだ。彼女らがお前を呼んだのも、お前に治療費を出させるためだ。四十年会っていないのに、会った途端に金の無心だ」

「父さん、六歳から十六歳まで俺が延津で学校に行けたのは、父さんが継母さんに隠れて十年間送ってくれた金のおかげだ。今度は俺が十年かけて返すと思えばいいよ」

「そう言われると自分で自分を殴りたくなる。お前に高校を卒業させる力もなかった」

ため息をついて言った。

「時々、李延生に会いたくなるよ」

明亮は携帯電話を取りだして言った。

「だったら、電話して武漢に来てもらおうか？」

陳長傑は明亮を止めて言った。

「会って何を話す？　お前を託したのに、俺が学費と生活費を送らなくなった途端、豚足を煮に出したのに」

「あれはやむにやまれぬ事情があったのさ」

「そうだろうよ。顔を合わせるのも恥ずかしいだろうさ」

それから言った。

「だが、それも俺が不甲斐ないせいだ」

その後、陳長傑は明亮に女房と子供のことを聞き、明亮はそれに一つ一つ答えた。

「俺のために出す治療費は女房に隠れてじゃないのか？」

「その必要ないよ。うちのことは俺が決められる」

陳長傑はため息をついた。

「俺より甲斐性がある」

明亮は思った。自分が陳長傑より甲斐性があり陳長傑の治療費を出せるのは、豚足を煮る技術を身につけたからだ。そして自分が延津の天蓬元帥で豚足の技術を身につけたのは、陳長傑が学費と生活費を送らなくなったからだ。四十年以上が過ぎ、物事の因果関係とはこういうものかと思うと、明亮は苦笑した。その時、あることを思い出して明亮は聞いた。

「父さん、俺たち二人きりだから聞きたいことがあるんだ」

「なんだ?」

「四十年前、母さんは一体なんで死んだんだ? みんなが言うように一束のニラのせいで死んだのか?」

陳長傑は咳込んで顔を真っ赤にした。明亮は急いで背中をさすった。咳がやむと陳長傑は息を荒くして言った。

「ニラのせいでもあり、そうでないとも言える」

「どういう意味だい?」

「あの日、俺たちは確かにニラのことで喧嘩したが、俺が家を出る時、あいつの様子は変だった。それなのに俺はそのまま出かけた。そして、あいつは首を吊ったんだ」

また言った。

「俺たちは毎日喧嘩ばかりしていた。俺は心の中であいつに早く死んでくれと思っていたのかも知れん」

また言った。

「家族間の恨みは時に敵より激しいからな」

また言った。

「あいつは自殺したが、俺が殺したようなものだ」

明亮は愕然とした。四十数年間ずっと桜桃が首を吊った原因を自分がサイダーを買いに出たせいだと思ってきた。まさか四十数年前、陳長傑にもその責任があったとは。あるいは、その責任は共同のもので、父と子の二人、陳長傑と明亮が共同で桜桃を殺したのか。明亮は心の中で大きくため息をついた。陳長傑は息を切らしながら言った。

「俺の人生は二度踏み間違えた」

明亮は陳長傑を見た。

「延津豫劇団で芝居をしていた時、芝居について語るべきじゃなかった」

陳長傑は息を切った。

「芝居を語らなければ、お前の母親ともそういう仲にはならなかった」

明亮は何も言えなかった。

「二度目は武漢に来たばかりの頃だ。機関区でメーデーのパーティーがあったのを覚えているか？」

明亮は思い出すと、うなずいた。

「車務部が出し物を出せなくなり、よせばいいのに俺はしゃしゃり出て『白蛇伝』を唱った。唱わなければ秦家英と一緒になることもなかった」

明亮は言葉がなかった。だが心の中で思った。陳長傑が桜桃と秦家英と一緒にならなかったら、当時の彼の状況で四十年前、他の誰と一緒になれただろうか？　だが、それは陳長傑に言えないので言う言葉がなかったのである。

明亮は武漢に一週間泊まって陳長傑の病状が落ち着くのを待った。病院の医者に聞くと、陳長傑の病気は良くなったり悪くなったりで、今は安定していても突然危険になることもあり、病状に急なことがなければ一年か一年半はこのままだろうと言った。医者がそう言うのを聞いて、明亮は西安にやることがたくさんあり、天蓬元帥の五番目の支店も開店したばかりでずっと武漢にいるわけにもいかず、秦薇薇と相談して西安に帰ることにした。

「鴻志パパ、父さんもこの様子だし、あなたはとりあえず帰って。病人の世話は私と母さんがいるから」

さらに言った。

「治療費の大半を出してくれて、本当に助かったわ」

「晨曦ママ、そんなことはないさ。病人の世話をするのは金を出すよりも大変だからな」

西安に帰る前の晩、明亮は旅館に寝ていて夢で女が話す声を聞いた。

女は言った。

「あんたは私の話を忘れてしまったのかい？」

「何の話だい？」

「六歳の時、言った話だよ。あの年、私はあんたが母親を救うのを助け、あんたは母親を長江に投げたじゃないか」

　明亮ははっと思い出した。当時、母親の桜桃が武漢の陳長傑と秦家英の家に来て、その後、西郊の薪小屋で釘付けにされていた。すると一匹の蛍が明亮を案内して、その薪小屋を見つけて明亮は母親を助け出したのだ。その蛍がその時言った。数十年後、明亮がまた武漢に来た時に自分を助けてほしいと。今、その蛍が訪ねてきたのだ。明亮は言った。

「言われなければ、すっかり忘れていた。言われて思い出したよ」

　女の声は言う。

「あの時、あんたの母親を助けたのだから、今度は私を助けておくれ」

「あんたは誰なんだい？」

「道教の尼だよ」

「道教の尼？」

「あんたの母親を釘付けにした者だよ」

　明亮は解せなかった。

「お袋を釘付けにしたのなら、なんだって蛍になってお袋を助けたんだ？」

「あんたの母親を釘付けにしたのも私なら救ったのもこの私さ。太刀を捨てたら、たちまち成仏すると言うだろう？」

　明亮は驚いた。なんとなくその道理が分かるような分からないような気がした。

「それで、どうしたら助けられるんだい？」

「私を武漢から連れ出しておくれ」

「どうしてだい？」

「生涯人を釘で突き刺し続けたその罪は重い。死んだからには、この縁起でもない土地から離れたいんだよ」

「そもそも、なんで俺を助けてくれたんだ？」

「お前は当時たったの六歳だった。四十年後も身体は丈夫だろうと思ったんだ。当時、大人を助けても、四十年後は生きてるかどうか分からないからね」

「どうやって武漢から連れ出すんだ？」

「私はかつてのお前の母親のように自分の写真に憑依しているから、私の写真を持って行ってくれればいい」

「俺は西安に帰るんだがな」

「武漢から出られれば、どこに行ってもいいよ」

明亮はこれがきっと自分が武漢に来る縁だったのだろうと思った。そして、ふと思いついて聞いた。

「俺の父親の病気はあんたのせいで、あんたが父親を使って俺を引き寄せたのかい？」

「それは違う。お前の父親の病気は父親自身のせいだ」

「あんたの写真はどこにあるんだい？」

「黄鶴楼だよ」

さらに言った。

「黄鶴楼の裏山に東屋《あずまや》がある。その東屋の右後ろの柱の下だよ」

「道教の尼さん、あんたはいつ亡くなったんだい？」

「三年になるよ。ずっと、お前を待っていたんだ」

明亮が目を覚まし、灯りを点けて時計を見ると午前三時だった。明亮は起きて服を着て旅館を出ると深夜タクシーを拾って黄鶴楼に行った。漢口の小学校に行っている頃、学校の行事で大勢で黄鶴楼に参観に行ったことがあった。その後、祖母が武漢に来た時も陳長傑が祖母と自分を連れて行ったことがある。タクシーが黄鶴楼のある丘の下で停まると明亮は下車して、遠くから四十数年前とまるで変わらない黄鶴楼を眺めた。深夜なので周囲に通行人は一人もいなかった。黄鶴楼の門は閉まっていたが、明亮が近づくと自動的に開き、明亮は尼さんの力だと思った。尼さんの写真は確かにここにある。明亮は山道を登り黄鶴楼の前に来ると、月光に照らされた門の両側の文字を見た。〝昔人、已に黄鶴に乗りて去り、この地、空しく余す、黄鶴楼〟黄鶴楼の裏山に来ると山道には確かに東屋があった。尼さんは言った。自分の写真は右後ろの柱の下にあると。だが、柱は泰山のようにどっしりしているのに、どうやってこの柱を抜くというのだ？　けれども、明亮が柱をなでると柱はなんと自分から動いた。柱を抜くのも草を引き抜くように簡単だった。見ると東屋は手に持てるぐらいの模型になっていた。東屋をどかすと右後ろの柱の下に一枚の写真があった。だが写真に映っているのは四、五歳の女の子で、髪には赤い紐を結んでいた。明亮は思わず聞いた。

「尼さん、これがあんたかい？」

「小さい頃の私じゃよ」

明亮が写真を手にして模型を元に戻すと、東屋はすぐに元の大きさに戻った。黄鶴楼の前に戻ると、黄鶴楼も長江の畔にそびえ立つ黄鶴楼に戻っていた。

「西安で写真をどこに置けばいい？」

髪に赤い紐を結んだ写真の女の子が言った。

「高い場所を捜してくれ」

翌朝早く明亮は病院の病室に行き、陳長傑、秦家英、秦薇薇に別れを告げた。秦家英が言った。

「せっかく来たんだから、もう少しゆっくりしていけばいいのに」

秦薇薇が言った。

「鴻志パパは忙しいのよ。西安でやることがたくさんあるんだから」

陳長傑がうなずいて言った。

「帰ったほうがいい。お前がしっかり店をやっていれば、俺も安心して養生できる」

そう言うと、秦家英、秦薇薇に目配せをした。明亮は自分が来て以来、陳長傑の発言力が増しているのに気がついた。明亮が治療費の大半を出したからだ。そう言うとなんだが、実際そうなのだから仕方がない。もし明亮が西安で店を開いてなくて相変わらずの貧乏暮らしだったら、秦薇薇も延津の李延生を通して明亮を探し出し、武漢に呼んだりはしなかっただろう。そうだとしたら、陳長傑が死んでも会えなかったかも知れない。

明亮は言った。

「西安に帰り、目先のことを片付けたらまた来るよ」

陳長傑も言った。

「病気が良くなったら、一度西安に会いに行くよ」

「それはいい。その時は継母さんと晨曦ママも一緒に来てくれ。大雁塔や兵馬俑に案内して、羊肉泡饃を食べさせるから」

秦家英が言った。

「あんたの店の豚足が食べたいわ」

みんな笑った。笑ったせいで陳長傑がまたひどく咳込み、顔を真っ赤にした。五、六分咳をしてもやまないので、秦薇薇が急いで看護師を呼んだ。看護師はやってくると陳長傑に酸素吸入器をつけた。明亮は吸入器をつけた陳長傑に言った。

「もう二、三日いようか?」

陳長傑は手を振ると、吸入器の向こうで言った。

「帰っていい。俺はこんなだが、そう簡単には死なんさ」

病院に横たわり生命を維持することはできても、健康を回復することは難しいだろう。病気が良くなったら西安に行くと言ったが、西安には来られそうもなかった。陳長傑は西安に行けないが、明亮が身につけた道教の尼の写真は明亮と一緒に西安に行く。世の中のことは予想がつかないものだ。明亮は感慨に耽った。

西安に帰り、汽車の駅から出ると家には帰らず、タクシーで秦嶺《しんれい》（中国中部を東西に貫く山脈）に向かった。秦嶺に登り見渡すと山の後ろにまた山がある。森林の向こうにもまた森林がある。明亮は赤い紐の女の子の写真をポケットから取り出すと聞いた。

「ここでいいかな」

写真の赤い紐の女の子が言った。

「いいわ。ここは高いだけじゃなく景色もいい」

明亮はふと思い出して言った。

「行く前に聞きたいことがある」

「なんだい？」

「お袋の写真を長江に投げて四十年ずっと心の中で考えていたんだ。お袋は長江に流れて一体どこに行ったんだろうと」

赤い紐の女の子は言った。

「私の法力は武漢でしか効かないから、武漢を出てからどこに行ったかは分からないよ」

明亮はため息をつき、また思い出して聞いた。

「お袋の行き先は知らなくても、あんたは陝西《せんせい》に来て、これからどこに行くんだい？」

「来た所に帰るのさ」

「武漢から来たんじゃないのか？」

赤い紐の女の子は言った。

「私が言う、来るというのはその来るじゃない」

「じゃあ、どの来るなんだい？」

その時、一陣の山風が吹いて山間の森林が波のように揺れた。赤い紐の女の子は慌てて言った。

「あれこれ聞かないでおくれ。いくら話してもお前には分からないから。早く私を放しておくれ。この風に乗って行くんだから。この機を逃すともう風が吹かなくなるかも知れない」

「それなら気をつけてくれ」

明亮が手を放すと、写真の女の子は風に乗って上空に漂い、上また下へと漂いながら森林のほうへ飛んで行き、松風の音の中をだんだんと見えなくなった。

三

指折り数えれば孫二貨が死んでもう五年になる。死ぬ三日前から何も食べなくなった。二十年前、孫二貨は明亮の家に来たばかりの頃、豚足が大好きだった。もちろん鍋から出したばかりの豚足ではなく、店に来て食べた客が食べ残した骨である。客がはけて店じまいすると、明亮は客が食べ残した骨を孫二貨のエサ入れにあけてやった。天蓬元帥は豚足の他に、冷菜や炒め物、飲み物を出す。冷菜の一つにほうれん草と鶏の砂肝の和え物があった。店じまいしてから時々残った砂肝を豚足の骨と一緒にエサ入れに入れてやると、孫二貨は豚足の骨をよけて砂肝ばかりを先に食べる。明亮は孫二貨を蹴って言う。

「孫二貨、お前も堕落したな」

その頃は毎日夜が明ける前に、明亮は南郊の卸し市場に豚足、砂肝、魚や肉と各種野菜を買いに行き、馬小萌が店を開ける支度をした。店を開ける前は息子の鴻志を保育園に預けに行くので、二人とも犬の散歩に行く時間はなかった。明亮一家は一階に住んでいて裏には小さな庭があったので、明亮は家の裏口のドアにノコギリで小さな穴を空けた。孫二貨は毎朝毎晩その穴から出て、自分で糞や小便をしに行った。昼間は自分で天蓬元帥にやってきて、夜は自分で店から家に帰った。ある日の晩、店を閉めて明亮と馬小萌が家に帰って飯にしようと座った途端、孫二貨も犬用の穴から帰って食卓の前に来ると、食卓の下で明亮のズボンの裾をくわえて外に引っ張って行こうとした。明亮は孫二貨を蹴って言った。

「飯を食っているんだ。自分で遊びに行け」

孫二貨がそれでも明亮の裾を放さないので、明亮は何がしたいのか分からないまま立ち上がってついていった。ドアを出ると孫二貨は前を走り、走りながら振り向いては明亮を見る。ついていくと、孫二貨は明らかに明亮を天蓬元帥に連れて行こうとしていた。店に着いて気がついた。店の戸の隙間から水が外に流れ出しているのだ。戸を開けると中はすでに水浸しで、水の中を何とか厨房に入っていくと、豚足を洗う係の従業員の曹《ツァオ》が水槽の水道の栓を締め忘れたまま帰ってしまったのだった。じゃあじゃあ流れる水は水槽から溢れ、床は水浸しになっていた。一晩中このままだったら水は室内にますます溜まり、店の冷蔵庫も各種の棚も、貯蔵室の米や油や小麦粉や塩も数百本の豚足も、鶏の砂肝や魚や肉に野菜類、そして壁の電気のコンセントなどもみんな水に浸かって駄目になっていただろう。明亮はやっと孫二貨が家に駆け戻り自分のズボンの裾をくわえて放さなかった意味が分かった。

「孫二貨、心配してくれたのか」

孫二貨は顔を上げて明亮を見てあふあふ笑ったかと思うと、またくるりと引き返し駆けていった。

翌日、明亮は豚足洗いの曹を叱りつけた。

「お前の頭は犬以下だ」

また別の時、明亮が夜、友人と酒を飲み、さまざまな酒を混ぜて飲んだせいでしたたかに酔っ払い、翌朝起き上がれなくて部屋で倒れて寝ていたことがあった。午前十一時になり、孫二貨は明亮が店に来ないので店からはっはっと駆け戻ってきて、穴から家に入るとワンワン叫びながら明亮の部屋のドアをかいた。明亮は昏睡していて返事がない。孫二貨はドアの取っ手に届かないので、また穴から出ると狂ったように店に駆け戻り、馬小萌のズボンの裾をくわえ外に連れ出した。馬小萌は孫二貨について家に帰り寝室のドアを開けたが、明亮はまだ昏睡していた。馬小萌は急いで店の従業員たちを電話で呼び、明亮を病院に運んだ。血液検査の結果、医者は明亮の血中アルコール濃度は二百八十を超えていると言った。医者は急いで血管注射をした。幸い病院に運んだのが早かったから助かったが、もしずっと意識が戻らなかったら死んでいただろうと言った。明亮が退院すると、馬小萌は孫二貨が自分を家に呼び帰し明亮を病院に送ったことを話した。明亮は孫二貨に言った。

「孫二貨、俺が死ぬと思ったのか？」

孫二貨はうなずくと、くるりとまた駆け出した。

天蓬元帥の隣りは銀飾店である。店の主人は靳《ジン》と言って、毎日二人の徒弟と銀の鎖を砧の上に置き、ハンマーで叩いてブレスレットやネックレス、イヤリング、指輪などの銀装飾品を作ったり、穴を空けて他の品につけたりしていた。ある日の午後三時頃、昼飯時の客がいなくなり夕食時にはまだ早いので、明亮は天蓬元帥を出て隣りの銀飾店に行き、靳と弟子たちの仕事ぶりを見ていた。一本の銀のチェーンが靳たちの手にかかるとさまざまな装飾品になる。明亮は言った。

「たいしたものだ」

斬が言った。

「細かいだけで、慣れれば誰にでもできるようになる」

「ジャンルが違うと、まるで違う。どうすればいいのか、見当もつかないよ」と明亮。

「同じだ。せっかちは駄目だ。根気が必要だからな」

「豚足を煮るのも同じだ」

「何事も道理は同じということか」

二人は話が合うようだった。ある時、孫二貨も明亮についてきて、明亮の横に寝そべり舌を伸ばしてハアハア息をしていた。二人が雑談するうち、斬が孫二貨を指して言った。

「この犬はおとなしいな。やたらに駆け回らない。毎日、天蓬元帥の店先で寝そべっている」

明亮はそこで孫二貨が水害を知らせ、自分の命を救ったことを話した。斬は銀鎖を延ばしながら言った。

「忠義犬というわけか」

さらに言った。

「忠義心だけでは駄目だ。賢くないと。賢くなきゃ、人が思いもよらないことにまで気がつくはずがない」

「どうして賢いのだと思う？」

斬はハンマーで叩きながら聞いた。

「どうしてだ?」

「こいつは頭が大きい。犬種はただのペキニーズだが、頭が違う」

そして言った。

「斬さん、こいつの頭を撫でてみろ。普通、犬の頭はこんなに大きくない。首で支えきれないのではと心配するほどだ」

そこで斬はハンマーを打つ手を止めて、手を伸ばして孫二貨の頭を撫でた。

「確かに。普通の犬の頭の大きさじゃないな」

孫二貨はしっぽを振って、笑った。

あっという間に十五年が過ぎ、孫二貨も年老いた。人は足腰から衰えるが犬も同じで、孫二貨は明らかに歩くスピードが落ちた。そのうち歩くのによたよたと身体を揺すって歩くようになった。少し歩くと止まり、口でハアハア息をする。さらに明らかに元気がなくなり、夜は家の中を歩き回るが、昼は店の外で日向ぼっこをして寝ている。起きると、そこでぼんやりしている。明亮は孫二貨を抱いて犬猫病院に連れて行った。医者が孫二貨の全身の検査をし、血液検査、心電図検査、レントゲン撮影、CT検査をして出した結論は、孫二貨は年で脳や血管が硬化しているという。血中脂肪も濃く高血圧でもあるという。「治りますか。手術をしたら、どうでしょう」と聞くと、「歳はいくつですか」と言う。

「十五歳です」

「犬の十五歳は人間で言えば、八十歳から九十歳ですよ。十分な高齢です」

医者はさらに言った。

「この歳では手術に耐えられません。静かに過ごさせることですね」

明亮は仕方なく孫二貨を抱いて帰った。孫二貨は用を足しに外に出ると家が分からなくなり、明亮が捜して連れ帰らなくてはならなくなった。明亮には分かった。認知症になり記憶力が衰え始めたのだ。ある日、孫二貨が夜帰らず、明亮が街を捜し歩いても見つからなかった。翌日になっても帰らないので、明亮と馬小萌は焦ってあちこち捜し回った。天蓬元帥の従業員たちまで動員して捜したが見つからない。明亮は迷い犬のチラシを作り、孫二貨の毛並みや特徴、いつ頃いなくなったかを書き、見つけた人には謝礼を出すと孫二貨の写真を載せ、明亮の携帯電話番号を書いた。数百枚コピーして、大雁塔附近の大通りや横町に貼りまくった。一日過ぎても何の連絡も入らなかった。明亮は言った。

「孫二貨、野垂れ死にするなよ」

三日目の午前に明亮の携帯電話が鳴り、南郊公園の橋げたの穴にチラシの写真と似た犬がいるとの連絡が入った。明亮が南郊公園に駆けつけると、果たして孫二貨が公園の隅にある橋の下の穴にうずくまっていた。

「孫二貨、驚かせるなよ」

孫二貨はまったく精彩がなく、立ち上がることもできない。明亮は孫二貨を抱きかかえて帰った。半月経つと、孫二貨は物も口にしなくなった。明亮が孫二貨のために和えた鶏の砂肝も鼻で匂いを嗅ぐだけで、また顔を伏せてしまう。明亮はまた犬猫病院に抱いて行き、医者に言った。

「三日も何も食べないんです。死ぬのを待っているんでしょうか？」

医者は聴診器を孫二貨の身体に当てて聴いてから、言った。

「死んでもおかしくないですね。全器官が衰弱して、生かしておくほうが残酷なぐらいです」

「でも、なぜ死なないんですか？」

「犬によるんです。家で死にたい犬もいれば、家で死にたくない犬もいます。はじめは私も分からなかったんですが、たくさんの犬を診るうちに分かってきました」

明亮は突然、この間、孫二貨が南郊公園の橋げたの穴にうずくまっていた理由が分かった。そこで聞いた。

「家で死にたくない犬が一番死にたがる場所はどこですか」

「人に見つかりにくい場所です。死ぬ時に尊厳を求める犬もいるんです」

明亮はうなずいた。犬猫病院から出ると、明亮は孫二貨を車に乗せ、家には帰らず西郊に車を走らせた。運転しながら言った。

「孫二貨、生きているのがしんどいなら死にに行こう」

孫二貨はうなずいた。

明亮はまた言った。

「孫二貨、遠くで死にたいのなら、遠くへ行こう」

明亮はさらに言った。

「孫二貨、人に見られたくないなら、絶対に見つからない所に行こう」

孫二貨が助手席から這って明亮の懐に潜り込んできたので、明亮は孫二貨を抱いたまま運転した。

西安市街を出て農村に入り、さらに山中に車を走らせた。山道に車は一台もなく、人っ子一人いなかった。とある山道に差しかかると、一面のトウモロコシ畑に出た。明亮は車を停め孫二貨を抱いて降りるとトウモロコシ畑に向かった。畑の奥まで来ると左右を見渡したが誰もいない。明亮は孫二貨を地面に置くと言った。

「孫二貨、ここでいいか？」

孫二貨はうなずくとよたよたと前に進んでいった。だんだん遠ざかっていき、振り向きもしなかった。

明亮は郊外から家に戻ると一晩中眠れなかった。翌日の早朝、明亮はまた車を運転して郊外に行き、あのトウモロコシ畑に来た。孫二貨のその後が知りたかった。孫二貨は死んだのだろうか。死んでいて遺体があったら、埋めてやれば安心できる。ところがトウモロコシ畑をいくら捜しても孫二貨は見つからず、遺体も見つからなかった。明亮は泣いた。

「孫二貨、どこに行ったんだ？」

また泣いた。

「孫二貨、お前が恋しいよ」

五年が過ぎた。その日、明亮は銭湯に行き、垢こすりの龔《ゴン》が、道北市場の管理人だった孫二貨が認知症になったと言うのを聞いた。龔は垢こすりになる前は道北野菜市場で数年野菜を売っていた。孫二貨と言われなければ、明亮は二十年前のこの男のことはすっかり忘れていた。龔が話すのを聞いて思い出した。同時に孫二貨という名の犬のことも思い出し、死んでからもう五年になると思った。犬を遠くのトウモロコシ畑に置いたまま、その後、どこに行ったのか知れなかった。犬もいつの間にかいなくなり、人もいつの間にか年老いた。二十年前、家の犬に野菜市場の孫二貨に因んで名をつけた。犬を殴りたくて孫二貨と名付けたのだ。今、犬の孫二貨が懐かしくて、明亮は人の孫二貨に会いに行ってみようと思った。明亮は龔に孫二貨の居場所を聞き、翌日の午前に酒を二本、タバコを四カートン買い、かつて道北市場ではじめて孫二貨に会う時に贈り物を買ったように、プラスチック袋に入れて手に提げて孫二貨の家に行った。ノックすると戸を開けたのは、髪を黄色く染めた若者だった。

「誰に用?」

「孫管理人の家ですか?」

「あんた、誰だい?」

明亮が名刺を出して渡すと、若者は名刺を見て言った。

「なんだ、天蓬元帥の社長さんか。友だちと豚足を食べに行ったことがあるよ。旨かった。親父の知り合い?」

孫二貨の息子だった。

「昔、俺も道北市場で野菜を売ったことがあり、親父さんに世話になったんだ。病気と聞いて見舞いに来たんだが」

そして言った。

「親父さんは延津の人で、俺も延津人なんでね」

孫二貨の息子は明亮が手にした酒とタバコを受け取ると、明亮を家に入れて部屋に案内した。一人の年寄りがソファに座り、髪は真っ白で四方を眺め、頭が戻るたびに揺れていた。二十年ぶりに会った、かつては威風があり自分の顔に小便をひっかけた孫二貨がこんなに変わってしまうとは。人が来たのを見て、孫二貨は顔をねじると大声で聞いた。

「誰だい？」

「明亮です」

「四海か」

孫二貨の息子が明亮に言った。

「四海というのは親父の友人の一人で去年死んだんだけど、親父は誰に会っても四海と思うんだ」

「四海じゃありません。明亮です」

「四海か。よく来たな」

明亮は苦笑した。飼っていた犬の孫二貨のために人間の孫二貨に会いに来たら、孫二貨は自分を四海扱いしている。そして明亮には目の前の孫二貨と五年前にいなくなった孫二貨の違いが分かった。いなくなった孫二貨は頭が大きく冬瓜のようだった。目の前の孫二貨は頭が小さく鴨梨《ヤーリー》（チュウゴクナシ。洋ナシに形が似ている）のようだった。孫二貨の息子は二人が本当に仲の良い友人だったと勘違いしていたが、明亮が来た目的は孫二貨がいつ死ぬのか見に来たのだった。玄関を出る時、孫二貨の息子は言った。

「叔父さん、親父はもう誰のことも分からない。時間の無駄だから、もう見舞いに来なくていいよ」

明亮は言った。

「でもな、向こうは分からなくても、俺には分かるから」

その後もあの孫二貨を思い出すと、この孫二貨に会いに来た。あの孫二貨に対しては懐かしさからで、この認知症になった孫二貨に会うのは恨みを帳消しにするためだった。ある時、孫二貨に会いに来ると孫二貨の息子は隣りの部屋にゲームをしに行って部屋で明亮と孫二貨の二人きりになったので、明亮は聞いた。

「孫よ、二十年前、道北野菜市場で管理人をしていた時、明亮夫婦をいじめて追い出したことを覚えているか?」

孫二貨は聞いた。

「明亮って誰だ?」

「明亮が誰でもいい。人をいじめただろう?」

すると孫二貨は興奮してきて言った。

「そいつらは何をした? 俺が人を痛めつけるのにはちゃんと理由があるんだ」

当時の理由を認知症になった男に繰り返すことはできなかった。明亮が聞いたのは復讐のためで、繰り返して言っても無駄で、この敵はどうやら討てそうになかった。明亮はため息をつくとそのまま帰った。

明亮と馬小萌はもう寝室を別にしていた。馬小萌は明亮のいびきがうるさいと言い、明亮は馬小萌が夜中に起き出してトイレに行くのを嫌ったので、一昨年から二人は別々に寝ている。けれども明亮には分かっていた。いびきも起き出すのも別々に寝ることの主な原因ではなく、主な原因は明亮の身体の硬くなるべきところが軟らかくなったからだった。さらに言うと、馬小萌は若い時、舌が長かったが今は短くなったことに明亮は気づいた。二人は肌を触れ合うことはなくなったが、一緒にいるのが習慣となり、何かあった時に相手がそばにいると安心した。明亮は胆嚢に石ができて急性胆嚢炎になり、手術して石を取り除く必要があった。手術室に運ばれる時、馬小萌がトイレに行ったきり戻っていなかった。明亮は言った。

「ちょっと待ってください。女房に話がある」

医者は言った。

「待てません。石を取る人が順番を待っているんです」

「じゃあ、取りません」

医者が看護師に言った。

「急いで便所に行って奥さんを呼んできて」

馬小萌が戻ると医者は言った。

「早く話をしてください」

明亮は何も言わないまま手術室に運ばれ、麻酔医に麻酔をかけられた。手術が終わって意識が戻ると、明亮は馬小萌に恨みがましく言った。

「どういうことだ。手術だというのに便所になんか行って」

馬小萌は言った。

「緊張のあまり頻尿になったのよ」

その夜、夕食を食べ終えた明亮はソファに座ってテレビを見て、しばらく携帯電話を見ていたが眠くなったので自分の部屋に行き、服を脱いで寝ようとした。そこに馬小萌が寝間着姿で入ってきた。明亮は思わず聞いた。

「何しに来た?」

「変なこと考えなくていいわ。話したいことがあるのよ」

「なんだ?」

馬小萌はベッドの端に座った。

「延津西街の香秀を覚えている?」

明亮は思い出した。香秀というのは二十年前、馬小萌が北京で売春していたチラシを延津で撒いた張本人だ。彼女のせいで明亮と馬小萌は西安に来る羽目になったのだ。

「それがどうした?」

「今日、電話があったの」

明亮はびっくりした。

「どういうことだ?」

「私の叔母から私の電話番号を聞き出したのよ」

「何のためだ?」

「うちに来たいって」

明亮は笑うしかなかった。

「お前たちは敵同士だろう?」

「二十年経って、自分がしたことを後悔しているそうよ。直接会って謝りたいって」

さらに言った。

「生きている間に私に会って謝らないと、あの世で何をしても遅いからって」

そして言った。

「そうまで言うのだから……」

香秀が自分たちの家に来たいというのは思いがけないことだった。明亮は思った。自分たちも道北野菜市場の孫二貨に恨みがある。孫二貨が認知症にならず謝りたいと言ってきたら、自分は受け入れるだろうか？　続けて思った。それは二十年後の各人の状況による。二十年後、自分の生活が孫二貨以下だったら、受け入れられないだろう。孫二貨より良かったら受け入れられる。あるいはこうも言える。自分が高みにあるから、相手と同じ立場で仲違いしないでいられるのだ。それでも安心はできず、聞いた。

「何か企んでいるんじゃないだろうな？」

「二十年も別々に暮らしているのだし、相手も今ではいい年のおばさんよ。何か企むことなんてある？」

明亮は少し考えてそれもそうだと思い、聞いた。

「今はどこに住んでいるんだ？」

「電話では、ウランチャプ（内モンゴル自治区にある市）の牧場で牛の乳搾りをしていると言っていたわ」

明亮は香秀の置かれた状況が分かって言った。

「済んだことだからな。人をとことん追いつめてはいけない。来たいと言うなら、来させればいい」

「私もそう思う。問題は彼女、電話でこう言うの。自分一人ではなく、もう一人連れてきたいって」

「男か、女か」

「女よ」

「一人増えて窮屈になるほどうちも狭くはない。一緒に来たいと言うなら、来ればいいさ」

「電話の話では、その女はちょっと特殊なんだって」

「どう特殊なんだ？」

「顔が半分ただれているんだって」

明亮は愕然とした。それは思いもよらないことだった。

「誰なんだ？」

「香秀が言うには、彼女の親友でやはり過去に例の商売をしていてその病気にかかり、治らずに今は香秀と一緒にいるそうよ」

明亮は両手を頭の後ろに回し、ベッドボードに寄りかかったまま何も言わなかった。馬小萌が言った。

「あんただけじゃない。顔がただれた人が来ると聞いて、私もちょっとためらったわ」

そして、ためらいがちに言った。

「やっぱりよす？」

さらに言った。

「私たちだけならともかく、子供もいることだしね」

「そうだな」

明亮も言った。

「明日、電話して言うわ。香秀一人なら来てもいいけど、その人も来るのならやめにしようって」

「いいよ」

馬小萌は立ち上がると明亮の部屋から出て行った。

その日、道北で路線バスを運転していた樊有志が明亮の携帯電話に電話してきて言った。今月の八日、娘の芙蓉《フーロン》が結婚するので明亮に結婚式に来てほしいと。続いてウィチャット（テンセントが開発したメッセンジャーアプリ）で補足してきた。〝**五月八日、道北中山公園西草坪、十時前には来てくれ。詳しくは会って話そう**〟

毎年正月に明亮はいつも道北に樊有志に会いに行く。二十年前、馬小萌と西安に来た時、樊有志に世話になった。二十年後、樊有志は股関節が壊死して車椅子生活になり、バスも運転できなくなって家で労災で食べていた。

五月八日の午前九時半に明亮は道北中山公園西草坪に出かけた。芙蓉の結婚式はここの芝生の上で挙行される。明亮が事前に聞いたところでは、芙蓉の嫁ぎ先は西安の不動産ディベロッパーで金《ジン》という、明亮が住んでいるのがまさにその金が開発したマンションだった。芝生に舞台が設営され、入り口には花のゲートがあり、赤絨毯のバージンロードが敷かれている。芝生には百席近いテーブルがあり、白いテーブルクロスが敷かれ、テーブルの周りの椅子は赤いリボンで結ばれていた。芝生は人でいっぱいで笑いさざめいていた。舞台では管弦楽団が演奏している。明亮は受付で祝い金を差し出すと生花を受け取り前襟に挿して、人混みの中を行ったり来たりしてやっとあるテーブル席に樊有志を見つけた。そのテーブルは桃の木の下に置かれていた。樊有志はスーツを着て赤いネクタイをして車椅子に座っていた。明亮は近づいていって樊有志の手を握って言った。

「有志兄貴、すごいな。芙蓉もいい相手と結婚したな」

樊有志は笑って言った。

「どうも、どうも」

そして明亮を隣りに座らせると声を潜めて言った。

「いい相手に嫁いだせいで大変さ」

明亮は驚いて聞いた。

「どういうことだい？」

「俺が障害者なのが恥ずかしいので、数日前に俺に言うのさ。家で病気を装い、式には来るなと。頭に来て、どうしても来てやった」

「ひどい話だ。何ていう相手だ」

「相手じゃない。芙蓉が言うのさ。相手側は来る客が立派な人ばかりだから、俺がいると自分の恥になるとな」

明亮は愕然とした。樊有志が言った。

「俺が来るとこんな所に押しやって、主賓席にすら座らせないんだ」

明亮は桃の木の下のテーブルが舞台から遠く離れているのを見た。明亮は慰めて言った。

「有志兄貴、どこに座ろうと同じさ。出される料理も同じだ」

樊有志はまた声を潜めて言った。

「相手も金持ちに見えるが、実は一皮むけばたいしたことない」

「どういう意味だ？」

「父親は道北のチンピラだったんだ」

「有志兄貴、英雄はみんな貧民の出さ」

話している間に楽団は結婚行進曲を演奏し始め、式が始まった。ゲートから舞台までのバージンロードに最初に登場したのは花籠を持った二人の子供で、花びらを撒いて先祓いしていく。次に新郎新婦が登場し、その横を二組のブライドメイトの男女が取り囲んでいる。新婦のドレスの長い裾を二人のスーツ姿の男の子が抱えて持って歩く。新郎新婦が舞台に上がると司会が開会を宣言し、二人のなれそめを聞いて会場を沸かせた。次に司会は立会人に登壇を促しスピーチをさせた。さらに二人の証人が登壇してスピーチした。次にゲストが登壇しスピーチする。次々に登場する立会人にも証人にもゲストにも明亮は見覚えがあった。というのもテレビでよく見かける顔ばかりで、西安で一、二を争う金持ちの、不動産ディベロッパーでなければ金融関係かＩＴ関係、金鉱開発か炭鉱開発業者だったからだ。彼らは舞台上で冗談を飛ばし、何か言うたびに舞台下の人は笑い声を上げ、拍手が鳴り響いた。これらの人々のスピーチが終わると、司会は新郎新婦に結婚の誓いを言わせ、結婚指輪をそれぞれ相手につけさせた。続いて二人を抱き合わせ接吻させた。それらが一時間もかかり、ようやく司会が式の終了を宣言して宴会が始まった。明亮は普通結婚式では新郎新婦双方の親が壇上で挨拶し、新郎と新婦が相手の親に茶を勧めると知っていたが、今日の結婚式はそうした過程は省略していた。明亮はそのことから、さっき樊有志が言ったのは嘘ではなかったと分かった。樊有志を見ると、汗をかきながら明亮にこっそりと言った。

「芙蓉が正しかったな。俺を舞台に上がらせなくて正解だった。相手の家が上がらせたのは大人物ばかりだ。話にも圧倒される。俺なんかが上がったら大恥をかくところだった」

明亮は樊有志の様子を見て、その言葉に嘘はないと思った。舞台下でも汗をかいているのに、舞台に上がったら震え出して、恥をかくどころの騒ぎでは済まなかっただろう。そこで慰めて言った。

「有志兄貴、家族になったんだ。気にすることなんかないさ」

従業員が各テーブルに食事を出し始めると、司会がまた舞台に上がって言った。

「先ほどの婚礼は西洋式で、盛大かつにぎやかなものでした。あとはどうぞ思いきり飲んで、食事を召し上がってください。みなさんが食事を楽しまれる間は、金家が招いた豫劇団がみなさんを楽しませてくれます。ご来席の多くの方は道北人で、河南人の末裔です。きっと親しみを感じることでしょう」

そしてドラが鳴り、胡弓の調べに乗って豫劇が登場した。役者が舞台に上がると出し物は『白蛇伝』の一節だった。許仙と白蛇が西湖の畔で出会い、雨が降りだし傘が一本しかないため、二人は湖に沿って送り送られる。明亮ははじめ意識しなかったが、聴いて見ているうちに突然、舞台の上の白蛇に扮した女優が母親の桜桃に酷似しているのに気がついた。見た目が似ているだけでなく、話しぶりや唱う声まで似ている。四十数年前、明亮は桜桃の写真を長江に投げ、ずっとそれがどこに流れて行ったのか分からなかった。のちに明亮は道教の尼さんを武漢から秦嶺まで連れて行き、尼さんに自分の母親が長江を流れてどこに行ったのかと聞くと、尼さんは来た所に行ったと答えた。明亮はその時はこの来た所というのがどこだか分からなかったが、突然、母親の桜桃が来た所というのがどこなのか悟った。芝居の中だ。この世では桜桃だが、芝居の中では蛇だった。母は人ではなく蛇の姿を借りて生き返り、明亮に自分を見せたのだ。だけど芝居も芝居の中の蛇も本物ではない。母は芝居に仮託して生きていたのか。道教の尼さんは母がどこに行ったのか知らないと言ったが、今、尼さんの言葉から明亮には母の行き先が分かった。それはないのである。白蛇が舞台で唱い続けるのを聴くうちに、明亮は思わず涙をこぼした。樊有志が聞いた。

「おい、どうした？」

「兄貴、おめでたいから嬉しいんだ」

四

その月の月末、孫二貨の息子が天蓬元帥の本店に明亮を訪ねてきて、顔を見るなり言った。

「叔父さん、親父が来てくれって」

「何の用だい？」

「聞いてない」

月末で本店と五つの支店の会計の締めがあるので、明亮は言った。

「二日後では駄目かな？　この二日は忙しいんだ」

「叔父さん、そいつはいけないな」

「どうして？」

「この二年、叔父さんは親父を十数回訪ねてきて、親父はいつも家で叔父さんを待っていた。親父がはじめて叔父さんに用があると言うのに、叔父さんは用事があると言う。違うかい？」

明亮は考えて、孫二貨の息子の言うことに理があると思い、言った。

「そうだな」

「叔父さんが会いに来るたび、親父は叔父さんを四海扱いした。そうなったのも、叔父さんのせいじゃないのかい？」

「そうだ」

「だったら、俺と来てくれよ」

明亮は上着を着ると孫二貨の息子について孫二貨の家に行った。孫二貨は明亮を見ると、自分の頭を叩いて言った。

「四海、俺は今年は越せないと思う」

明亮は孫二貨の息子が横にいるので、言った。

「部屋に座ってばかりいるから、余計なことを考えるんだ」

孫二貨の息子が言った。

「普段は俺も親父が変なこと言っても相手にしないんだ」

そして明亮に言った。

「叔父さん、俺、今日は外でちょっと用があるから失礼するよ。帰る時は鍵をかけて行ってくれ。親父が一人で出て行って、行方不明にならないように」

それから明亮を指さして言った。

「親父が行方不明になったら、叔父さんのせいだぜ」

そう言うと出て行った。明亮は苦笑して、孫二貨の息子が出て行くと孫二貨に聞いた。

「孫よ、俺に用って何だい？」

「俺に代わって、やってもらいたい大事なことがあるんだ」

「大事なことって？」

「故郷の延津に董という、この世と来世を占う者がいる。その董に電話をかけ俺の生辰八字を告げて、俺の来世を占ってもらってくれ」

それから言った。

「お前に面倒かけたくなかったが、お前は携帯電話を持っているからな。俺は持っていない」

そして言った。

「息子にかけさせようとしたが相手にしないんだ」

さらに言った。

「通りに出て行ってかけようと思ったが、息子にここに閉じ込められている」

そして言った。

「電話一つかけるのに、たいして金も時間もかからないだろ？」

明亮は唖然とした。孫二貨の家に来る時、孫二貨は何の用だろうと考え、いろいろ思いついたが、孫二貨の来世と関連があるとは思いつかなかった。そこで聞いた。

「どうして来世を占いたいんだ？」

「現世が思いどおりにならなかったからだ。見ろ、こんな有様だしな」

「来世はどんな風になりたいんだ？」

「今のようでなければいいさ」

「来世は現世の孫二貨にはなりたくないということだな？」

孫二貨はうなずくと、ポケットから手のひら大のメモ帳を出した。メモ帳は染みだらけだった。
「ここに董の家の電話番号がある。十年前、延津に行った時に書いたものだ。あの時はうちのなくなったバンが誰に盗まれたのかばかりを気にしていて、来世を占ってもらうのを忘れてた」

二十年前、明亮は董に孫二貨の前世を占ってもらい、前世は化け猫だと言われたことがある。孫二貨の現世はこの目で見た。孫二貨の来世が何なのか、明亮も興味を覚えた。明亮と董の息子の董広勝は同級生なので董広勝の携帯電話番号は知っていたが、そこは孫二貨のメモ帳をめくるふりをして、携帯電話を取り出すと董の息子の董広勝にかけた。電話が通じると明亮は孫二貨の考えを董広勝に言った。董広勝は話を聞くと、董は占いはするが来世は占わないと言った。明亮は思い出した。これは董のしきたりで、前世は占い現世も占うが、来世は占わないのだった。董は言った。そうするのは天の機密を漏らしてはならないのと占う人のためでもあると。前世も知り、現世も知り、来世まで知ったら、生きている意味があるかと。明亮は董広勝がそう言うと、手で携帯電話を押さえて孫二貨に言った。

「電波の受信が悪いから、ベランダに出て話してくる」

ベランダに出るとベランダの戸を閉め、明亮は董広勝に言った。

「伯父さんに言ってくれ。善人には来世は占わなくていいが、悪人にはそいつの来世をぶちまけても悪いことはないと」

董広勝が聞いた。

「そいつとは誰なんだ？」

「二十年前、伯父さんに占ってもらった西安で俺たちをいじめた化け猫さ。そいつが言うには、十年前伯父さんにそいつの家のバンが誰に盗まれたか占ってもらったのだそうだ」

「意味が分かった」と董広勝は言い、それから言った。

「親父がその化け猫の来世を占うのを承知しても、生辰八字だけでは占えないぜ」

「どうしてだ？」

「親父は先月風に当たって体を冷やし、はじめは口が曲がっただけだったが、その後、水を口に含むことができなくなり、今はもう話すこともできないんだ」

明亮はびっくりした。

「それじゃ、どうするんだ？」

「話すことができないから、イタコをするんだ」

「話せないのにイタコはできるのか？」

「イタコは天師を呼び出して、親父が手ぶりでその言葉を伝える。俺は親父の手ぶりの意味が分かるから」

明亮は目下の董の状況を理解すると言った。

「それじゃ、伯父さんに化け猫のことをイタコしてもらってくれ」

「イタコは占いと違う。占いは生辰八字だけでいいが、イタコをするには本人がその場にいなくてはならない。いいか、天師を呼び出すんだぜ」

だが、孫二貨は認知症になって、普段、孫二貨の息子は父親を部屋に閉じ込めて家から一歩も出さないのに、どうやって延津に連れて行くというのだ？　明亮はまた聞いた。

「本人が行けなかったら？」

「次善の策としては、そいつの髪の毛をひとつかみ切り取り、送って寄こすしかないな」

「髪の毛が本人の代わりになるのか？」

「人の情報はすべて髪の毛にあるんだぜ。古代では髪の毛が人頭とされたぐらいだ」

明亮はベランダから部屋に戻ると、董広勝の話をありのままに孫二貨に告げた。孫二貨はすぐに叫んだ。

「ハサミを持ってこい！」

そして言った。

「四海、俺のこの身体では延津には帰れないだろう。お前が俺の髪を持って俺の代わりに延津に行き、董にイタコをしてもらってくれ。でないと死んでも死にきれん」

さらに言った。

「安心しろ。旅費は俺が出す。イタコ代も俺が出す」

明亮はためらって言った。

「他の人に代わりに行ってもらえないかな？　今、月末で忙しいんだ」

「駄目だ」

「なぜだい？」

「他の者は信用できない。この部屋に座って三、四年になるが、俺に会いに来た奴がいるか？　四海、お前だけだ」

明亮がハサミを取ってくるより先に孫二貨は立ち上がり、引き出しからハサミを取り出すと鏡の前に行き、片手で髪をひとつかみにして、もう一つの手でハサミを持ちバサッと切り落とすと明亮に渡して言った。

「四海、すぐ行ってくれ。時は人を待たず、だ」

明亮はやむなく髪の毛を受け取ると言った。

「分かった、すぐ行くよ」

五

明亮は孫二貨にすぐ延津に行くと言ったが、別にすぐ発ったわけではなかった。一つには孫二貨がすでに認知症で、自分にもう先はない、今年は越せないと言っていたからで、認知症の人間が言う言葉を明亮も真剣に取り合わなかったからだ。もう一つは、もし孫二貨が自分の友人なら友人の頼み事は泰山より重いから、すぐにでも行っただろう。だが孫二貨は明亮の敵で、孫二貨に会いに行くのは家の死んだ犬のせいであり、敵の言うことなど逆さにやらないだけましというものである。それに孫二貨と自分の話は、孫二貨は自分を明亮とは思ってなくて四海と思っているので、孫二貨が四海に言った言葉を明亮が真剣にとる必要はまったくない。明亮の家のベランダには今も五年前に死んだ犬の孫二貨の犬小屋が置いてある。明亮は家に帰ると孫二貨の髪の毛を孫二貨の犬小屋に放り投げて、この件はそのまま放っておいた。はじめのうちは孫二貨に延津に帰るよう頼まれたことを覚えていたが、毎日忙しくしているうちに気にかける余裕もなくなり、だんだんと忘れていった。

その年の中秋節前に武漢の秦薇薇が明亮に電話してきて、陳長傑の従兄の陳《チェン・》長運《チャンイン》が延津から陳長傑に電話で高速道路が河南の済源《さいげん》から山東の荷澤《かたく》まで延びるのに延津を通ることになったと告げたという。その途中にちょうど陳家の先祖代々の墓地があり、陳長傑の父親と母親、つまり明亮の祖父と祖母もその墓地に眠っている。役所が墓地を移転するよう新しい墓地も黄河の畔に探してくれたので、陳長傑に延津に帰って移すように言ってきたのだった。秦薇薇が言うには、陳長傑はそれを聞いてどうしても帰ると言っているが、まだ病院に寝ている身では移動に耐えられないだろうし、万が一、途中で何かあったら事だし、人にも迷惑がかかる。そこで明亮に電話してきて、延津に帰る時間が取れないかどうか聞いてきたのだった。明亮は祖父と祖母と聞いて、すぐに心が動いた。四十数年前、祖母は死ぬ直前にわざわざ明亮に会いにきてくれた。その時、明亮はたったの六歳だった。祖母が亡くなり、陳長傑は武漢から延津に葬儀に行き、明亮も行くと言ったが陳長傑は学校の勉強が遅れると行かせなかった。明亮は学校を脱け出して、独りで汽車に乗った。でも行き先が反対の汽車に乗ってしまったので株洲に着いてしまった。株洲で下車すると、線路に沿って歩いて延津に行き、丸々二か月かかったのだ。明亮はすぐに言った。

「帰るよ、帰る。親父は行かなくていい」

家に帰り馬小萌に相談すると、馬小萌も祖父母のことと聞き、陳長傑に代わり墓を移すため延津に帰るべきだと言った。翌朝早く、明亮は荷物を持って出立した。二十年前、明亮と馬小萌は延津から西安に来るのに緑色の列車に一昼夜乗って来たが、今は高速鉄道があるので西安から延津まで四時間余りで着いた。

明亮は延津に着いても同級生や友達の家には泊まりたくなかった。迷惑をかけるだけでなく、洗面や風呂などが旅館のほうが便利だからだ。そこで県城の十字街に旅館を見つけて泊まった。顔を洗うと腹が空き、昼飯を食っていないことを思い出して、旅館を出ると十字街から足の向くままに西街へと歩いて行った。二十年ぶりの延津なので、道の両脇の建物や店舗に見覚えはなかった。二十年前の延津はこんなではなかった。通りを行き交う人にも知った顔はなく、当然向こうも明亮を知らない。そうしてみると、時は移ろい人は変わり、明亮は完全なよそ者だった。とある飯屋の看板に、〝吊炉火焼（表面にゴマをまぶしていない焼餅）、羊臓物スープ〟とあり、明亮の好物だったので中に入った。店内はにぎわっていて、明亮はテーブルに着くと火焼を二つと羊臓物スープを頼んだ。運ばれるのを待っていると、隣りの席の人が東街の占い師の董が死んだと話しているのが聞こえてきて、明亮は驚いて口をはさんだ。

「すみませんが、東街蚱蜢胡同の董さんのことですか？」

　隣りの人はうなずいた。

「いつのことですか？」

「昨日もう埋葬されたよ」

　董が死んだと聞き、明亮は十六歳の時のことを思い出した。父親の陳長傑が学費と生活費を送って寄こせなくなり、李延生の家を出て天蓬元帥の見習い店員になり、店で董に出くわすと董は地団太踏んで「早く知っていれば学校に行かせてやれた、自分は目が見えないが子供一人の学費と生活費ぐらい出す能力はあるのに」と言ってくれたのだった。もし当時、董が明亮を引き取り明亮も董の家に引っ越していれば、毎日董と蒯と董広勝と一緒にいられたのだ。店員が火焼と羊臓物スープを運んでくると明亮は味も分からぬまま大急ぎで食べ、そそくさと会計を済ませると店を出て、東街の董の家に行った。

董の家に着くと、董広勝が箒を手に中庭を掃除しているのが見えた。紙銭と爆竹の燃えかすを掃いているので、昨日の董の出棺の時のものだろう。董広勝は鬢《びん》に白髪が生えて、腕に黒い喪章をつけていた。明亮は叫んだ。

「広勝」

董広勝は驚いて顔を上げて明亮を認めると、眼の縁を赤くして箒を投げ出して出迎えた。

「明亮、いつ帰って来た？」

「たった今さ」

「泣くつもりじゃなかったのに、お前を見たら涙が出てきた」

董広勝は明亮の手を取ると、おいおいと泣き出した。明亮も目を真っ赤にした。董広勝は泣き止むと明亮になぜ延津に帰ったのかと聞き、明亮は高速道路のために家の墓を移すことを話した。続いて明亮が董は何の急病で死んだんだ、こんなに早く死ぬなんてと聞くと董広勝は言った。

「急病でも何でもない。頭をかくっと曲げたかと思うと、そのまま行っちまったんだ」

さらに言った。

「死んだ時は法衣を着て、イタコをしていた」

明亮は思った。董は目が見えず、生涯目の見える人を占ってきたが、自分がこんな突然死ぬと、仕事の最中に死ぬと占いで分かったのだろうか？　明亮は董広勝を慰めて言った。

「急なことでつらいだろうが、苦しまないで亡くなったのは普段の心がけが良いせいだな」

「俺もそう思うしかないと考えている」

明亮は聞いた。

「広勝、伯父さんが亡くなって、今度はお前が跡を継いで占いをやるのか」

「やりたいが、その能力がない」

「どうしてだ？　あんなに長いこと、伯父さんのそばについてきたのに」

「占いには慧眼《けいがん》が要る。ついて見てきた時間の長さとは関係ない。親父は盲目だが慧眼だった。俺は違う。俺が占ったら、人を騙すことになる」

董広勝はまた言った。

「他のことで騙すのはいいが、占いで騙すのはあまりに徳に欠けるというものだ」

明亮は感嘆した。董の占いは延津では跡が絶えるということか。その時、ふと思い出した。一か月以上前、西安の孫二貨が明亮に自分の髪の毛を持って延津に帰らせ、董にイタコをしてもらい、来世で自分が何になるのかを知りたがっていたことを。今、董がいなくなって、孫二貨の来世も永遠に知りようがなくなったわけだ。明亮はまた思った。たとえ董が生きていて明亮が延津に帰ってきても、董は孫二貨にイタコはできなかった。なぜなら明亮は孫二貨の髪の毛を持ってくるのを忘れて、まだ西安の明亮の家の孫二貨の犬小屋にあるからだ。明亮が孫二貨のことを気にかけていないことがよく分かる。だが、孫二貨が来世を占いたがっていたことから明亮はふと思い出して聞いた。

「広勝、伯父さんは人のために占いを一生やってきたが、自分の来世は知っていたのか？」

「聞いたよ。親父の来世は盲目ではないと言っていた」

「では来世は何なのかは聞いたか？」

「聞いたけど、こう言っていた。天の機密は漏らすべからず」

董広勝は言った。

「来世のある日、汽車の駅で親父に一度会えるとも言っていた」

明亮は突然思い出した。小さい頃、祖母が話してくれた中に祖母の父親の話があったのを。祖母の父親が死んで何年も経ってから、祖母は市で父親の後ろ姿を見たことがあると言っていた。明亮は言った。

「縁だな。それが縁だ」

また聞いた。

「広勝、占いをしないのなら、伯父さんは亡くなったし、お前は何をするつもりだ？」

「ちょうどそれを考えているところさ」

そして聞いてきた。

「高校の同級生の馮明朝を覚えているか？」

「覚えている。目の小さい奴だ。高校に入った頃、俺に笛を教えてくれた。俺が結婚する時も鄭州から駆けつけてくれた」

「鄭州百貨店のバイヤーをしていて、その後は上海の日本食レストランで働いているんだが、一昨日も弔問に来てくれて、うちを見て風水が良い、財運がある、俺と一緒にここで日本風の居酒屋をやりたいと言うんだ」

さらに言った。

「いいのは、延津にはまだそういう店がないことだそうだ」

そして言った。

「どうせこの家も親父はもう使わないし、遊ばしておくのもなんだから考えているところさ」

そして、こう聞いた。

「お前はレストランをやっているから、この話をどう思う？」

董が占いをした場所が日本風の居酒屋に変わるというのは、明亮は考えてもみなかった。そういう変化を董は生前、占ったことがあっただろうか。最初の一軒になるというのは商売としては有利だ。だが、最初だから失敗するということもある。でも、人がまだ始めてもいない商売を明亮もあれこれは言えないので、ただこう言った。

「これだけは言えるのは、延津人が刺身を食べるかどうかだな」

明亮の家の先祖の墓地には二百人余りが埋葬されている。最も古い祖先の墓は清朝の乾隆《けんりゅう》年間のものと言われ、その子孫たちは死ぬとここに集められた。初代から今までで十数代になる。十数代目の子孫たちは延津に残った者はまだしも、延津を離れた者は互いに知らないし、同じ一つの先祖の墓地にある陳姓というだけである。董広勝と別れた明亮は陳長傑の従兄で、明亮の遠縁の伯父に当たる陳長運を訪ねた。陳長運は明亮を墓の移転先を見に連れて行ったが、緑の山を背に黄河に向き合う、なかなか風景の良い所だった。陳長運は風景が良いだけでなく、人に見てもらったところ、風水も良いという。まさにその風景も風水も良く、それに加えて公的補償もあるため、みんな移転に同意したのだった。午後、陳姓の百人余りは陳長運の家の中庭に集まって会議をし、集団で墓地を移転させることについて話し合った。陳長運は言った。初代の先祖から数えて十数代、今の陳家はすでに二十六系統の子孫がいる。移転の際は二十六系統の子孫が各自の祖先に責任を持てばめちゃくちゃになることはあるまい。ただ一つ問題があり、その中の一系統の子孫である陳伝奎《チェン・チュアンクイ》が甘粛の玉門の油田で石油の倉庫番をしていて、すぐに休暇が取れないため四日後に駆けつけるのだが、彼を待つかどうかだった。みんなが議論し始めると、陳長運は言った。

「わしは待つべきだと思う。もしわしらがそれぞれの祖先を移して穴だらけになった所に伝奎のところの祖先だけが残っていたら、人様に笑われるじゃろう？」

そして言った。

「言うなれば、みんな先祖は一緒なんだからのう」

さらに言った。

「それに、ひと月もふた月も待てと言うんじゃない。待つと言っても四日だけだ。どうだ、待つか、それとも待たないか？」

陳長運の話を聞いて、みんなはあれこれ言い合った。

「長運がそう言うのなら、待とうじゃないか」

「そうだな。たった四日のことだ」

たった四日なのが明亮を悩ませた。墓の移転が十日も半月も延びるのなら、一旦西安に帰って墓を移す時にまた来ればいい。四日となると帰るのも困るし、延津にいても仕方がない。今、西安に帰っても中二日だけいてまた戻ってくることになる。決めかねて馬小萌に電話すると、馬小萌は言った。

「たった四日でしょ。行ったり来たりしなくていいわよ」

そして言った。

「この二日、店のほうも何も特別なことはないし」

さらに言った。

「この際、少しゆっくりするといいわ」

明亮はためらってから言った。

「中秋節があるぜ」

「中秋節は毎年あるわ。一年ぐらい何よ」

明亮は馬小萌の言うことに道理があると思った。どうやら、延津で中秋節を送ることになりそうだった。明亮は携帯電話を切ると、足の向くままに延津の渡しに向かった。渡しに着くともう夕方で、夕陽が黄河を照らしていた。黄河の水が金色の光に映えて東へと流れていく。明亮は岸辺の堤沿いに歩いて行き、以前の馬記雑貨舗がナイトクラブになっているのに気づいた。ナイトクラブのネオンサインの看板が英語できらめいている。パリ・ナイトクラブとあった。ここにはかつて馬小萌の家族が住んでいた。馬小萌の継父の馬はケダモノで、馬小萌が十五歳の頃からセクハラをしていた。そいつが嫌で馬小萌は学校の寮に住み、恋愛にのめりこんで大学に受からなかった。そして北京に行って売春婦になった。これらはみんな思い起こせば馬のせいだ。あっという間に二十年以上が過ぎ、馬もいなくなり、馬小萌の母親も亡くなった。過去のことは塵芥となった。馬小萌には異父姉弟の弟がいて焦作の炭鉱で計量係をやっている。弟の息子が馬小萌の甥のピーター馬で、西安の明亮の天蓬元帥で働いている。そう考えていると、ナイトクラブから一組の男女が出てきた。男はモヒカン刈りで、女はスリップドレスを着ている。女は男に「バイバイ」と言うと県城のほうに去っていき、男は身体を入り口の獅子像にもたせかけタバコを取り出すと火を点けて吸い始めた。知らない顔なので明亮が無視していると、その男が明亮に気がついてじっと見つめていたが突然言った。

「明亮だろう?」

よく見ると男は高校で同学年だった司馬小牛《スーマー・シャオニウ》であった。同じ学年だがクラスは違う。司馬小牛の父親は司馬牛《スーマー・ニウ》といって、明亮のクラスの化学を教えていた。そこで言った。

「小牛か」

さらに言った。

「三十年ぶりだな。そんな頭をしているから分からなかったよ」

「いつ帰って来たんだ?」

「午前中帰ったばかりだ」

それから、高速道路のせいで家の墓を移転することを説明した。小牛はナイトクラブに遊びに来たのだと思って聞いた。

「まだ暗くならないのに、ずいぶん早くから遊んでいるんだな」

「この店は俺がやっているんだ。客が来るにはまだ早いから、外に空気を吸いに出たのさ」

長いこと会わずにいたら、ナイトクラブの経営者になっていたとは。明亮は改めてナイトクラブを見やり、眺めながら言った。

「立派な店じゃないか。商売繁盛しているんだろう」

「まあまあさ。延津の客は都会とは比べものにならないからな」

明亮はまた聞いた。

「司馬先生は元気か？」

「親父は去年死んだよ」

明亮はちょっと驚いた。

「知らなかったな。司馬先生は丈夫だったのに」

そこまで言って、明亮はふと司馬先生がかつてしていたことを思い出した。延津には花二娘がいて、人の夢の中に笑い話を求めて現れ、笑い話と山で多くの人を圧死していた。司馬先生の畢生《ひっせい》の望みは『花二娘伝』を書くことだった。当時、化学の授業で化学反応の話になると司馬先生は花二娘の話をして、自分は『花二娘伝』を書いているが、花二娘の延津での行状だけでなく、笑い話のせいで花二娘と延津が起こす化学反応を研究しているのだと言った。そこで明亮は聞いてみた。

「司馬先生は『花二娘伝』を書くと言っていたが、亡くなる前に書き上げられたのかな？」

「一生かけてかなりの資料を集めて、積み上げると干し草の山ほどになったが、なかなか筆を動かさなかった」

さらに言った。

「資料が揃わないと思っていたようだ。ペンを執るには執ったが、何言か書いただけで死んでしまった」

明亮は首を振って、ため息をついた。

「残念だな」

また聞いた。

「司馬先生が残したそれらの資料はどうなった?」

「親父が死んだ日にお袋が紙銭代わりに燃やしてしまった」

明亮は理解できずに言った。

「司馬先生の一生の心血をそんな簡単に燃やしてしまったのか?」

「親父以外はゴミとしか思ってなかったからな」

さらに言った。

「それに花二娘の資料なんか家に置いといたら禍のもとだろう? 花二娘が夢に現れて笑い話をせがんだらどうするんだ?」

明亮は司馬小牛が言うことにも理があると思い、また聞いた。

「司馬先生は書き出しだけ書いたと言ったが、何て書いてあったんだ?」

「お袋が燃やしてしまったから、知りようがないよ」

どうやら司馬先生の本は馬小萌の実家の雑貨店と同じで、すべて塵芥となってしまったらしい。塵芥なら話しても無駄なことで、二人は挨拶を数言交わすと明亮が司馬小牛に別れを告げ、また歩き始めた。歩いていくうちに渡しの露店街に出た。露店街に出なければ何ということもなかったが、出てしまうと昼食をあまり食べていなかったせいもあって腹が減ってきた。時計を見ると、もう夕方の六時過ぎだった。露店街を進むと一軒の飯屋の前に〝開封《かいほう》のスープ入り小籠包《ショーロンポー》、胡辣湯〟という看板があった。一つには長いこと、開封のスープ入り小籠包と胡辣湯を口にしていなかったのと、二つにはこの店がテーブルと椅子を外の岸辺の大きな柳の木の下に出していて、夜風が吹いて柳の木の下が涼し気に葉が揺れているので、明亮はこの店の前で足を止めた。店の入り口では一組の男女が包み蒸し器に入れている。コンロには鍋たっぷりの胡辣湯が泡立っている。明亮は男に聞いた。

「お兄さんは延津人かい？」

男は湯気の立った蒸籠を鍋からおろしながら言った。

「延津人にこんな本場の開封小籠包が作れるかい？　俺は開封人だよ」

明亮は笑って柳の下のテーブル席の前に腰を下ろすと、小籠包を蒸籠一枚と胡辣湯一碗を注文した。

その時、一人の中年男が大汗をかいて荷物を背負い、手には鞭を持ってサルを一匹牽いてやってきた。サルの首には鉄の輪がはめられ、鉄の鎖につながれている。ひと目で猿回し芸人と分かる。男は周りを見回すと最後に明亮の隣りのテーブルに腰かけたが、明亮は気にも留めなかった。ところが男は座ったかと思うと立ち上がり、いきなり鞭でサルを打ち始めた。サルはキーキー鳴いて跳びはねたが、鉄鎖につながれているので遠くには行けない。男はだんだん激しく打ち、サルの頭からも身体からも血がにじみ出てきた。明亮は見かねて言った。

「お兄さん、何だってそんなに打つんだ？」

男は汗を拭き拭き、言った。

「こいつのずるさを知らないんだ。芸をさせても、ドラを鳴らしたら十回転するところを八回しかしない。二十回宙返りさせると、十五回でお茶を濁す。こいつのずるさを知らない客は俺に騙されたと思うから、俺の名声に傷がつくだろう？　それが腹立たしくてならないのさ」

「このサルはいくつになる？」

「俺のところに来て、もう十五年になるかな」

明亮は心の中で計算した。サルの寿命から言えば、十五歳はもういい加減な中年といっていいだろう。そこで言った。

「年なのさ。足も弱ってきて跳べないんだ」

「打てば跳ぶんだ。ずるいのさ」

男はまた腹が立ってきたのかサルを鞭打ち、サルはまたキーキー鳴いて跳びはねた。

「お兄さん、サル相手にそう本気になるなよ。でないと飯も旨くなくなるぞ」

明亮がそう言うと、男も打つ手を止めてサルを柳の木につなぐとサルに言った。

「あとでただじゃ置かないからな」

サルは縮み上がり、しばらく息を荒らげていたが、うつむいて身体の傷を舐め始めた。よく見ると尻にも手足にも銅銭のように分厚いタコがあり、タコの皮は何層にも破れて確かにもう若くはなかった。人間で言えば、今の明亮と同じぐらいの年だろう。いい中年になっても毎日人に芸をして見せ、打たれなければならない。明亮は思わず心の中でため息をついた。そこに明亮が注文した小籠包がひと蒸籠運ばれてきて、運んできた女が聞いた。

「お兄さん、胡辣湯も一緒に持ってくる？」

「小籠包を食べ終わってからにしてくれ。熱々のを飲むのが好きなんだ」

明亮が蒸籠の中の小籠包を箸で一つ挟み、ひと口かじると小籠包の具は実に口当たりが良くて旨く、スープが皿にまで溢れて流れ出した。西安にもスープ入り小籠包はあるが、こんな本場の味ではない。ふとサルを見ると、じっと明亮が小籠包を食べるのを見ている。明亮はサルがかわいそうになって、蒸籠から一つ小籠包を取るとサルに手渡そうとした。サルは受け取ろうとせずに主人を見た。男は言った。

「人様がくれると言うんだから、食えばいいだろう」

サルはやっと小籠包を手に取るとうつむいて食べ始めた。男がまた言った。

「礼ぐらい言わないか」

サルは急いで顔を上げると、手に小籠包を押しいただいて明亮にお辞儀をした。明亮は慌てて言った。

「礼なんていいさ。たかが小籠包一つ」

サルはまたうつむくと小籠包を食べ出した。

明亮は食べ終えると立ち上がったが、猿回しはまだ酒を飲んでいた。例の中年のサルは柳の木に身体をもたせかけて両手で腹を抱えて寝ていた。首には鉄の輪、鉄の輪は鎖につながれ鎖はサルの身体に巻きついていた。頭と身体には幾筋もの傷痕があり、まだかさぶたはできていなかった。明亮が離れる時もサルは目を覚まさなかった。

翌日の午前、明亮は李延生と胡小鳳に会いに李延生の家に行った。明亮が十六歳の時、彼らは明亮を退学させ天蓬元帥に店員見習いにやったが、六歳から十六歳までの十年間、李延生の家に世話になったのは事実だ。もしあの時に天蓬元帥に見習いに行かなかったら、今の西安の六店の天蓬元帥はない。その時、六歳の時に李延生が武漢に来て二十元くれたことも思い出した。その後、祖母が亡くなり、明亮はその二十元に自分で貯めたお年玉で汽車の切符を買い、武漢から延津に帰ろうとしてホームで汽車を乗り間違えたのだ。

李延生の家に着くと、李延生の家は四十年以上前のまま明亮が住んでいた頃よりも明らかにオンボロになり小さく見えた。通りに面した壁が開けられガラス戸がはめられ、雑貨店になっていた。明亮は思い出した。李延生は若い頃、東街の副食品販売所で醤油や酢、漬け物、さらに調味料や醤豆腐を売っていた。李延生の家の前で人に聞くと、李延生は骨髄炎を患っているという。骨髄炎は激痛になる。ある夜、また痛み出して我慢できずに半裸でベッドから這い出して部屋から出ると、建物横の外階段から屋根に上り、屋根から飛び降りた。自殺するつもりだったのだが死ねず、足を骨折しただけだった。明亮は酒を四本とタバコを四カートン持って行った。李延生の家に入ると、雑貨店の中にベッドが置いてあり、李延生が横になっていた。胡小鳳はレジに座り、クロス刺繍をしながら店番をしていた。明亮が「叔父さん」「叔母さん」と声をかけると李延生と胡小鳳はびっくりしていた。ようやく明亮と認めると、李延生はベッドに起き上がった。

「明亮か。いつ帰って来たんだ？」

「昨日です」

胡小鳳が言った。

「手ぶらで来ればいいのに、そんな物持って」

明亮が座ると李延生が聞いた。

「明亮、俺が屋根から飛び降りたことは聞いたか？」

「会う人ごとに聞くのよ。俺が飛び降りたことは聞いたかって。まるで功績でも立てたみたいに」

李延生は胡小鳳を睨んで言った。

「黙れ、おしゃべりめ」

「おしゃべりはどっちよ。あんたが先に言ったんでしょ」

明亮は二人の言い争いを止めた。

「叔父さん、聞いたよ。駄目だよ、そんなことしちゃ」

「情けねえよ。死にたくても死ねやしねえ」

李延生はため息をついて言った。

「生きたまま自分を笑い話にしたようなものさ」

明亮は突然思い出した。生きたまま自分を笑い話にするというのは、父親の陳長傑が武漢鉄道機関区職工病院の中庭で言った言葉だった。

三人で話すうち、明亮は雑貨屋の一方の壁にポスターが貼ってあり、それが五十年以上前、李延生と陳長傑と桜桃が『白蛇伝』を演じた時のスチール写真であることに気づいた。ただ五十年以上も前の物なので写真は色褪せて黄ばみ、点々と虫食いの痕がある。李延生は明亮がポスターを見ていると、ポスターを指さして言った。

「去年延津老劇場が取り壊されてマンションが建つことになり、劇場の倉庫に当時のポスターがあったのを、取り壊し工事の親方がこいつの甥っ子だったもんで一枚もらってきたんだ」

「叔父さん、みんな若かったなあ」

「あの頃はこんなになるとは思いもしなかったよ」

「明亮、あんたは子供の頃、サイダーが好きだったわね。あるけど、飲む？」

「おばさん、俺は今は胃が悪くてサイダーは冷たすぎるから飲まないよ」

「半年前、お前の親父さんの義理の娘が武漢から電話してきて、お前の電話番号を聞き、親父さんが具合悪いからお前に武漢に来てもらいたいんだと言っていたが、あれから行ったのかい？」

「電話をもらって、すぐに行ったよ」

「親父さんの具合は良くなったのか？」

明亮は陳長傑の本当の状況を李延生に言いたくなかった。一つには李延生が明亮を十六で天蓬元帥に豚足を煮にやったことで、陳長傑は李延生にいまだに意見があったからで、もう一つは今や二人とも病気持ちで互いに何の助けもできないから、心配しても無駄だからだ。そこで言った。

「ちょっと重い風邪を引いただけなんだ。入院して何日か点滴したら良くなったよ」

「それなら良かった。しばらく気になっていたんだ」

「親父が言っていた。来年の春に一度延津に帰るつもりだって」

「そうだな。帰ってきたら、豚足をご馳走するよ」

李延生はさらに言った。

「そろそろ帰らないと、生き残った年寄りはもう何人もいなくなってるから」

その日の午後は明亮は延津養老院に行き、同級生の郭子凱の父親の郭宝臣を見舞った。郭宝臣は昔、延津の道路掃除夫をしていて、生涯を通じて賭け事が好きだったが、董は郭を占うとその前世は民国の総理大臣だったと言った。二十年前、郭子凱はイギリスに留学し、発つ前に宝鶏の恩師を訪ねた時、わざわざ回り道して西安に明亮に会いに来た。明亮の天蓬元帥で二人はしたたかに酔っぱらった。郭子凱がイギリスに行った後も二人の連絡は続いていた。はじめは手紙をやり取りし、郭子凱が博士号を取るとロンドンで就職して、イギリス人の妻を娶り、その後、二人子供ができたことも明亮は知っていた。スマートフォンを持つようになり、ウィチャットができるようになると、二人はウィチャットでしょっちゅうやり取りをするようになった。明亮はウィチャットで郭子凱と妻と子の写真を見たが、郭の妻はなかなかの美人だった。あっという間に二十数年が経ち、明亮も郭子凱も五十近くになった。明亮が養老院に着くと、郭宝臣はベッドに座って頭を掻いていた。介護士が言うには、郭宝臣は頭の動脈硬化で認知症も進み普段はあまり話をしないが、時々話すのはやはり昔の賭け事の時の言葉だそうだ。「お前の番だ。早く出せ」

明亮は郭宝臣のベッドの横に座ったが、郭宝臣は明亮が誰だか分からなかった。明亮が自分と郭子凱の関係を話しても分からなかった。明亮はふと思い出して、スマホを取り出すと世界時刻を調べ、延津の午後はロンドンの午前だったので郭子凱に電話をかけた。電話が通じると電話の向こうで郭子凱が言った。

「どうしたんだ。いつもは夜、かけてくるじゃないか」

「俺が今、どこにいると思う?」

「西安は広いから、どこにいるかなんて分かるかよ」

「西安から延津に来たんだ。今は延津養老院に伯父さんに会いに来ている」

郭子凱は「驚いたな」と言い、さらに言った。

「養老院に行ったのなら、動画で話そう。親父を見せてくれ。認知症が進んでスマホが使えないから、会えないんだよ」

明亮はスマホの動画を開き、カメラを郭宝臣に向けた。

「ほら、伯父さんは元気だよ」

それから郭宝臣に言った。

「伯父さん、子凱が話したいって」

郭子凱が言った。

「親父、具合はどうだい?」

郭宝臣は手を振って言った。

「余計なことはいいから、早く出せ」

話はできそうにないので、明亮はカメラを自分に向けた。

「伯父さんは頭がはっきりしない以外は身体は丈夫だよ」

「少し太って、顔の肉がたるんだみたいだな」

郭子凱は言った。

「養老院であれもこれもと食わせないでくれ」

「分かった」

明亮は続けて聞いた。

「ロンドンで今、何をしている？」

「汚れた服をクリーニング屋に持って行って、出てきて家に帰るところだ。ほら、これがテムズ川だよ」

郭子凱はカメラをテムズ川に向けた。テムズ川に船が浮かんでいた。

「川べりに座るよ」

郭子凱は川べりに座ると、またカメラをテムズ川に向けた。岸辺をイギリス人の男女や各国からの観光客が歩いていた。郭子凱はカメラの向きを変えて言った。

「ほら、あれがビッグベンだ」

「見えたよ。ロンドンはいい所だな」

だが郭子凱はため息をついて言った。

「親父のそんな様子を見ると、明亮、お前には本音を言うが、俺はイギリスに来るべきじゃなかったと思うよ」

明亮は驚いて言った。

「どういう意味だ？　お前はクラス一の出世頭なのに」

「俺は一番駄目だよ。こんなに長くイギリスにいるのに親父を呼び寄せることもできなかった。今はもう呼びたくても来られなくなってしまった。孝行したい時には親はなしさ」

「昔から忠孝は両立しがたしと言うからな。仕事が忙しいせいじゃないか」

「仕事とは関係ない。文化の違いさ」

「どういう意味だ？」

「お前も知っているように女房がイギリス人だろ。親父を呼びたいと思っていると、女房が聞くんだ。誰が旅費を出すのかって。もちろん俺さと言うと、彼女はお父さんがイギリスに来たいのなら自分で旅費を出すべきだと言うんだ。それからイギリスに来たらどこに住むのかと聞いてきた。もちろん俺たちの家さと言うと、イギリスに来る能力があるのならホテルに泊まるべきだと言う。私の父だってマンチェスターからロンドンに来るのに、自分で列車の切符を買って自分でホテルに泊まるわと言うので、この話になると喧嘩になってしまい、延び延びにしているうちに親父は認知症になってしまった」

郭子凱はまた言った。

「今、俺が中国に戻って働きたいと思ってもイギリスが足かせになっている。こっちには女房も二人の子供もいる。俺も進退窮まってしまったのさ」

そして言った。

「家の恥だから、こんな話は誰にもしたことがない。カルチャー・ギャップとは何なのか分からなかか

った が、今は身を以って痛感しているよ」

明亮は陳長傑が武漢鉄路職工病院の中庭で自分に言った、生涯貧乏だったという言葉を思い出した。そしてまた西安の道北区で一生涯バスを運転してきた樊有志が、娘の芙蓉の結婚式で言った言葉を思い出して言った。

「お前の女房のせいでも、文化の違いのせいでもないさ」

「じゃ、誰のせいだ？」

「タイミングが悪かったのさ」

「どういう意味だ？」

「董の話では、伯父さんの前世は総理大臣だったそうだ。今が前世なら、伯父さんは総理大臣でイギリスに国事訪問するところだ。お前が旅費を出したくても、その機会もない」

「確かに」

「総理大臣がロンドンに来ても、お前の家には泊まらない」

「そりゃ、そうだ」

「総理大臣がダウニング街十番地でイギリスの首相に会うから、お前の女房にも来いと言ったら行くだろう？」

「そりゃ、行くさ」

「別れ際に彼女に二万ポンドを小遣いにくれたら、もらうだろ？」

そして聞いた。

「そこに文化の違いがあるか？」

「なんの」

郭子凱が思わず河南方言を口走り、二人は笑った。

「明亮、今日は今年で一番痛快だ」

明亮は言った。

「俺はつくづく思うんだ」

「何を？」

「この年まで生きてきて過去に落ち込んだことを思い出すと、当時は大変なことでとても乗り越えられそうもないと思ったことも、今思うとたいしたことじゃないとな」

「そうだな」

郭子凱はまた言った。

「お前がそこまで言うのなら、俺も言いたいことがある」

「何だ？」

「俺は留学したし博士号も取ったが、お前のほうが俺より学があるよ」

「子凱、俺のような者にそんな冗談はよしてくれ」

「俺が言うのは本当のことさ」

「親友と本音で話すのは痛快だな」

明亮はまた言った。

「帰国して西安に来たら、また豚足を食おう」

「絶対だ。飲み明かそうぜ」

明亮は電話を切ると、ふと思った。自分は郭子凱を西安に招いたが、郭子凱は自分にロンドンに来いとは言わなかった。どうやら本当にロンドンはまずいらしい。明亮は思わずため息をついた。

翌日は中秋節だった。延津の天蓬元帥の経営者の朱は明亮が帰って来たと聞くと、人を介して中秋節の夜に天蓬元帥で一緒に飯を食おうと言ってきた。翌日の午後、明亮は十字街の酒とタバコの専売店で高級酒六本と高級タバコを買った。夜、贈り物を持って城西の天蓬元帥に行った。朱は若い時は髪がふさふさしていたが今は髪を剃り落とし、店の入り口に立って明亮が来るとその頭を撫でて、へへへと笑った。三十年以上も前、明亮が天蓬元帥で見習い店員だった頃は、朱を見ると「店長」とか、「旦那さん」とか、「師匠」と呼んだものだが、今もやはり「師匠」と呼んだ。

朱は明亮が手に提げている物を見ても何も言わず、ただこう言った。

「来てくれるだけでいい、来てくれるだけでいい」

そして明亮を店には連れて行かず、店の外を回って裏手に出た。裏庭の柳の木の下にテーブルを用意していた。柳の木には電灯が一つ吊り下げられている。

「ここなら静かに話ができる。店で食っていると知り合いが来たら挨拶しなければならんからな」

さらに言った。

「ここのもう一つ良いところは、間もなく月が出てきたら月見ができる」

明亮はうなずいて言った。

「師匠、さすがは至れり尽くせりです」

二人は座って茶を飲み、明亮はかつての天蓬元帥の従業員たちのことを聞いたが、ほとんどが店を離れていて小李も小趙も小劉もいなくなっていた。明亮に手取り足取り豚足を煮るのを教えてくれた黄も去年退職し、心臓が悪いのでペースメーカーをつけ、今年の春節が過ぎると息子と青島《チンタオ》に行ったという。息子は青島で海鮮物のブローカーをしているらしい。朱が明亮の西安での状況を聞いたので、明亮も西安で店を開いたことを詳しく話した。二人が話していると料理が運ばれてきた。運んできた者をはじめは気がつかなかったが、よく見ると明亮から豚足洗い係を引き継いだ小魏だった。二十年以上会わないうちに小魏の頭はゴマ塩頭になっていた。小魏が次の料理を運んできた時に明亮は言った。

「お前、小魏だろう？　なんで何も言わないんだよ？」

小魏はへへへと笑うと、「師匠と楽しく話しているのに口をはさめないよ」と言った。

それから言った。

「小魏じゃないよ、もう老魏だよ」

朱が魏を指して言った。

「今や店の一番の古株さ。みんなが老魏と呼んでいる」

さらに言った。

「十年前、もう豚足は洗わなくていいと豚足を煮るのを学ばせたんだが、いつも焦がす。普通なら豚足洗いに戻すんだが、年も年だし、洗うのはやめてホール係にしたのさ」

魏は笑って言った。

「師匠のおかげです、師匠のおかげです」

朱が言った。

「豚足を洗ってた時も散々怒られ、豚足を煮ても散々怒鳴られたものさ」

魏は笑って言った。

「覚えが悪いから、すぐに忘れるんです」

そう言いながら皿を持って下がっていった。朱が魏を指さして言った。

「怒られるとすぐいなくなるんだ」

そして言った。

「明亮、お前が見習いだった頃、俺はお前も怒ったことがあったが、恨んでいるか？」

「怒られたことなんかありましたか？」

「忘れたのか？　お前がタールで豚足を一鍋焦げつかせた時、怒るだけでなくお前の両足を蹴っただろう？」

「豚足を焦がしたのなら、殴られて当然です」

明亮は言った。

「西安で従業員がしでかしたら、俺だって叱りつけますよ」

それから立ち上がると、盃を掲げて言った。

「師匠、改めて献杯させてください」

「どうしてだ？」

「いつも思うんです。俺が今日あるのは、すべて師匠のおかげだって。師匠のところで技術を身につけなかったら、西安で食べてはいけませんでした」

朱は手を振って、言った。

「そんなことはないさ。店員はたくさん雇ったが、お前のようになれた者は一人もいない。よく言うだろう。師匠は道に導くだけ、修業は自分次第だとな」

飲んでいるうちに月が昇ってきて、氷の皿のように柳の木を照らし、樹影が地面に揺れていた。店の後ろには川があり、月光が川面を照らし波立っているのが見えた。二十数年前、明亮や馬小萌たちはここで働き、休憩時間になると明亮は川べりでよく笛を吹いた。

川の対岸は見渡す限りの一面のトウモロコシ畑だ。風が吹くとトウモロコシの林がザワザワと鳴る。風が吹いて明亮は肌寒さを覚え、朱が椅子の背にかけた上着を取って朱にかけ、自分も上着をひっかけた。

「師匠、思い出したんですが、昔は芝居を唸るのが好きでしたが、今も唱うんですか？」

「もう唱わんさ。声が出なくなった」

朱はさらに言った。

「声のせいじゃないな。そういう気分にならなくなった」

そして聞いた。

「お前は笛を吹いたが、今でも吹くのか？」

明亮は考えると自分も少なくとも十数年は笛を吹いていなかった。そこで言った。

「もう長いこと吹いていません」

さらに言った。

「師匠の言うとおりです。そういう気分でないので思い出しもしませんでしたよ」

その時、魏がお盆に月餅を載せてやってきた。朱が魏を指さして言った。

「気が利いてるな。八月十五日は月餅を食わなくてはな」

「魏、お前もよそ者じゃない。座って月餅を食い、酒に付き合えよ」

魏はへへへと笑って朱を見た。朱も言った。

「めったに来られない明亮が座れと言うんだから、座ればいいだろう」

魏はまた、へへへと笑うと座った。三人は月餅を食いながら酒を飲み、朱が明亮に墓の移転のことを聞き、明亮が墓の移転の状況を一つ一つ話した。朱は言った。

「お前の祖母さんはいい人だった。俺が子供の頃はお前の家はまだナツメ餅は売ってなくて、十字街で干し豆腐を売っていた。お前の祖父さんは目が悪いから、俺たち悪童どもは干し豆腐をこっそり盗んで食ったものさ。ある時、ちょうど盗んだところを祖父さんに捕まって打たれそうになったら、祖母さんが止めてくれて言った。悪さをしない子供がいるかねと。それで打たれずに済んだんだ」

「よく覚えていますね」

「その後、お前の祖父さんと祖母さんは十字街でナツメ餅を売り始めたんだが、旨かったなあ。祖母さんが言うには、ナツメ餅のナツメはみんなお前の家のナツメの木から取ったものだそうだな」

「祖母ちゃんの話では、あのナツメの木は樹齢二百年以上で毎年大きなナツメがたくさん麻袋にいくつも生《な》り、食べきれなくて腐ってしまうのでナツメ餅にして売ることを思いついたんだそうです。でも、祖母ちゃんが死ぬとナツメの木も死んでしまいました。不思議なこともあるものですね」

「神だな。何事にも因果がある」

「その後、そのナツメの木もどこかに行ってしまったんです」

すると魏が口をはさんだ。

「ナツメの行方を知っているよ」

明亮の酔いが一気に醒めた。

「どこにあるんだ？」

「木が死ぬと陳家の本家が切って塔鋪《とうほ》の范《ファン》家に売ったんだ。范さんは木を引きずって帰り、板にしてテーブルと椅子を作った。俺の祖母ちゃんの実家が塔鋪なんで数年前に塔鋪に行った時、みんなで昔話をしていて范さんがそう言うのをこの耳で聞いたよ」

「范さんというのは？」

「塔鋪の大工だよ」

その夜、明亮は旅館で寝ていて祖母が中庭のあのナツメの木の下でナツメを取っている夢を見た。ナツメ餅を作りながら、明亮に噴空をしていた。だんだんとナツメの木はテーブルと椅子になり、祖母は明亮と椅子に座って飯を食っていた。食っていたのは、烙餅《ラオビン》（こねた小麦粉を丸く薄く伸ばして焼いたもの）とネギと卵炒めだった。

六

塔鋪は延津県下の町の一つである。翌朝早く、明亮はタクシーで塔鋪に向かった。塔鋪町に着くと大工の范の家を訪ね当てた。范の家の入り口にはコーリャンの茎が積まれていて、年寄りが一人、その小山にもたれて日向ぼっこをしていた。

「范さんだよ」

町の人がその年寄りを指さして言った。明亮が近づいて挨拶すると、范は言った。

「見かけない人だが、誰だね？」

「誰だか名乗ってもご存じないと思います。俺の父親は陳長傑といって、延津で役者をしていました」

范はすぐにうなずくと言った。

「あの人か。昔、『白蛇伝』をやっていた。延津の名役者だ」

そんな話をしてから、明亮は言った。

「今日来たのは、うかがいたいことがあるんです」

「何だい？」

「四十年余り前に祖母が亡くなり、うちの中庭に大きなナツメの木があったのですが、お買いになりましたか？」

範はうなずくと言った。

「買ったよ。高かった。五十元と言ったんだが、お宅の本家は七十元と言って譲らず、さんざん交渉してやっと六十元で話がついたんだ」

「そのナツメの木を板にして、テーブルと椅子を作ったとか？」

「そうだよ」

範は言った。

「樹齢二百年のナツメの木だ。いい木だった」

「今もそのテーブルとイスはありますか？」

「どういう意味だね」

「もしあるなら、買い戻したいのです。いくらでも構いません」

範は両手を叩いて言った。

「惜しいことをした。もうないんじゃ」

「どこに行ったんです？」

「どこにも行っとらん。なくなったんだ」

「どういう意味ですか」

「わしには息子が五人いて、三年前、分家する際にそれらの椅子とテーブルも分けたのさ。あのバカどもは様式が時代遅れだと抜かして、薪にして燃やしやがった」

明亮は愕然とした。

「なんで欲しいんだね？」

「子供の頃、祖母が自分に良くしてくれたので記念にしたかったんです。祖母を思い出した時に眺めたいと思って」

「そういうことだったのか」

范は言った。

「心根の優しい人じゃ。だが来るのが遅かったなあ」

明亮は立ち上がると范に暇を告げた。すると范がふと何か思い出して言った。

「待ちなされ」

明亮は立ち止まると聞いた。

「何ですか？」

「わしのところの木はなくなったが、もうひと塊あったのじゃ」

「どんな塊ですか？」

「木の芯だ。ナツメの木の芯は鉄のように硬く、昔は犂《すき》の底に使ったものさ。テーブルや椅子にするのはもったいないから、取っておいたんだ。十年前、二百元で湯陰《とういん》県の景《ジン》に売ったんだよ。景はそれで門の扁額を彫った」

「何という字を彫ったんですか？」

「それは分からんな」

附録

扁額《へんがく》の文字

景《ジン》は安陽の湯陰の人で、湯陰は殷墟《いんきょ》（河南省安陽市にある殷代の遺跡で、甲骨文字が彫られた骨が出土したことで知られる）に近く骨董を売るのに具合がいいので、景は二十歳から人について骨董の商売を始めた。二十年後、景は骨董で儲けた金で湯陰県城の古衙《こが》に土地を買い、家を建てた。湯陰古衙は県城で最もにぎやかな場所である。家には中庭が三つあった。家ができ上がると景は門に扁額を掛けたいと思った。清朝や民国時代の邸宅には門に必ず扁額がある。扁額には字が彫ってあり、〝栄華富貴〟だとか、〝吉祥如意〟などとある。門に掛ける扁額は雨や雪にさらされるから、質の良い木でなければならない。クスノキか、檀か、ナツメの木でなければならない。景の叔母は延津の塔鋪の人で、年初に邸を建てた景は年末に塔鋪を訪ね、食卓の話題で塔鋪の大工職人の范が樹齢二百年のナツメの木を買い、板にしてテーブルと椅子を作ったが、樹芯は家に置いてあると言うのを聞いて、范の家に見に行った。見れば、なかなかの樹芯で年代物でもあり、鉄のように硬いので、二百元払って范からその樹芯を買って帰った。安陽の林州には木彫り専門の大工職人がいる。木彫りの大工職人は工賃が普通の大工の三倍になる。林州の木彫り大工職人の中でも一、二を争う腕前の大工に晋《ジン》という職人がいた。景は晋を家に招き、明亮の祖母の家の樹芯を見せた。晋は指で樹芯を叩くと、樹芯を何度もひっくり返してしばらく眺めてから、うなずくと言った。

「いいね。いい木だ」

「門額になるかな」

「なるとも、なるとも。問題は何と彫るかだ」

「栄華富貴か、吉祥如意」

「どっちだね？」

「門の上の文字は結局のところ、意味は同じだ。あんたが決めてくれ」と景は言った。

一枚の門額を彫るのには八日から十日かかるので、晋は景の新しい家に泊まり込んで仕事をした。建てたばかりの家なので景の家はまだ引っ越してきていなかった。晋が一人、先に住むことになった。もちろん、家の中は空っぽで前院の横の小部屋に晋は寝床を作った。晋は入った日の午前中に栄華富貴の四文字を字帖から拓本に取り、また吉祥如意の四文字も字帖から拓本に取り、二枚を中庭に並べてどちらの字を彫るか検討した。しかし、どんなにためつすがめつしても決まらなかった。決まらないのは二枚の字の意味の違いのせいではなく、二枚の文字の画数にあった。画数が多い字は彫るのが面倒で、一画一画を彫った後は字間の木が薄くなり、刀を入れるのに細心の注意が必要だ。画数が少ないと、筆画と筆画の間に空白が多く、字のつなぎ目部分が厚いので彫りやすくて楽だ。二枚のそれぞれの四文字は画数が多い字もあるが、全画数を計算すると大体同じなので（栄華富貴と吉祥如意を簡体字で書くと画数が同じくらいになる）、手間も同じぐらいだった。だから悩むのであった。晋が悩んでいると人が一人、腕を後ろ手にして中庭に入ってくると景の家を眺め出した。前院から中院に行き、さらに奥の院へと歩いていき、しばらくするとまた前院に戻ってきた。晋ははじめは景の家の者か親戚だろうと思い、特に気にしなかった。だが、そのうちその人が家を見る目つきがこの家をはじめて見るような目つきなのに気がついて、言った。

「見終わったら帰ってくれないか。俺もこの家の者じゃない。雇われて仕事しているだけだ。あまり長くいると、この家の主人が知ったらまずいんでね」

その人はもう一度家を見ると聞いた。

「この家の造りは安陽の馬邸の模倣だね？」

「俺はただの木彫り職人でレンガや瓦の職人じゃないから、建築法までは分からないな」

「構造は馬邸にそっくりだが、レンガや瓦の積み方に欠点が少なくない。せっかくの材料や場所なのに、もったいないないな」

それから言った。

「家の建て方にも欠点がありそうだ。その差はやはり家の主人に教養が欠けているせいかな」

「お客さんの話を聞いていると、教養のある人だね？」

「教養というほどのものじゃない。ただ、あちこち見て歩くのが好きなだけだ」

それから言った。

「古商を見物に来たら新しく建てた家があり、門が開いていたから入ってみたんだ。お邪魔したね」

言い終えると出て行こうとした。その時、地面に二枚の書があるのを見て、一枚が〝栄華富貴〟でもう一枚が〝吉祥如意〟なので、また足を止めた。

「これは何だい？」

「俺は木彫り職人で、主人にどちらかを門額に刻みたいから俺に選んでくれと言われたんだ」

男は笑って言った。

「余計なことを言うようだが、この二つはこの家の造りと同じで俗っぽすぎる」

「俺がさっき迷っていたのもそのへんが原因かな。この二つの字は彫りすぎて、飽きがきているんだ」

そう言うと晋は聞いた。

「お客さん、あんたは教養人だから何かいい考えはないかね？」

「俺に考えがあっても、あんたは雇われている身で勝手には決められないだろう？」

「主人に門額に何と彫るかは任せると言われているんだ」

男は笑った。

「そこが教養に欠けるところだが、教養に欠ける良い点でもあるな。それなら代わりに考えてやろう」

男はうつむいてしばらく考えていたが、顔を上げると言った。

「午前中は汽車に乗って本を読んでいたが、その中に一つの言葉があった。普段よく見かける言葉だが、本の中にあると特別に思えてくる。一日三秋だ。つまり、一日会わないと三つの秋を隔てたようだという意味だな。人と人の間で使うと、ひと言で一万語を圧倒する言葉だ」

「問題は、その言葉は門額に彫るのに相応しいかどうかだな」

「この言葉を門額に彫ると、もちろん意味は変わってくる。人と人の関係ではなくなり、人と場所の関係になり、ここで一日暮らすのは別の所で三年暮らすのに勝るという意味になる。どうだい、ぴったりだろう？」

　晋は手を叩いて言った。

「意味が深い。しかも俗っぽくない。いいな。それを彫ろう」

　男がいなくなると、晋はナツメの木に〝一日三秋〟の四文字を彫り始めた。実は、晋が〝一日三秋〟の四字を彫ったのは四文字の深遠な意味と非俗さが気に入ったからではなく、字の意味が深くないか、俗っぽいかどうかに晋はあまりこだわっておらず、主として〝一日三秋〟の四文字が〝栄華富貴〟〝吉祥如意〟に比べると画数が半分以上も少ないからで、彫るのに手間がかからないからであった。景が自分に任せると言ったのだから、晋は栄華富貴、吉祥如意の二つを捨てて、一日三秋を彫り始めた。彫り終えると景に見てもらった。景は見ると、しばし呆然としていた。

「なんでこれを彫ったんだ？　栄華富貴とか吉祥如意とかと言ったはずだろ？」

「その二つは俗っぽすぎます。これは俗っぽくない」

　続けて晋はあの男の一日三秋の解釈を景に解説した。

景は言った。

「この字が俗っぽくないということには説明が要る。栄華富貴と吉祥如意は確かに俗っぽいが、人はひと目見て分かる。つまり、簡単なことを複雑にしている。なんで彫る前に言わなかったんだ？」

「俺に任せると言いましたよね？」

景は苦笑した。

「栄華富貴にするか、吉祥如意にするかを任せると言ったんだ。他の字にするとは思わなかった」

「それなら別の木を捜してください。また彫ります」

「もういいよ。この門額はこれでいい。これ以上、複雑にすることはない」

景はまた言った。

「一日三秋も、悪い言葉ではないな」

晋はほっとして言った。

「そうですとも」

七

明亮は塔鋪の范の話でナツメの木の樹芯で門額が彫られ、湯陰の景の家にあると知り、范に礼を言うとまたタクシーを呼び、塔鋪から湯陰に向かった。塔鋪から湯陰までタクシーで三時間ほどかかった。湯陰に着くと、明亮は景の家を訪ね当てた。だが、目の前の景の家は范の話のような中国式邸宅ではなく洋風の建物だった。一人の年寄りが門の脇の番小屋で見張りをしている。明亮が挨拶すると見張り番は出てきて何の用かと聞き、明亮は景に会いたいと言った。年寄りは、だったら一昨年来るべきだった、景の家は一家を挙げてカナダに移民して家邸は湯陰の周《チョウ》に売ったのだと言った。

「景さんが建てたのは中国式の邸宅だったのでは？　なぜこんな洋風建築になったんです？」

明亮は聞いた。年寄りは言った。

「まあ、聞けよ」

年寄りは話した。景が建てたのは中庭が三つある中国式邸宅だったが、周は鄭州で貿易業をしていて景のこの土地は好きだが、建物は嫌いだった。そこで、家を手に入れると景の邸は取り壊して四階建ての洋館を建てた。周一家は数日前、海南島に遊びに行き、自分は周の近所の者で留守を預かっているのだ。明亮は急いで聞いた。

「周さんが景さんの邸を買った時、門に扁額があったはずですが、覚えていませんか？」

「引き渡しの時にわしもいたが、確かに扁額があった」

「何という字が彫ってありました？」

「一日三秋じゃなかったかな。林州の晋さんが彫ったそうだ。林州は木彫り専門の職人がいて、工賃は普通の大工の三倍する。林州の木彫り職人で一、二を争う腕前なのが晋さんで……」

明亮は年寄りの話をさえぎった。

「晋さんはいいから、その門額はどうなりました？」

「邸を取り壊す時に周さんがどこかにやったよ」

「いい門額なんですよ。周さんは取っておかなかったんですか？」

「周さんは古めかしいものや骨董の類は好きじゃないんだ。それが門額だろうと何だろうと。古めかしい中国式邸宅も壊したんだから」

さらに言った。

「この家を見ろよ。中国的なものが一つでもあるかね？　どこから見ても洋風だろ？」

明亮が見ると、この建物は確かに西洋スタイルそのもので、郭子凱の動画の中のイギリスのテムズ河畔の建物のようだった。

「門額を周さんはどこにやったんですかね？」

「土と一緒に運んだんじゃないか？」

「土はどこに運んだんですか？」

「まだ使える木やレンガや瓦は村の者たちがどこかに運んでいたな」

明亮はがっかりした。以前は景の家だったが今は周のものである家を後にするしかなかった。少し歩いて番小屋の前に戻ると年寄りに言った。

「周さんにとってはその門額はどうでもいいでしょうが、俺にとっては重要な物なんです。聞いてみてもらえませんか？」

さらに言った。

「あの門額を見つけてくれた人には十万元払いますから」

そして年寄りに紙をもらい、自分の西安の住所と携帯電話番号を書くと年寄りに渡した。

湯陰から延津に戻ると一日奔走して疲れたので、晩飯を食べてから北街の銭湯に行った。延津の銭湯はやはり西安よりも安かった。西安は風呂代が四十元、垢こすり付きが五十元する。延津は風呂も垢こすりも各十元で、暮らすのには延津のほうが暮らしやすい。銭湯から出ると旅館に帰り、歯を磨いてベッドに入ったところで誰かがノックした。ドアを開けると、口紅を塗ってスリップドレスを着た娘がドアにもたれかかって言った。

「お兄さん、サービス要らない？」

明亮は娘が売春婦で、サービスというのはつまりあのことだと分かった。したくないわけではなかったが、馬小萌が若い時に五年間売春をして何人の男としたか分からないので、売春婦を買うことには心理的な抵抗があった。そこで言った。

「必要ない」

「どうして？」

「疲れているんだ」

「疲れているから、リラックスさせてあげるのよ」

「俺はそういう男じゃないんだ」

娘は口をとがらせて言った。

「道徳心があるのね」

そう言うと、くるりと踵を返して去っていった。明亮はため息をついた。道徳心があるんじゃない、抵抗があるんだよ。たとえベッドに入ってもできないだろう。そしてベッドに倒れると寝てしまった。

夜中に誰かに揺り起こされて目を開けると、娘がベッドの脇に立っていた。明亮はさっきの娘だと思って言った。

「何しにまた来たんだ？」

娘は驚いて言った。

「前にも来たかしら？」

明亮がよく見ると、目の前の娘はさっきの娘ではなくて、顔も姿もずっと整っていた。そして、娘が腕に籠を下げて、籠の中にはランタンのような赤い柿が入っているのに気づいた。娘は笑って明亮に言った。

「寝てないで笑い話をしてちょうだい」

明亮ははっとした。娘は花二娘で自分は夢を見ているのだった。延津人の夢の中は花二娘の天下で、花二娘は夢に現れると笑い話をせがむ。笑い話が面白くて花二娘を笑わせることができると褒美に柿をくれる。笑い話が面白くないと、自分を背負って胡辣湯を飲みに連れて行けと言い、あっという間に圧し潰されて死んでしまう。数日前、明亮は延津の渡しで司馬小牛に出会い、二人で司馬牛の話から花二娘の話になり、明亮は感慨に耽ったものだが、まさかその花二娘が自分の夢に出てこようとは。明亮は延津のこの数日間、昼間のことで忙しく、夜、花二娘が出ることをすっかり忘れていた。この世の事にばかりかまけて、花二娘に笑い話を用意するのを忘れていた。延津はこんなに大きく五十万人も人がいるのに、二十数年ぶりに一度来ただけで、どうしてたまたま夢に花二娘が現れるのだろうか？　明亮は延津で二十年余り暮らしたが、花二娘は一度も夢に出てきたことがなかったではないか？　うっかりして何も笑い話を用意していないのに、突然笑い話をしろと言われてもできるはずがないではないか？　瞬時に冷や汗が出てきた。とっさの知恵で花二娘に言った。

「二娘、夢に笑い話を求めることには反対しませんが、求める相手を間違えていますよ」

「どういう意味？」

「俺は延津に用事があって来たので、延津人ではありません」

花二娘は笑った。

「あんたの夢に出る前に調べたわ。あんたは陳明亮でしょ？　延津で生まれて、延津に帰ってきた。どうして延津人じゃないの？」

さらに言った。

「私の前から逃げおおせようとしても無駄よ」

「身分証を見せますよ」

そう言って身分証を取り出すと、花二娘に渡して言った。

「二娘、どうか厳正なお裁きを」

明亮の身分証には、はっきりと西安雁塔区の人と書いてある。

「あんたは確かに今は西安人だけど、以前は延津人だったでしょ。半分延津人だから、笑い話の点数はおまけしてあげるわ」

「二娘、どういう意味です?」

「笑い話をして必ずしも私が笑わなくてもいいわ。いい気分になれればいい」

さらに言った。

「私もそれで手を打つから、あんたも私に無駄足をさせないで」

いくら手を打たれても、明亮には笑い話は思いつかなかった。だが死が迫ると機転が働くと見えて、明亮は寝る前にノックしてきてサービスすると言った娘のことを思い出した。娘は売春婦で、馬小萌も若い時に売春をしていた。馬小萌が二十数年前に明亮に言ったことがあった。商売をしていて、よくあったことを。そこで言った。

「二娘、俺がする笑い話はちょっと桃色なんだが気にしないでくれ」

「笑い話の色はどうでもいいわ。問題は私が嬉しくなるかどうかよ」

「一人の娘が五年間売春をして何千人もの男と寝たが、半分とはしなかった。どうしてだと思う？」

「そんなはずないわ。払ったお金が無駄になるじゃないの」

「男の半分はインポだから」

花二娘は少し考えてから、ぷっと吹き出した。

「思いつかなかったわ」

そして言った。

「あんた、笑い話はできないと言ったけど、この話は面白いわ」

そして、籠から柿を一つ取り出すと言った。

「ご褒美に柿をあげるわ。美味しいわよ」

そして花二娘は消えた。明亮は柿を手にして、また冷や汗をかいた。機転が働いたおかげで延津で死なないで済んだ。だが、女房の過去で自分の命を救ったのも面目がないというか、恥知らずな気もする。だが、こうも思った。これもどうしようもなかったのだ。延津で起こったことなので、故郷の恐ろしさをもう一度思い知った。二十年前、延津にいられなくなり、二十年後、延津に帰ると笑い話のせいで恥知らずな真似をする羽目になった。故郷とは何か。これこそが故郷というものだ。そう思うとため息が出て、延津にはもう来るまいと内心思った。

窓の外が白み始めていた。

八

二日後、玉門で石油倉庫を見張っている陳伝奎が延津に帰ってきた。明亮と陳家の子孫たちは陳家の墓地の二十六系統の祖先の二百基余りの墓を一緒に黄河畔の地に移した。明亮は祖父母の墓の周囲に柏を数本植えて水をやり、墓前にひざまずいて拝んで移転を完了した。延津に来たら明亮は本当は母親の桜桃の墓参りをするか、いっそ母の墓もどこかに移そうと思っていた。だが、母は首吊り自殺をしたので先祖の墓には入れられず、集団無名墓地に埋められている。集団墓地は元は県城の南にあったのだが、のちに県城が拡張されて元の集団墓地は平地になり、何棟か高いビルが建てられて桜桃の葬身の地はなくなり、拝みたくても拝む場所はなくなっていた。墓を移そうにも移しようがないので、そのままにしておくしかなかった。

その日の午後、明亮は延津を離れ、高速鉄道で西安に戻った。家に着くとすでに夜で、馬小萌が延津についてあれこれ聞き、明亮はその一つ一つに答えたが言わないこともあった。例えば、夢で花二娘に会ったことは言わなかった。もっとも馬小萌が聞いたのはすべて昼間のことで、夢のことまで聞いたわけではない。

その夜は何事もなく過ぎた。翌朝早く、明亮が天蓬元帥本店に行くとすぐ孫二貨の息子が来て、顔を見るなり言った。

「叔父さん、親父が来てくれって」

「何だい？」

「叔父さんが延津に行ったと聞いて、占いのことを聞きたいと言っている」

明亮は驚いて聞いた。

「どうして延津に行ったことを知っているんだ？」

「俺が言った。数日前、友だちと豚足を食いに来た時、店の人から聞いたのさ」

明亮は孫二貨に会いに行くことをためらった。一つは、確かに延津には行ったが、延津に着いた時は占い師の董はすでに亡くなっていて、孫二貨のことを占わなかった。孫二貨が明亮に頼んだのは一か月以上も前で、延津に行った時にはそのことは忘れていたが、孫二貨の髪は今も孫二貨の犬小屋にあり、この件が遅れたのは確かに明亮に責任があったからである。もう一つは、明亮は延津から戻ったばかりで店でやらなくてはならないことがたくさんあったからだ。そこで言った。

「帰ったばかりで仕事が山積みなんだ。二、三日後でもいいかな？」

「駄目だ。延津に行ってないのならいいが、延津に行ったのだから駄目だ。親父は気が狂いそうになっている」

明亮は仕方なく孫二貨の息子について孫二貨の家に行った。孫二貨は明亮の顔を見るなり聞いた。

「四海、俺のために延津に行ってきたか？」

明亮が延津に行ったのは孫二貨の件とは無関係だったが、この際、嘘を言うほかなかった。

「そうです」

「菫にイタコをやってもらったか？」

明亮はそのまま嘘をつき通した。

「しました」

「菫はどんな身振りをした？　俺の来世はどんな人物だって？」

「菫が身振りで伝えたのは、あんたの来世は善人で、すごい善人になるということでした」

「どういう意味だ？」

「肉や魚や酒を断ち読経し、二十代で出家するそうです」

孫二貨は驚いて聞いた。

「本当にそう占ったのか？」

「絶対に確かです」

孫二貨は頭をでんでん太鼓のように揺らした。

「その占いは当たってないな」

「どうしてですか？」

「俺はそうは思わない」

「どう思うんです？」

「来世は権力のある人物でなければ、金のある人物になりたい」

明亮はふふふと笑った。孫二貨は認知症になったようだが、野心はあるらしい。

「権力や金で何をするんです？」

「やると言ったことはやる。人間らしく生きる」

孫二貨は手を震わせて言った。

「今だって、うちには蚊以外俺しかいない。俺に権力や金があれば、誰も俺に会いに来ないということがあるか？」

「俺が会いに来ているじゃないですか」

「四海、この世に良心のある人間がいるとすれば、それはお前だけだ」

さらに言った。

「俺が権力や金のある人間なら、絶対にお前を悪いようにはしない」

明亮はまたふふふと笑った。その時、郭子凱の父親の郭宝臣が前世では民国の総理大臣だったが現世では延津の道路掃除夫なのを思い出して、その話を孫二貨にして言った。

「権力や金があるといいと言うけれど、現世で権力や金があっても来世は道路掃除夫ですよ」

「現世が良ければそれでいい。来世のことなんか構っちゃいられない」

孫二貨はさらに続けた。

「来世のことなど、どうでもいい」

明亮は〝来世のことを知りたいと言ったじゃないですか〟と言いたかったが、それは口にせずにこう言った。

「董が言うのもそういうことです。天命は逃れられませんから」

孫二貨は自分の頭を叩いて、ため息をついて言った。

「思いもよらなかった。来世が坊主とは」

その日の夕方、明亮は南郊の派出所からの電話で、息子の鴻志が人と喧嘩をして相手を傷つけたので派出所に来てほしいと言われた。息子が小さい時、明亮と馬小萌は天蓬元帥を始めたばかりで、店舗は賃貸で住まいも賃貸だった。どの方面もかつかつで経済的に厳しく、鴻志の着る物や持ち物は他の西安の街の子に比べるとかなり見劣りがした。冬になっても鴻志の綿入れや靴をデパートで買うことはなく、すべて馬小萌が店じまいをしてから夜なべして縫った。でも、家がレストランだったので鴻志は食べる物には困らず、毎日肉が食べられた。明亮は思った。自分が三歳から六歳までは武漢機関区に父親の陳長傑と独身寮に住んでいて、陳長傑が仕事に出ると自分で食器を持って機関区の食堂に食べ物をよそいに行った。当時のおかずは野菜と肉の二種類で、肉なしの野菜だけのおかずは五分、肉のおかずは一角五分で、当時の明亮は肉なしの野菜だけを買い、肉のおかずは買ったことがなかった。鴻志が小学校に上がって同級生と持ち物を比べるたび、明亮は息子の尻を蹴って言ったものだ。

「あれこれ文句たれるな。俺の子供の頃に比べればお前ははるかにましだ」鴻志は中学に上がると寮に入った。この頃は天蓬元帥の商売も軌道に乗り何軒か支店も出していて、息子の着る物や持ち物も街の子と大差なくなっていた。街の子より良くなったとさえ言える。

明亮は急いで車を運転して派出所に駆けつけた。派出所の宿直室で三十代の警官が机の前に座っていた。警官の前に椅子に座った鴻志がいて、もう一つの椅子には四十がらみの男が座って、明亮が入ってくるのを見ると憎々しげに睨みつけた。警官が言った。

「陳鴻志の保護者ですか」

明亮はうなずくと鴻志を指して聞いた。

「何をしたんですか？」

警官が言った。午後、学校でサッカーの試合があった。ＰＫのことで相手チームの選手と喧嘩になり、相手の前歯を三本折った。相手は医者に行き、軽い脳震盪も起こしているという。警官が明亮に言った。

「軽傷を負わせた罪で拘留に相当します」

さらに言った。

「双方の親が来ているので示談にしましょう。示談が駄目なら、法に従って処分するしかありません」

さっき自分を睨んだ四十がらみの男が相手の保護者だと分かった。明亮は急いで言った。

「示談に同意します」

四十がらみの男が言った。

「あんたの家の子がうちの子を殴ったのだから、そりゃ、示談に応じるだろうよ」

「殴ったのは悪いですが、起こってしまったことは仕方ありません。どうか許してください。できるだけのことはします」

「どういう風に？」

「折れた歯は弁償します。腕の良い歯医者に行って入れ歯を作ってください。今は入れ歯技術も進んでいますから。俺も去年一本作りましたが、何の不具合もありません。それから軽度脳震盪ですが、最高の病院と最高の医者を探して治療しましょう。すべての薬代と医療費は俺が出します」

「それだけか？」

「賠償金はいくら必要か、おっしゃってください」

「十万元だな」

鴻志が立ち上がり何か言おうとしたが、明亮は息子を椅子に押しとめて相手の親に言った。

「分かりました。ウィチャットを交換しましょう。あとで連絡します」

相手の親が言った。

「こっちは殴られ、歯を三本折られ、頭も治るかどうか分からないんだ」

警官が相手の親に言った。

「李さん、相手方の態度も誠意がありますから、そのぐらいでいいでしょう。高校生はかっとしやすい。自分たちにも経験があります。弁償するとおっしゃっているんだから」

相手の親は明亮をじろりと睨んで言った。

「お宅の息子は本当にしつけが必要だな」

明亮は急いで言った。

「分かっています、分かっています」

双方が調停書に署名し、明亮と相手の親はウィチャットを交換し、明亮が鴻志を連れて派出所を出ると鴻志が不満をぶちまけた。

「なんで十万払うなんて言ったんだ。こんなことで十万なんて詐欺みたいなものだ」

「詐欺でも何でもいい。拘留なんかされたら一生のキズになるんだぞ」

明亮はさらに言った。

「それにしても、喧嘩ぐらいでなんであそこまでやった？」

「俺は殴ってない」

「三本の歯は相手が自分で折ったと言うのか？　脳震盪も自分で頭をぶつけたのか？」

「頭突きしてやっただけだ」

頭突きで相手の歯を三本折り、脳震盪まで負わせるとは。明亮は呆れて言った。

「お前の頭は鉄兜か？」

「あいつがひ弱すぎるんだ」

「何で頭突きしたんだ？」

「向こうが三点負けて焦っていて、俺がボールを蹴っているとあいつが足で引っかけて俺を倒したんだ。ＰＫになったら、あいつが俺の顔を引っ張って言ったんだ。俺のお袋は昔、売春婦だったって」

明亮は愕然とした。馬小萌が売春をしたのは二十年以上も前のことだ。まさにそれゆえに明亮たちは西安に来たのだ。二十年以上が経って、もうそのことは済んだと思って明亮と馬小萌は故郷の人たちと連絡を取り始めた。まさか二十年以上も経ってからその件が蒸し返され、延津から西安の息子の高校にまで伝わるとは。明亮も腹を立てて言った。

「なんて野郎だ。頭突きじゃなく、口を引き裂いてやるべきだった」

その時、鴻志が聞いた。

「父さん、母さんは若い時、売春していたのか？」

明亮は慌てて言った。

「母さんは十九の時から延津の天蓬元帥で俺と豚足を煮ていたんだ。どこで売春するんだ」

「今度、あいつがまた言ったら、口を引き裂いてやる」

「そうさ」

だが、すぐにこう言った。

「また言ったら、殴るだけでいい。本当に口を引き裂いたりしたら、お前は監獄行きだからな」

馬小萌が売春していたことが蒸し返され、明亮は心配になった。だが、明亮は思った。蒸し返されたとはいえ、二十年以上前のこの件が起きたばかりの時とはやはり同じではない。かつては事実だったが、二十年後はただの話題である。当時は北京のチラシが証拠だったが、今は口先だけの空話だ。当時、孫二貨は真っ向から馬小萌を脅せたが、今は誰も面と向かってそんなことは言わない。陰でこそこそ言うだけである。こそこそ言うのに飽きれば言わなくなるだろう。それで少し気も楽になり、鴻志に言った。

「このことは母さんには言うなよ」

「分かってる」

その夜、晩ご飯を食べた明亮はソファに座ってテレビを見てスマホをのぞいてから、眠くなったので自分の部屋に行き、服を脱いで横になり灯りを消そうとしていると、馬小萌が寝間着に着替えずにいきなり入ってきた。

「大変よ」

明亮は馬小萌の過去がまた西安に伝わったことが馬小萌に知られたのだと思い、わざと落ち着きを装って言った。

「何が起ころうと、対応できないことなどない。話してみろ」

「香秀を覚えている？」

明亮はほっと胸をなでおろした。馬小萌が言おうとするのは自分自身のことではなく、他人のことだった。香秀というのは、明亮はもちろん覚えている。二十年以上前、馬小萌が北京で売春していた時のチラシを延津で撒いた張本人だ。少し前、顔がただれた友人を連れて明亮の家に来たいと言ってきたが、その友人のことを明亮たちが気にして断ったのだ。そこで聞いた。

「彼女がどうかしたのか？」

「死んだのよ」

明亮は驚いて座り直した。

「死んだ？　なんで死んだんだ？」

馬小萌が身体を震わせながら言った。

「三か月前、電話してきて顔がただれた友だちを連れて来たいと言ったのを断ったこと、覚えている?」

「覚えているよ。お前が俺に相談したんじゃないか」

「今日知ったんだけど、顔がただれた友人というのは彼女自身のことだったの。あの時は探りを入れていたのね。私が顔がただれた自分を家に来させるかどうか知りたかったんだわ」

明亮もその時の香秀の意図が分かり、頭を叩いて聞いた。

「それで死んだというのは、その病気のせいなのか?」

「病気ではなく、ウランチャプの乳牛牧場で首を吊ったの」

さらに言った。

「首吊り自殺をする人は人生に絶望した人よ。私だってしたでしょ? あの時、家に来ることに私たちが同意して、うちに何日か泊めて話をしていれば、気も楽になって首吊りしなかったかも知れない」

明亮は何も言わなかった。馬小萌が言うことに道理があると思ったからだ。馬小萌が首を吊った時も明亮がすぐに助けたおかげで、馬小萌を連れて西安に来れたのだ。

「さっき延津の叔母が電話でこのことを知らせてきた時、最初に思ったの。私が香秀を殺したんだって」

そう話すうちに泣き出して言った。

「私たちは憎しみあっていたのに、電話してきて私たちの家に来たいと言ったのよ。よほどこの世に絶望していたのだと思う」

それから言った。

「あの時、どうして気づかなかったのかしら？」

そして言った。

「明亮、香秀は私が殺したのだと思う？」

明亮はしばらく何も言わなかった。かつて母親の桜桃が死んだ時、明亮はずっと自分を責め、母親の死はあの日自分がサイダーを買いに行ったせいだと思いこんでいたからだ。武漢機関区職工病院の中庭で、陳長傑も自分が桜桃を殺したのだと言った。もし香秀の死が馬小萌に関係があるとすれば、あの時香秀が自分たちの家に来たいと言って、馬小萌は明亮に相談し、二人で決めて香秀を断ったことだ。ということは明亮にも責任があるということになる。二十数年前、香秀が延津で馬小萌のチラシを撒いた翌日、明亮は香秀の家に香秀に会いに行ったが、香秀はもう延津を離れていて明亮は壁の額に入った香秀の写真を見た。丸顔で目が大きく、カメラに向かって笑っていて、笑うと両頰にえくぼがあった。だが、明亮は馬小萌を慰めて言った。

「こうなったら、自分を責めても仕方がない。あの時、はっきり言わなかった彼女も悪い」

馬小萌は泣きながら言った。

「すごくつらいわ。今夜はここで寝かせて」

「いいよ。もう考えるな」

そして言った。

「俺も悪い。あの時は深く考えず、お前にもはっきり問い質さなかった」

馬小萌が明亮の隣りで寝ついた後も、明亮は目を開いたまま考えていた。この世は何が起こるか分からない。そして、またいつものごとくため息をついた。

二か月が過ぎた。この日の午後三時過ぎ、天蓬元帥の昼間の客もいなくなり、夕飯を食べる客はほとんど五時過ぎに来る。この二時間の空き時間に店の調理師も従業員も大雁塔附近の商店街にぶらぶらしに行く。かつて明亮と馬小萌が延津の天蓬元帥で働いていた頃、休み時間は明亮は店の裏手の川べりで笛を吹いたものだ。店が空っぽになり、外の太陽の日差しがまだあったので、明亮は茶を一杯淹れて店の入り口のテーブルの椅子に座り、茶を飲みながら日向ぼっこして通りを行く人を眺めていた。だんだん眠くなってきて身体を椅子の背もたれに預け、うとうとしようとした途端、男が肩に網袋を担いで大股で歩いてきた。明亮は街に出稼ぎにきたばかりの田舎者かと思い気にも留めなかったが、男は四方を見回すと明亮の店の前に来て天蓬元帥の看板を見るや、肩に担いだ網袋を地面に下ろし、頭の汗を拭き拭き誰に言うともなく言った。

「ここだ」

入り口に明亮が座っているのを見て、男が聞いた。

「尋ねるが、この店は河南の陳明亮さんが開いた店かい？」

明亮は眠気が醒め、男が話しているのが河南方言であると聴き取って言った。

「そうだが、何か用かい？」

「陳店長に会いたい」

「どんな用だ？」

「大事な用だ」

明亮は思わず、ぷっと吹き出して言った。

「何だい。話せばいい」

「あんたじゃ駄目だ。陳店長でないと」

「俺が陳明亮だよ」

「嘘じゃないだろうな」

明亮は河南方言で言った。

「これを聞けば河南人と分かるだろ。延津方言だろ」

男は聴き取って笑った。

「陳店長でしたか」

そして網袋を開けると中から物を取り出した。物は綿布に包まれている。綿布を広げると一枚の幅広く厚い扁額が見えた。その古さから見て数年は経っているだろう。扁額には四つの大きな文字が彫られている。一日三秋。明亮はその扁額を見て、椅子から飛び上がるほど驚いた。三か月前、河南延津の祖父母の墓を移しに行き、家にあった大きなナツメの木が塔鋪の范に買われてテーブルと椅子になったと聞いた。塔鋪に范を訪ねるとテーブルも椅子も子供に薪にされて燃やされてしまったと言ったが、范の話から大木の樹芯が湯陰の景に買われ、景は門額を彫らせて自宅の門に掛けたという。明亮は湯陰に行ったが、なんと景は家邸をまた周に売り、周は景の家を取り壊して洋館を建てていた。その周の家の門番をしていた年寄りは明亮に、かつての門額には一日三秋と彫られていたと言った。その門額は周がどこかにやってしまったという。明亮は門番の年寄りに、その門額を見つけてくれたら十万元払うと言い残し、西安の住所と電話番号を残したのだった。まさか、三か月後にその門額が届けられるとは。

「どこでこれを見つけたんだ?」

「あちこち捜したが、骨を折った甲斐があったよ」

「どういう意味だ?」

「俺のうちは湯陰の片田舎にあり、周さんが建物を取り壊した時に俺の祖父さんたちはくず土を取りに行き、門額も拾ってきたんだ。数日前、周さんの家の門番の年寄りが門額を高値で買いたがっている人がいると言ってると聞いて、年寄りに西安の住所と電話番号をもらい、届けに来たんだよ」

そう言うと門額を指さして、

「持ち上げてみてくれ。ナツメの木だ。すごく重いんだ。河南から背負ってくるのは大変だったんだぜ」と言った。

明亮は持ち上げたが、確かに重かった。

「この門額を見つけて届けた者に十万元払うと言ったんだろ。ここまで来たのに、要らないなんて言わないでくれよ」

明亮は門額を見て、祖母の家にあったナツメの木を思い出し、祖母がナツメの木の下でナツメ餅を作っていた情景を思い起こすと言った。

「安心しろ。この門額が本物なら、絶対に買い取る」

男は焦った。

「河南からわざわざ担いで来たんだぜ。偽物のはずがないだろ」

「湯陰の年寄りには電話番号も残したのに、西安に来る前になぜ電話してこなかったんだ？」

「電話では物を説明できないからさ。言うだろ、言うより見るほうが確かだと」

明亮は男の話にも道理があると思い、言った。

「あんたの名は？」

「蔡《ツァイ》と言うんだ。小蔡と呼んでくれ」

明亮は蔡を座らせ茶を勧めると、しげしげと門額を眺めた。左右の端を眺めると一見して古いものと分かるが、細かく見るうちに額に塗った漆が新しい気がしてきた。漆が新しいのではなく、漆が上から下に流れて擦った痕がある。門額を持ち上げて匂いを嗅いでみると、新しい漆の匂いがする。明亮はおかしいなと思い、立ち上がって店の隣りの銀職人の靳のところに行き、電気ドリルを借りて戻ってくると門額の角にドリルを差し込んだ。蔡がびっくりして聞いた。

「何をするんだ？」

慌てて止めて言った。

「文物を壊しちゃ駄目だ」

電気ドリルは門額の角に穴を空けた。穴から出てきたのは新しい木屑だった。明亮は電気ドリルを抜いて新しい木屑を指さして蔡に言った。

「見てみろ。これが文物か？　十年前の門額に見えるか？　この木が樹齢二百年余りの木か？」

蔡はしばらく呆気に取られていたが、枯れた笑い声を立てた。

「お見事、見破られたか」

明亮は言った。

「俺は豚足屋だ。煮た豚足に箸を刺しただけで煮加減が分かる。これも同じだ。一刺しすれば分かるのさ」

そして言った。

「どういうことか、話してくれ」

蔡はまた枯れた笑いをしてから、言った。

「見破られてしまったからには、本当のことを話すよ」

自分の口を叩いて言った。

「本当を言うと、周さんの所の門番をしているのは俺の伯父なんだ。先月、湯陰の友だちの所に行ったついでに伯父の家を通りかかり、伯父が話すのを聞いて商売になると思ったのさ。それで林州の晋の家に行き、晋にナツメの木を探してもらって同じように彫ってもらおうとした。ところが晋の奴、頑としてやると言わない。自分の名声が汚れると言うんだ。でも奴はやらないが、息子の小晋はやると言った。俺と小晋は林州の山村でナツメの木を買い、小晋が木を乾かして彫り、それから二人で古く見せる職人に古く作らせたんだ」

それから言った。

「これが電話をしないで直接西安に来た理由さ。電話をしてあんたにいろいろ考える隙を与えず、直接会ってブツを渡し金を受け取る。あとで気づいても後の祭り。まさか見破られるとは思わなかったな」

明亮は蔡は確かに自分を騙そうとしたが、蔡の話を聞くとそう悪い奴ではないと思った。明亮は笑って言った。

「うまく騙せていたら、俺から取った金をお前と小晋とでどう分けるつもりだったんだ？」

「先に話がついていた。半々とね」

そして言った。

「伯父さん、今回のことで俺は湯陰から林州に行き、半月近くかけて字を彫り、人に頼んで古く見せかけるのにも手間暇をかけ、それから西安までやってきた。見破られてしまった以上、原価でとは言わないが、手間賃と足代ぐらいはくれないか」

「手間賃と足代にいくら欲しい？」

「せめて二万、俺と小晋で一万ずつ」

蔡はまた言った。

「このまま帰ったら、小晋に役立たずと恨まれるよ」

明亮は門額の字と彫りの腕前を見て、完璧とは言えないまでも字も縁の飾りもなかなかでそれなりに見られるし、古さの程度も細かく追究しなければ新しい物とは見破れないが、それでもやはりこう言った。

「偽物で俺を騙そうとしたのに派出所に送られずに済んで幸いと思え。よくも金を寄こせだなどと言えたものだな」

そしてテーブルの上の急須と茶碗を指して言った。

「飲んだら、品物を持って帰れ」

蔡は明亮を見て言った。

「一万五千」

明亮は椅子の上で仰向いたまま、相手にしない。

「一万」

相手にしない。

「八千」

相手にしない。

「五千」

相手にしない。

「三千」

明亮は起き上がると言った。

「置いていけ」

「伯父さん、手厳しすぎるよ。三千元じゃ、手間賃と旅費にもならない」

そして、ため息をついた。

「まあ、ただよりましか。三千なら捨てるよりいいや」

明亮は蔡のスマートフォンのウィチャットをスキャンすると、ウィチャット・ペイ（ウィチャットの電子マネー決済機能）で蔡のスマホに三千元を送った。蔡はスマホをしまうと、ぶつくさ言いながら去って行った。

蔡がいなくなり、明亮が電気ドリルを銀飾店に返しに行くと斬が言った。

「通りで人と何やら話していたが、何だい？」

明亮はそこで門額のいきさつのあれこれを斬に話して、言った。

「門額は偽物だが、字も彫りも悪くない。木の質がどうか心配なだけだ」

斬が言った。

「額を持ってきて見せてみろよ」

そして言った。

「実は銀職人になる前は、叔父について大工仕事を数年していた。腕前はともかく、木の質なら多少は分かる」

明亮は天蓬元帥に引き返し、扁額を取ってくると斬に渡した。斬は手で叩くと表と裏を良く見てから、目を明亮が空けた角の穴から出っ張った部分に近づけてじっと見つめた。そして、やっと見終わると言った。

「このナツメの木はどこから持ってきたのか知らないが、材質はなかなかのものだ。普通のナツメの木はここまで硬くない。硬さは檀の木並みだ。ナツメなのに檀の木並みに硬いなら、その二人のペテン師はナツメの木の値段で檀の木同様の材料を買ったわけで、得したと言えるな」

さらに言った。

「この門額は木の質だけで言えば、三百から五百年前の物と言っても問題ない」

こうも言った。

「もちろんお祖母さんのナツメの木の塊ではないし、どんなに良い物でも偽物になれば価値はなくなるがな」

明亮は言った。

「偽物は偽物でも紆余曲折あって、かつての孫二貨というあの犬と同じように自分からうちに来たんだ。これも縁さ」

靳はうなずいて言った。

「それはそうだな」

午後四時過ぎになり店の従業員が次々戻って来た。明亮は従業員に一日三秋の扁額をきれいに拭かせて、天蓬元帥本店の壁の真ん中に掛けた。夕食客が来ると、馴染み客は店に扁額が増えたので字を指して明亮に聞いた。

「どういう意味だい?」

「天蓬元帥の店訓です」

「つまり?」

「豚足をしっかり作ると、一日食べないと三年も食べていないような気になる」

その日の夜、明亮は夢であの扁額がまた木になり、それも祖母の家の中庭にあった樹齢二百年のナツメの大木になっているのを見た。だが、木が生えているのは祖母の家ではなく、延津の渡しだった。

大木は鬱蒼と葉が生い茂り、風が吹くと枝がさらさらと音を立てる。人々が木の下に座って噴空をしている。祖母、祖父、占い師の菫、祖母の話に出てきたイタチと強情な牛、明亮が飼っていた犬の孫二貨、そして明亮が延津の渡しで会ったあの中年のサルもいる。普段、明亮がよく思い出す人や動物たちは普段の生活ではもう会えないが、こうして一堂に集まっている。菫は生前、目が見えなかったが、今は盲目ではなかった。ペキニーズの孫二貨は延津に行ったことがないのに、延津に来ている。あの中年のサルの身体の傷はもうかさぶたになっている。けれども、人は噴空はせず、イタチと強情牛と孫二貨と中年のサルが噴空をしていて、自分たちが生涯に出会った人や事柄について噴空していた。互いに順番に語り合ってはみんなで大笑いし、時には熱い涙を流した。その光景を見ているうちに、明亮は突然、笛を吹きたくなった。長いこと吹いていないのに、なぜか笛が手の中にあり、思うままに吹き始めた。かつて明亮は母が長江の上を踊っていたことや、祖母の家のナツメの木がどこかに行ってしまったことや、延津に対する疎外感を吹いた。今、吹きたいのは「一日三秋」だった。「一日三秋」はどこにあるのかと思ったら、夢の中のイタチ、牛、犬、サルの噴空の中にあった。笛を手に取り、最初の音を吹こうとした時、背後でいきなり人の声がした。

「吹かないで。全部、偽物よ」

明亮が顔をねじると花二娘が腕に籠を下げ、籠に赤いランタンのような柿を入れて立っていた。明亮は少し気分を害して言った。

「二娘、みんなで心から楽しんでいるのに、どうして偽物なんだ？」

「木は偽物だし、その木からできた一日三秋も偽物だから、一日三秋の扁額が偽物なら、この噴空も本物のはずがないでしょ？　偽の思いが吹きたいの？」

「二娘、こういう道理だよ。夢は偽物で、夢の中のことも偽物だ。でも、マイナスとマイナスをかければプラスになるように、その思いも本当ということにはならないか？　人が夢の中で泣いて枕を濡らす。この涙は偽物かい？　人は夢で声を出して笑うこともある。この笑い声も偽物かい？　時にはそれは実際の生活の中の泣き笑いより真実なことがあるのさ」

花二娘は言葉が継げなくなり、明亮の道理に言い負かされた。けれども、がぜん反論した。

「あんたにも知って欲しい道理があるわ。私がさまよっているのは笑い話を捜すためで、道理を聞くためじゃないの」

明亮も頭が冴えてきて言った。

「二娘、あんたが笑い話を捜すのはいい。だけど、今回は駄目だ」

「また前回みたいに、あんたが西安人だからと言うの？」

「前回は俺は延津にいた。西安人だが、半分は延津人だ。今回、俺は西安にいて、夢の中で延津に帰っている。延津は俺にとって虚なんだ。あんたは虚を実にして俺に笑い話をさせるべきじゃない。この道理は間違っているかい？」

「あんたは確かに帰ってきてない。でも夢で延津に帰っている。つまり、魂が延津に帰っているのと同じ。あんたが私を怒らせて、あんたの魂を私が山で圧し潰し、身体と魂が分離したら、西安で生きていけるかしらね」

花二娘はさらに言った。

「虚にも虚の方法というものがあるのよ」

明亮は思わず、内心ため息をついた。延津を離れる時に二度と延津には戻らないと誓ったのに、夢で戻ってくるとは思わなかった。だけど魂が戻って来たのだから仕方がない。言うなれば、これも「一日三秋」が招いた禍だ。花二娘が得意そうに言った。

「何も言えないでしょ？　道理で私を言い負かそうとしても無駄よ。自分を負かすことになるわよ」

明亮が手にしていた笛がいつの間にかなくなっていた。笛を吹いて花二娘に聞かせることもできない。大禍を前に明亮は機転を働かせて、慌てて言った。

「道理と言えば、笑い話が一つある」

「どんな笑い話？」

「道理であんたをごまかすことはできないが、道理で多くの人を言い負かすことができる。生活の中の道理の多くも実は偽物なのに、人は日々あたかも本当のことのように言い、やがてそれが本当のことになる。みんなはそれが嘘だと分かっているのに、やることもその嘘の通りにやり、あたかも本当のことのように装う。おかしいと思わないか？　夢の中のほうが真実なんだぜ」

花二娘はその道理が分かったと見えて、ふふふと笑って言った。

「上手いことを言ったわね」

そして言った。

「ひねくれた笑い話と言ってもいいわね」

また言った。

「道理を笑い話にするなんて、つまらないわ。まだ、この間あんたが話した桃色の笑い話のほうが面白いわ」

だが、前回の桃色の笑い話は明亮の生涯の痛みから来るものだった。そんな笑い話がたくさんあったら、明亮は生きていけない。笑い話が終わっても花二娘は柿をくれる様子がなかったので、明亮は言った。

「二娘、俺は口下手で無理してあんたに笑い話をしている。これからはあんたの教訓を受け入れて、夢でも延津には帰らないようにするよ」

花二娘も言った。

「きっぱり延津と縁を切ると言うなら、私たちもこれきりね」

そして言った。

「延津には五十万人もいるのだから、一人減ろうと増えようと私は困らないわ」

「それはそうだ」

明亮はくるりと向きを変えて立ち去ろうとして、また立ち止まって言った。

「二娘、別れに際して聞きたいことが一つある」

「何なの?」

「余計なお世話かも知れないが、気にしないでくれよ」

「何でも言っていいわ。気にしないから」

「延津に三千年以上もいて、毎日笑い話を捜して、延津の笑い話は池の中の魚のようにあんたにさらい尽くされるのじゃないか？」

花二娘は笑って言った。

「延津を軽く見すぎよ。笑い話一つにしたって、延津は池なんかじゃない。滔々と流れる大河だわ。黄河のそばにあるのよ。池の水は淀んだ水だけど、河川の流れは腐ることはない。生活が続く限り、新しく生まれる笑い話がなくなることはない。もちろん、私が集める笑い話は大多数があんたがさっき言ったようなちょぼちょぼの水で無理があるけど、水のような笑い話はやはり河川のように尽きることはないのよ」

「延津に三千年もいて、特に傑作な笑い話をした延津人はいるかい？」

「たまにはいるわ。ひと言で私を笑わせた人もいる」

そして言った。

「でも、毎日はいないわね。辛抱強く待たないと」

さらに言った。

「二種類の人に感謝しないとね」

「どんな種類の人だい？」

「一つは来ると言って来なかった人。例えば、花二郎のような人ね。私はずっと延津で彼を待っているの。彼が来なければ、私もここを動けない。それで笑い話を待てる時間ができたの。もう一つは、いなくなって戻ってこない人。例えば、あんたの母親の桜桃のような人ね。もし、いつか彼女が戻ったらよそから笑い話を持ってくるのじゃないかと思うわ」

「二娘、それは違うな。来ると言って来ない人、去ったきり戻らない人に感謝するだけで、毎日あんたに笑い話をしている延津人に感謝しないなんて。確かに彼らの笑い話には水増しも多いだろうし、笑い話ができなくて圧し潰されて死んだ人も少なくない。延津にあんたが来て以来、人々は戦々恐々としているんだぜ」

「私だってやむを得なかったのよ。延津に来る前は私も笑い話ができたの。人にしてもらう必要はなかった。延津に来てから物乞いになって、他の物乞いは食べ物をもらうけど、私は笑い話をもらうの。笑い話で食べさせてもらわないと生きていけないのよ。夜になった途端、私がみんなの夢の中に笑い話を捜しに行っていると思った？　違うわ。私じゃない。私の身体に憑依して三千年になる人がいるのよ」

そして言った。

「その人がどうしても人生を笑い話にしようとするのよ」

また言った。

「私は延津を離れたいけど、もう山になってしまったのよ」

明亮は驚いて言った。

「ひどい奴だな。あんまりだ」

「でも、いいところもあるわ」

「どういう意味だい？」

「毎日笑い話を食べてきたから、三千年以上経っても全然老けないで生きていられるのよ。見て。まだ十七、八の娘に見えるでしょう？」

明亮は驚いた。

「そういうことか」

そして、聞いた。

「そいつは誰なんだい？」

「天の機密は漏らせないわ」

そして言った。

「漏らしたら、彼はいなくなるし、私だって生きてはいられない」

また言った。

「その人も分かっているの。自分の若い時の病気が笑い話でしか治せないと。それで私に三千年付き合わせ、延津人にも三千年付き合わせているけど、いまだに病気は良くならない。彼もつらいのよ。でも自分ではどうしようもないの」

そして言った。

「この話自体が笑い話だと思わない？」

明亮は考えて、笑った。

「あんたが延津と縁を切ると言ったから言うんだけど、私は延津の人にそんなことはとても言えないわ」

そして明亮を指さして言った。

「あんたもたとえ殺されても言っては駄目よ。でないと、あんたが夢で延津に帰ったように、私も夢で西安に行って胡辣湯を飲ませるわよ」

明亮ははっと目を覚まし、窓の外を見ると月光が水のように揺らめいていた。そして夢の中の花二娘の話を思い出すと、花二娘にとりついているのが誰かは知らないが、その人が患った病気が何かが分かり、怖ろしさに冷や汗が流れた。

第四部　笑い話精選と語られなかった笑い話

その一　延津人がひと言で花二娘を笑わせた笑い話精選

一　万里の長城に磁器タイルを貼る
二　飛行機にバックギアを装塡する
三　ヒマラヤ山脈にエスカレーターを設置する
四　太平洋をシルト除去する
五　すべての人のお腹に笑い話機を取り付ける
……
（これらは花二娘にメモされた）

その二　延津で語られなかった笑い話精選

一　花二郎はどうして死んだのか

昔、西北地域には少数民族の部族が住んでいて、その中の冷幽族は笑いを生きる糧として列国を周遊し、定住をしなかった。部族に一人、笑い話が極めつけに上手い者がいて、名を花大爺《かだいや》と言った。花大爺の笑い話は、聞いた者は笑うが花大爺は笑わない。笑わないどころか、「おかしいか？」と聞く。花大爺がよく話す笑い話は「ひまわり」だった。ひまわりは毎日太陽に向かって回転しているが、ある日突然動かなくなった。太陽が停まって聞いた。どうして回らない？　ひまわりが答えた。首が折れた。太陽が、見たところ何ともなさそうだぞ、と言うと、ひまわりが答えた。首はいいんだが、中の軸が折れたんだ。太陽が慌てて聞いた。装置なのか？　偽物だったのか？　花大爺は笑い話をする時、「言うまでもなく」をよく使った。「言うまでもなく、このひまわりは実は機械だった」というように。「このサルは一つ宙返りすると十万里も飛んで行くことは言うまでもない」「この者はキツネと夫婦になり、数年後、たくさん子供ができたことは言うまでもない」「この英雄がその気になって一太刀振るい落とせばその無頼漢など言うまでもなくもんどり打って倒れた」宋元代の説話の途中に「言うまでもなく」と挿入するのが流行ったのはこれに由来する。

花大爺は一族の者を連れて活発国に着いた。冷幽族が市で笑い話をすると、みんなが笑った。朝廷で笑い話をすると、国王が笑い、文武百官が笑った。国王が彼らを家に招いて笑い話をさせると、王妃貴妃が笑い、王子王孫が笑い、中でも国王の第四王子は身体を前後に曲げて笑い転げた。国王が言った。

「花大爺、見ろ。ここの者たちはみんなこんなに笑い話が好きなのだから、もう諸国周遊には行かず、ここに住むがよい」

さらに言った。

「言うではないか。笑い話をしても、知己はなかなか得られないと」

そして言った。

「ここに留まれば、冷幽族にも故郷ができるのだぞ」

花大爺は部族の者たちと相談した。

「ここは陽当たりもいいし、雨もよく降って湿り気もあり、政治も人も悪くない。国王がああ言っているのだから、残るとするか？」

一族の者も流浪の旅に疲れていたので、口々に言った。

「花大爺の言うとおりにしよう」

「一年中旅のし続けで、いつ終わるとも知れないからなあ」

「せっかくの機会かも知れん」

そこで冷幽族は活発国に定住して、家を建て寺院を建てて、子を作り育てたことは言うまでもない。十年が過ぎた。国王が崩御し、第四王子が即位した。ところが、第四王子は笑い話を好まず、国号を「厳粛」に改めた。新国王は国の大義を明らかにした。

「今後は皆の者は厳粛であるべし」

そして言った。

「へらへら笑っている者は一人残らず殺せ」

大臣が上奏した。

「国内にいる冷幽族は日がな一日、人々を笑わせております。いかがなさいますか？」

国王は言った。

「へらへらしていると国風が壊れる。へらへらしていると人心を攪乱する」

また言った。

「きっと我が国を敵と考える深仇国と大悢国の陰謀だ。奴らが派遣した部隊に違いない」

一族皆殺しの命令が下された。官軍が夜のうちに冷幽族を包囲し、老若男女百名余りが瓜を割るように頭を叩き割られた。花大爺は受刑に際して言った。

「誰が思いついただろう。亡き国王に笑い話をした時、あの男が一番笑ったのに」

新国王のことである。

「笑うふりをしていたのか。あんなに笑うふりが上手い者がいるだろうか」

「亡き国王も思いもしなかっただろう」

「生涯笑い話をしてきたが、これが最大の笑い話だ」

冷幽族は虐殺されたが、一組の男女だけが逃げおおせた。虐殺のその晩、二人は家におらず、野外に野合に行っていた。野合が終わり城内に帰ってくると、通りで人々が冷幽族が殺されたと話しているのを聞き、二人は泣き声も上げられず相談した。逃げようと男が言うと女が答えた。どこに逃げるの？　男が言った。何日か前、市で出会った講談師は笑い話が上手く、延津の人間だと言っていた。俺たち、延津に行こう。そう言っていると、人の叫び声や馬のいななきが聞こえてきて、官軍が冷幽族の残党狩りをしていた。二人は離れ離れに逃げることにして、別れ際に男は言った。

「延津で会おう」

「分かったわ」

男は十八歳、名を花二郎といい、女は十七歳、本名は柳鶯鶯《リウ・インイン》といったが、この日から花二娘と改名した。

二輪の花がそれぞれの枝に分かれて咲くように、花二娘がどんな苦労をして延津まで行ったかはさておき、花二郎は一路東へと向かい、幾多の戦乱をくぐりぬけ、コレラ、マラリヤ、じんましんに罹りながらも、三年五か月と二十三日後にとうとう延津にたどりついた。延津に着いたのは夕暮れ時だった。渡しに来たが花二娘はすでに旅籠に戻って休んでいて、当時は携帯電話がないため花二郎には花二娘が延津に着いたかどうかは分からなかった。この三年余り、途中で花二娘の身に何かなかったか、東の彼方へと流れる黄河の水を眺める花二郎の心は波立っていた。その時、ふと空腹を覚えたので岸辺の飯屋に入ったところ、店の親爺が番台に座り、頬杖をついて酒甕の前で喧嘩している二匹の猫を眺めていた。「何か旨い物はあるかな」と聞くと親爺は「黄河の畔なのだから、黄河の鯉を食べることだな」と言う。そして花二郎を連れて店の裏の生け簀で魚を選ばせた。生け簀には十匹余りの大きな鯉が悠々と泳いでいたが、一匹だけ白い腹を仰向けて死んでいた。花二郎は言った。

「他の魚は泳いでいるのに、なぜこれだけが死んでいるのかな？」

「憤死したんだ」

「なぜ？」

「生け簀で半月も泳いでいるのに誰にも選ばれず、誰も買わないからさ」

花二郎は三年五か月と二十三日ぶりに笑った。泡饃《パオモー》（魚の頭のスープに浸して食べる焼餅）と魚を食べていると客が何組か入ってきた。渡しは沼が多く、蚊がたくさんいる。隣りのテーブルの客がパチンと蚊を一匹叩き殺すと言った。

「お袋さんに会えなくなったな」

すると、もう一匹の蚊が急いで飛び去った。客は言った。

「お袋さんに告げに行ったな」

花二郎はまた笑って、延津に来たのは正解だったと思った。ここの人はかつての活発国のように笑い話が好きだ。その時、また一人入ってくると、隣りのテーブルの客がその人に聞いた。

「また食ってから来たのか？　また酒は飲まないのか？」

花二郎はそれが友人同士の笑い話だとは分かったが、花二郎は冷幽族の末裔なので何と答えるべきなのか分からなかった。入ってきた男は悠々迫らずに答えた。

「昨日の飯は食った。ニセ酒は飲まない」

花二郎は感心して、手を叩いて大笑いした。すると花二郎は魚を食っていることを忘れて三叉の魚の骨が喉に刺さって、吐こうにも吐けず、呑み込もうにも呑み込めず、しばらくして骨を喉に詰まらせて死んでしまった。あるいは、笑い話のせいで喉を詰まらせ死んでしまった。人々は息を吹き返らせようと試みたがその甲斐なく、店の親爺も慌てた。花二郎は魚の骨を詰まらせて死んだのだが、人が自分の店で死んだ以上、親爺に関係がないとは言えない。言葉の訛りから、よそから来た男らしいので親爺は人々に、手遅れかも知れんが医者に診せてくると言うと、花二郎を担いで外に出て行った。一里ほど行き、あたりに人がいないのを見計らうと、黄河の畔で言った。

「兄さん、あんたは笑い話のせいで喉を詰まらせて死んだ。さっきの笑い話が冷めないうちに極楽浄土に行くがいい」

そう言うと、ぼちゃんと花二郎を黄河に投げ捨てた。

三千年来、花二娘は戦乱のせいで花二郎が延津の外で死んだと思ってきた。三千年来、花二娘は延津に足を下ろし、延津の外を忘れてしまった。でも、その待ち焦がれ忘れるべき人は延津にいたのである。もちろん延津にはいなくなって、黄河の水が東へと流れるに任せて東シナ海へと流れ去ったのであろう。

三千年来、多くの延津人はこの件を知っていたが、花二娘に話す勇気のある者はいなかった。特に夢の中で笑い話として話すことはできなかった。
これこそが延津最大の笑い話である。

二　桜桃はどこで岸に上がったか

江西《こうせい》の九江《きゅうこう》は漁師が多く、先祖代々長江で魚を捕って暮らしている。朝早く漁に出て、魚やエビを捕り、市の魚屋に売る。漁師の中に陳《ちん》という男がいて、陳二兄と呼ばれていた。この日の夕方、船を岸に戻そうとした時、船頭の川の水が湧いて白波が立っているので、海に帰る魚の群れにぶつかったかと大声を上げて言った。「悪いな、俺がいただきだ」白浪に向かって網を放り、引き上げようとするといつもより重いので、これは大魚かと内心大喜びした。力いっぱい網を牽いて驚いたことに、網にかかったのは魚ではなく端正な女だった。女は陳二兄の風体を眺めると川の水で濡れそぼった顔を拭いて言った。

「お兄さん、今は何王朝で何の時代？」

「宋朝（九六〇～一二七九年。異民族の金に一一二七年に華北を奪われる前を北宋、以降を南宋という）さ」

陳二兄は答えると、聞いた。

「あんたは何者だい？」

「私は桜桃というの」

桜桃は自分が川の流れに沿って下るうちに宋王朝に戻ったと知った。

「なんで川に飛びこんだんだい？」

「ひと言では言えないわ」

岸辺に酒家があり、主人は宋、宋《そう》の女房は馬《ば》といった。陳二兄は船を岸に着けると、桜桃を連れて店に入った。馬は陳二兄が全身びしょ濡れの女を連れてきたのを見て、言った。

「陳二兄、どこで嫁さんをかどわかしてきたの？」

「かどわかしたんじゃない、川からすくいあげたんだ」

いつの時代も生きていたくない人はいくらでもいて、長江の畔で暮らす人は身投げなど珍しくもないので、馬は言った。

「助かったのなら、早く火に向かいなよ」

火に向かうというのは、宋代では火鉢の前で火にあたることをいう。火にあたる前、馬は桜桃に奥で自分の着る物に着替えさせた。桜桃は奥から出てくると急いで礼をした。

「おかみさん、ありがとうございます」

火にあたりながら、馬が桜桃に聞いた。

「訛りから察するに、よその人だね？」

「はるばる遠くから参りました。どうかよろしくお頼み申します」

「お姉さんはきれいだから、どこか嫁ぎ先を捜してあげようか？」

「おまかせします」

「前の家に未練はないのかい？」

「未練があったら、ここにはいません」

「何があったのだい？」

「ひと言では言えません」

「家はどこなんだい？」

「言いたくありません」

馬は何かわけがあるのだろうと察した。わけがなければ川に飛びこむはずがない。

「飯は食べたのかい？」

「飛びこむ前も何も食べていません」

馬は急いで雇人に言った。

「魚を捕ってきてスープを作っておあげ。身体を温めないと」

桜桃はまた礼をした。

「ありがとうございます」

雇人が裏庭の生け簀から魚をすくってきた。その時、頭に四角い頭巾を被った男が大股で店に入ってきた。書童が一人、墨と筆と紙と硯《すずり》を捧げ持って後をついてくる。この男は馬の従弟で九江の秀才（科挙の最初の段階の試験に合格した者）であり、宋も馬も字が読めないので春節前になると従弟が春聯を書きにくるのである。そこに生きた魚を捕まえた雇人が裏口から入ってきて書童と衝突して、魚が書童の顔にぶつかり、書童は「わっ」と声を上げると手にした硯を桜桃の胸にぶつけた。桜桃は「あっ」と言って、床に倒れた。馬が雇人を叱りつけて言った。

「どうして、そうそっかしいんだい？」

書童にも文句を言った。

「読書人が落ち着きがない」

そして桜桃を助け起こしながら、聞いた。

「大丈夫だったかい？」

桜桃は平たい胸を押さえて言った。

「大丈夫です。ただ少し、胸が痛くて」

馬はそこで桜桃を奥の部屋に連れていき、横になって休ませた。

桜桃が休んでいる間、外の書生と漁師がさっき硯が桜桃の胸に当たった結末についてあれこれ分析するのが聞こえてきた。硯が平たい胸に当たると三つの状況が起こりうる。一つ、平たい胸がさらに平たくなる。二つ、胸がへこんでしまう。三つ、胸が少し腫れる。

桜桃は腹を立てた。私がこんな目に遭ったというのに、笑いものにするなんてどういう道理なの？宋王朝の人間はろくなものじゃない。出て行って反論してやろうと思ったが、考え直してみるとこれは続き物の笑い話である。しかも、ひと言ひと言が面白い。そして思い出した。閻魔の決まりではひと言で笑える笑いは五十の笑い話に匹敵する。桜桃の怒りは喜びに変わり、この笑い話を胸に刻み、これを閻魔に話せば自分は転生できると思った。人に笑われるのと転生できるのを比べれば、転生のほうが重要だ。閻魔様、私はあなたの掌から逃れられないけど、あなたに笑い話はしてあげられる。続けて嘆息した。延津から武漢まで転々とし、さらに九江に来て、いろいろなことがあったけれど、ここで生き返ることになろうとは。さらに思いがけないことに、最後に自分を救ったのが宋人だとは。

これもまた言うまでもないことである。

第五部　『花二娘伝』の出だし

作者　司馬牛

この笑いの本は泣く本でもある。とどのつまりは血書である。たくさんの人が命がけで積み上げた笑い話だ。血書でなくて何だろう？　（以下、なし）

訳者あとがき

本書『一日三秋』は、中国の人気作家劉震雲《りゅうしんうん》の二〇二一年刊行の最新作である。

劉震雲は一九八〇年代から小説を発表し続けているベテランで、しかも出す本が次々にベストセラーになり、映画やテレビドラマ化された作品も非常に多い人気作家だ。自身は数年に一度中国の作家に授与される中国で最も権威ある文学賞の茅盾《ぼうじゅん》文学賞を二〇一一年に『一句頂一万句』（邦訳は彩流社刊）で受賞している。

私は中国に住んでいた九〇年代中頃、たまたま作者の初期の代表作で、国家幹部の若夫婦の生活を通して中国官僚社会の非人間性を軽妙なタッチで浮き彫りにした『一地鶏毛』（些細な問題がたくさんあるという意味）が原作の連続テレビドラマを見て、すぐに本屋に走り作者のそれまでの作品を全部買い込んで一気に読了、滑稽で洒脱な語り口で中国社会の深刻な問題を語る作風に魅せられ大ファンになった。その後、二〇〇八年に日本ペンクラブが劉震雲と莫言《ばくげん》を招いた時に二人の通訳を担当してすっかり意気投合し、作品の日本語への翻訳を頼まれるようになった。劉震雲作品の翻訳を担当するのは今作で五冊目になる。

劉震雲作品の舞台はすべて作者が住む北京と年に数回帰省するという故郷の河南省延津であり、本作のようにそれ以外の都市の西安や武漢、九江が舞台となるのは非常に珍しい。河南の古都の開封は北宋の都だったので河南人はそれを誇りとし、本作でも主役の一人である桜桃《インタオ》が武漢で長江に流されて時代を遡って江西省の九江に流れ着いたのは宋代であり、宋代は漢民族の文化が洗練の極みに達した時代でもあった。西安は作者のルポルタージュ文学の傑作『温故一九四二』（邦訳は中国書店刊）で描かれたように、一九四二年に三百万人以上が餓死した河南の大飢饉から逃れた難民がたどり着いた土地であり、今でも西安市道北区には河南人の末裔が多く住み、河南訛りを話す人が多いと本作中にもある。では、湖北省の武漢というもう一つの重要な舞台はなぜ選ばれたのだろうか。ちょうどコロナで武漢がロックダウンされていた頃に本作を執筆していたことと関係があるのかは不明だが、武漢といえばというほど有名な建築物である黄鶴楼と中国四大麺の一つでもある武漢名物の熱乾麺《ねつかんめん》と武漢の街を三つの地区に分けて流れる長江がこの小説では大きな役割を果たしている。


今回の作品で劉震雲の作風には大きな変化があったと思う。

これまでは徹底したリアリズム小説だったが、本作は登場人物が時間を超越し、この世にいないはずの幽霊が違和感なく登場し、占い師が言寄せをしたり、伝説上の人物が登場人物の夢に現れたりする。超現実主義の作風は中国のノーベル文学賞受賞作家莫言の十八番だが、劉震雲は本書のまえがきで延津の叔父のシュールな絵の数々が没後に燃やされて失われたため、自分が覚えている限りの絵を小説にすることで残そうとしたのだと書いている。本当にそういう絵があったのか、作者が作った話なのかは分からない。けれども、劉震雲の小説が時空の広がりと豊かなイマジネーションの世界を得たのは事実であり、中国でも劉震雲が新境地を拓いたと評価する声が高く、これまでの劉震雲作品で一番好きだと言う人もいる。

もう一つの変化は痛快なブラックユーモアが真骨頂だった作者が、今作ではユーモアの底に深い悲しみを湛えているような気がする点だ。還暦を過ぎた作者に何か大きな心境の変化があったのだろうか。実は近年中国を脱出する富裕層や文化人が多く、作者の小説の多くを映像化してきた中国一のヒットメーカー馮小剛《フォン・シャオガン》監督も一家を挙げてアメリカに移住した。しかし、小説家が国を離れるのは難しい。外国に亡命してから作品が書けなくなった作家は枚挙にいとまがない。小説は映画より検閲が緩いとはいえ、中国の多くの作家はぎりぎりのところで韜晦して国に留まって書き続けているのである。本作の主人公の明亮《ミンリアン》とイギリスに移民した高校時代の親友とのやりとりは深く胸に滲み入るものがあった。

思わず膝を打ったのは河南人のユーモアの由来だ。河南人はジョークを言わずにはいられないのだと劉震雲は語る。一九四二年の大飢饉の時でさえ、自分の前でバタッと倒れて死んだ者のズボンを剝がしてその尻の肉を食って間もなく自分も死ぬ時、「自分はこの男より少し永らえられた」と笑って死ぬのが河南人なのだそうだ。中国人が家に訪ねてきた客に必ず聞く言葉が「食ったか」なのは有名だが、それに対する河南人の答えは「昨日の飯は食った」という意味だと作者に聞いたことがある。

普通の中国人は遠慮して「食ってきた」と答えるのに、河南人は「今日の分はまだ食ってないからご馳走になるよ」と暗に言うのだそうだ。この話は本作にも出てくる。また、延津人は夢の中で花二娘に笑い話をせがまれ、笑い話ができないと大きな石になった花二娘に圧死させられるので、常にいくつか笑い話を用意しているからユーモアがあり、祝祭日は花二娘が休みをくれるから世間の人は笑顔なのに河南人はまじめな顔をして町を歩いていると書いているのもおかしかった。

劉震雲作品に必ず出てくるのが美味しそうなB級グルメである。河南《かなん》烩麵《ホエミエン》、羊肉湯《ヤンロウタン》は以前の作品にも出てきて、どうしても食べたくなり北京の河南会館のレストランに行って食べたが、今回も熱乾麵、開封小籠包《ショーロンボー》、豚足の煮込みが出てきて食欲をそそられた。熱乾麵は食べたことがなかったため食べなければ訳せないとまで思いつめたが、厳しいゼロコロナ対策の中国には当分行けそうもないので、アマゾンでポチって中国から即席カップ麵の熱乾麵を取り寄せて食べた。ごまだれの汁なし麵だった。その後、池袋の中華フードコートでも食べられるし、銀座には湖北料理レストランの珞珈《こっか》壱號《いちごう》があり、そこの名物料理だと知った。本作を読んで食べたくなった方はこのどちらかに行かれることを勧める。

主人公明亮の母親の桜桃と父親の陳長傑《チェン・チャンジエ》、河南の地方劇である豫劇団の同僚の李延生《リー・エンション》の三人の当たり芝居『白蛇伝』は中華圏で今も人気がある有名な物語だ。南宋の都である杭州にある景勝地西湖を舞台にした大蛇の化身の白娘子と書生の許仙のラブロマンスと、最後は法力で大蛇を雷峰塔の下に閉じ込めてしまう法海和尚と大蛇とのアクションが有名な芝居でもある。中国や香港では何度も繰り返し映像化されており、二〇二一年には物語のプロローグ的な内容のアニメ映画『白蛇：縁起』

が日本でも公開されている。中国には人間の男と異類の女との恋を描いた物語譚が多く、男は立身出世、女は家に縛られる苦しい現実からの逃避なのか、はたまた封建社会では許されなかった自由な男女の恋愛を女を異類にすることで実現させたのか、興味深いところである。

四年ぶりの新作である本作の中国国内での評価は非常に高く、〈亜州週刊〉〈南都週刊〉〈南方週末〉などの人気文化雑誌の二〇二一年トップ10小説に選ばれたほか、文学雑誌〈当代〉の二〇二一年小説ベスト5に入り、その他のさまざまな新聞、雑誌、ネットのメディアが行なった同年の小説ベスト10のほとんどに選ばれている。

最後に劉震雲の素顔を紹介すると、一九五八年生まれで中学卒業と同時に人民解放軍の兵士になり辺境の警備に当たっていたが、文化大革命で一九六六年から十年間停止されていた大学入学統一試験が一九七七年に復活すると、河南省の文系トップの成績で北京大学中国語言文学系に入学した。作家デビューは「農民日報」の記者だった一九八七年に「人民文学」に発表した『塔鋪《とうほ》』で、代表作には『単位』『ケータイ 手機《ショウジー》』（桜美林大学北東アジア総合研究所刊）『盗みは人のためならず』『わたしは潘金蓮《はんきんれん》じゃない』『ネット狂詩曲』（いずれも彩流社刊）などがある。テレビやネットの番組にもよく登場して毒舌で笑わせてくれ、つい最近は中国で最も権威ある映画賞の金鶏賞授賞式でも女優に鋭い突っ込みを入れて困らせていた。同郷で北京大学の同級生でもある妻の郭建梅《グオ・ジエンメイ》はヒラリー・クリントンとミシェル・オバマに世界の傑出した女性に贈る賞を授与されたこともある、中国の農村女性の権利を守るために闘う人権派の弁護士であり、ひとり娘の劉雨霖《リュウ・ユイリン》はニューヨーク大学大学院で映画製作を学び、監督デビュー作『門神』が米国アカデミー映画賞短篇部門賞を受賞している。

毎度のことだが、数年に一度の新作の発表が今から待ちきれない。

二〇二二年十一月

訳者略歴　1958年、東京都生まれ。慶應義塾大学文学部文学科中国文学専攻卒。
訳書『中華電影的中国語 さらば、わが愛 覇王別姫』陳凱歌，『盗みは人のためならず』『わたしは潘金蓮じゃない』『一句頂一万句』『ネット狂詩曲』劉震雲，他多数。

一日三秋《いちじつさんしゅう》

2022年12月20日　初版印刷
2022年12月25日　初版発行

著者　劉　震雲《リュウ・チェンユン》
訳者　水野衛子《みずのえいこ》

発行者　早川　浩

発行所　株式会社早川書房
東京都千代田区神田多町2－2
電話　03－3252－3111
振替　00160－3－47799
https://www.hayakawa-online.co.jp

印刷所　株式会社亨有堂印刷所
製本所　大口製本印刷株式会社

Printed and bound in Japan

ISBN978-4-15-210195-2 C0097

早川書房の単行本

クララとお日さま

Klara and the Sun

カズオ・イシグロ
土屋政雄訳
46判上製

クララは人工知能を搭載したロボット。子供の良き遊び相手となるべく開発され、店頭から外を観察しながら、購入される日を心待ちにしている。やがてクララは病弱な少女ジョジーと出会い、彼女の家で暮らすことになる。二人は友情を育んでゆくが、一家には大きな秘密が……愛とは、知性とは、家族とは？　生きることの意味を問う感動作。ノーベル文学賞受賞第一作。解説／河内恵子

わたしたちが光の速さで進めないなら

우리가 빛의 속도로 갈 수 없다면

キム・チョヨプ

カン・バンファ、ユン・ジヨン訳

46判並製

廃止予定の宇宙停留所には、家族の住む星へ帰るため長年出航を待ち続ける老婆がいた……。冷凍睡眠による別れを描き韓国科学文学賞中短編部門佳作を受賞した表題作、同賞大賞受賞の「館内紛失」など、今もっとも韓国の女性たちの共感を集めている、新世代作家のデビュー作にしてベストセラー。生きるとは？　愛するとは？　優しく、どこか懐かしい、心の片隅に残るＳＦ短篇七作。

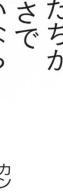

早川書房の単行本

ぼくらが漁師だったころ

The Fishermen

チゴズィエ・オビオマ
粟飯原文子訳
46判上製

厳格な父が単身赴任で不在となった隙に、アグウ家の兄弟四人は学校をさぼって川に釣りに行く。しかし、川のほとりで出会った狂人は、兄弟についての恐ろしい予言を口にした。予言をきっかけに一家は瓦解していき、そして事件が起きた。一九九〇年代のナイジェリアを舞台に、九歳の少年の視点から生き生きと語られる壮絶な物語。ブッカー賞最終候補に選ばれたアフリカ文学の最先端